물론이죠,
여기는 네덜란드입니다

물론이죠,
여기는
네덜란드입니다

김선영 지음

amStory
All about Making Story

차례

③ 우리 (Wij)

PROLOGUE

"어디에 사시나요?"

"네덜란드 암스테르담이요."

나의 대답에 사람들의 눈빛은 하나같이 호기심으로 가득해지고, 다시 사람들의 질문이 이어진다.

"네덜란드는 살기가 어떤가요? 한국보다 나은가요?"

이런 질문은 쉽게 답할 수 있을 것 같으면서도 또 참 어렵다. 우연한 기회로 삶의 터전을 40년이 넘은 시간을 보낸 한국에서 네덜란드로 옮겨 아직 네덜란드의 일부만을 보았기 때문에 네덜란드의 삶이 무조건 좋다고도, 그렇다고 나쁘다고도 할 수 없기 때문이다. 그동안 경험했던 네덜란드와 네덜란드 사람들이 전부이기에 지극히 개인적이고 주관적인 대답밖에는 할 수 없다.

하지만 한 가지 확실하게 말할 수 있는 것은 이곳에서는 자유와 평등, 관용이 마치 햇빛처럼 또 공기처럼 사람들의 일상에 자리잡고 있다는 것이다. '풍차와 튤립의 나라'라는 동화와 같은 이미지부터 '마약과 매춘, 안락사 허용'과 같은 급진적인 키워드까지 넓은 스펙트럼을 가진 나라 네덜란드. 영어로는 '네덜란드The Netherlands', '홀란드Holland', 불어로는 '뻬이바Pays-Bas'라고 불리는 이 나라는 이름처럼 해수면보다 국토가 낮고 나라 전체가 굴곡이 없이 평평하다. 높낮이가 없는 땅처럼 이곳에서는 사람 역시 높은 사람, 낮은 사람이 따로 없다.

이런 네덜란드에 머물게 된 지 어느덧 3년이 되어간다. 이제 관광객이 아니라 암스테르담 시민으로 살게 된 지금도 여전히 네덜란드를 알아가고 있으며, 아직도 네덜란드라는 나라 그리고 이곳 사람들과 연애를 하고 있다. 자유의 관용의 나라 네덜란드, 그리고 네덜란드에서도 가장 자유롭고 생동감 넘치는 도시인 암스테르담에서 인생의 한순간을 보내게 된 것에 감사하고 있다.

이 책을 쓰기로 마음 먹은 것은 2016년 봄, 한국을 방문했을 때다. 역대 최악의 미세먼지 속에 갇혀 모든 것이 뿌옇던 한국. 1m 앞에 있는 길도 제대로 보이지 않았다. 델프트 도자기처럼 맑고 파란 네덜란드의 하늘과 대조되면서 갑갑함은 더 커졌다.

암스테르담에 와서 한국 소식을 접할 때마다 가장 많이 보게 된 말은 씁쓸하게도 '헬조선'이다. 남녀노소 가리지 않고 자신의 나라를 지옥과도 같은 나라라고 자조 섞인 말로 부르는 이 나라. OECD 국가 중에서 가장 높은 자살률을 보이는 이 나라. 도대체 어디에서부터 잘못된 것일까. 지금 내가 살고 있는 네덜란드에서 한번 작은 답을 찾아보고 싶었다.

우리나라보다 작은 네덜란드는 극단적인 가난도, 타인에 대한 무관심도 그리고 패배주의도 없는 나라다. 그래서 알아보고 싶었다. 무엇이 우리와 네덜란드를 다르게 만드는 것인지, 이곳에서 만난 사람들과 겪은 경험들을 묶어 글로 써보기로 했다. 이 책에 실린 모든 이야기들은 나의 지인들과 암스테르담 거리에서 만난 네덜란드 사람들, 그리고 네덜란드에 사는 외국인들의 목소리를 담고 있다. 말 그대로 내가 직접 만나고 직접 본 암스테르담 사람들의 이야기인 셈이다. (단, 사람들의 이름은 그들의 프라이버시를 위해 가명을 사용하였다.)

모쪼록 이 책을 통해 사람들이 동경해 마지않은 북유럽식 삶이 결국 우리에게 있다는 것을, 그리고 모든 차이는 사람이 만드는 것이며 우리 개개인이 변화의 주체가 되어야 한다는 것을 알게 되었으면 좋겠다. 이러한 고민의 화두가 좀 더 많은 사람들의 공감을 얻고, 또 우리 모두가 서로에게 더 유연해지고 서로를 더 보듬을 수 있는 방향으로 나아가는 계기가 되길 바란다.

2017년 겨울의 길목에 있는 11월
암스테르담의 운하가 보이는 요르단 한 카페에서
김선영

SECTION

①

나(Ik)

SECTION ① 1

네덜란드의 직업관

두 개의 학사 학위를 가진 호텔 리셉셔니스트

암스테르담에서 기차를 타고 30분 정도를 가면 잔드포르트Zandvoort라는 바닷가 마을이 나온다. 네덜란드어로 '모래'를 뜻하는 '잔드'가 이름에 들어간 것처럼, 이곳에는 긴 모래 사장이 북해를 마주하고 끝없이 이어져 있다. 철썩거리며 하얗게 부서지는 파도 소리, 한여름에도 서늘한 파란 바닷물과 햇볕에 달구어진 고운 모래를 오가다 보면 번잡한 마음이 어느새 차분히 가라앉는다. 바닷길로 한때 세계를 호령했던 옛 조상들 때문일까. 네덜란드 사람들의 바다에 대한 동경은 타의 추종을 불허한다. 이들의 바다 사랑은 계절을 가리지 않지만, 특히 여름이 되면 이 잔드포르트는 그 어느 때보다도 활기로 가득 넘친다. 두툼한 외

투로 몸을 꽁꽁 싸매야 하는 춥고 긴 겨울과 겨울만큼이나 쌀쌀한 봄을 지나 마침내 오는 여름. 여름은 바로 잔드포르트를 위한 계절이다.

햇볕이 좋은 날, 암스테르담에서 잔드포르트로 가는 기차 안은 피크닉 가방과 물놀이 용품을 든 승객들로 발 디딜 틈 없이 빼곡하다. 혼자서 혹은 친구, 연인, 가족과 함께 객실 의자에 앉거나 혹은 계단에 기대어 깔깔거리며 이야기를 나누는 모습만 봐도 이미 잔드포르트 해변에 도착한 기분이 들 정도다. 수영복으로 갈아입는 시간이 아까웠는지 아예 외출복과 수영복을 반반으로 입고 온 사람들도 있다. 해변에서 즐길 와인과 과일 등을 가방에 한가득 담아 온 사람들을 보면, 네덜란드 사람들이 얼마나 간절하게 여름을 기다려 왔는지 알 수 있다. 네덜란드에서는 날씨가 좋은 날에는 아예 가게 문을 닫고, 바닷가로 가는 사람들도 종종 볼 수 있다.

올해 마흔다섯 살의 호텔 리셉셔니스트인 모니크Monique는 바로 이 잔드포르트의 해변을 지척에서 즐길 수 있는 스튜디오에서 혼자 살고 있다. 햇빛 좋은 여름날에는 바닷가에서 수영을 하거나 조깅을 하고, 창문으로 보이는 바닷가 풍경을 배경으로 따뜻한 차 한 잔과 함께 하루를 시작한다. 철저한 채식주의자인 모니크는 우유나 커피도 마시지 않는다. 그런 모니크에게 아침에 마시는 차 한 잔은 하루를 시작하는 의식과도 같다. 차와 간단한

빵 한 조각으로 아침을 먹고, 매일 아침 6시에 자전거를 타고 자신이 일하는 호텔로 향한다. 여름 휴가와 연말 휴가를 제외하고는 늘 똑같은 일과다. 이 호텔에서 일한 지 무려 10년이 되어 가지만 앞으로 큰 이변이 없는 한 직장을 옮기거나 직업을 바꿀 의향이 없단다. 호텔에서 본인이 하는 일, 본인이 만난 사람들의 이야기를 전할 때면 모니크의 얼굴은 10대 소녀처럼 반짝인다.

모니크를 처음 만난 것은 암스테르담에서의 첫 연말 송년 파티에서였다. 40대 중반인데도 늘씬하고 호리호리한 체격과 건강하게 그을린 구릿빛 피부, 길고 풍성한 금발 머리에 화사한 미소를 띠며 자신을 소개하던 모니크의 모습이 아직도 생생하다. 같은 여자지만 반하지 않을 수 없었던 첫인상이었다. 한국에서 왔다는 내게 "어머, 그럼 후스 히딩크Guus Hiddink[1] 알겠네" 하면서 자신이 알고 있는 한국에 대한 이야기를 술술 풀어내기 시작한다. 처음 본 낯선 사람도 반갑게 맞아주며 관심을 보이는 그녀를 보면서 네덜란드 사람들이 차갑지 않을까 하는 선입견은 한순간에 사라졌다. 외국어 배우기가 취미인 모니크는 다른 네덜란드 사람처럼 영어는 말할 것도 없고, 프랑스어와 독일어, 스페인어도 자유자재로 구사한다. 최근에는 '아프리칸스Afrikaans'[2]라고 부르는 남아프리카 언어와 중국어를 새롭게 배우기 시작했다. 한 번의 결혼 후 이혼을 하고, 지금은 비혼으로 혼자 살고 있는 모니크는 아이를 키워본 적이 없다. 그런데도 친구들의 아이들이 하나같이 모니크의 곁에 찰싹 붙어있는 것을 보면, 마음이 따뜻하고 편한 사람들을 알아보는 사람들의 심리는 어른, 아이 할 것 없이 모두 같은가 보다.

모니크의 반전은 이뿐만이 아니다. 그녀는 네덜란드에서 경영학과 관광학 전공으로 학사 학위만 두 개를 가지고 있다. 네덜란드의 대학은 입학이 까다롭기로 유명해 일반 대학 진학률은 약 20%에 불과하다. 이는 대학 대신 전문학교나 하위 과정을 택하는 학생들이 많기도 하지만, 대학 입학 자격을 학업 수행 능력과 열정 등을 기준으로 꼼꼼하게 판단하기 때문이다. 하나도 받기 힘든 학사 학위를 두 개나 가지고 있는 모니크는 네덜란드에

---

1 우리말로는 종종 '구스 히딩크'로 불리는 네덜란드 출신의 축구 감독으로 2002년 한일월드컵 승리의 주역이기도 하다.

2 '남아프리카네덜란드어(South African Dutch language)'를 지칭하는 말로, 1652년 남아공이 네덜란드의 식민지가 되면서 남아공에 들어온 네덜란드어를 말한다.

서도 상당히 특수한 경우에 속한다. 모니크의 실제 학력을 듣고 대체 어떤 계기로 지금의 리셉셔니스트라는 직업을 선택했을지 궁금해졌다. 모든 직업이 그 자체로 존중받는 네덜란드도 사람 사는 곳인지라 사람들이 선호하는 직업과 덜 선호하는 직업은 있다. 한국도 마찬가지지만 네덜란드에서도 고객을 가장 처음으로 맞는 리셉셔니스트는 감정 노동이 필요한 고된 일에 속한다. 객관적인 기준에서도 엘리트에 속하는 모니크는 높은 보수를 받는 다국적 기업이나 정부 기관 등에서 고위직으로 일할 수도 있었다. 그랬다면 지금쯤 기업의 중역으로 중요한 의사 결정을 내리는 자리에 있었을 수도 있다.

사실 모니크는 대학교를 졸업한 후 호텔경영 분야의 전문성을 키우기 위해 스위스에 있는 호텔에서 마케팅 업무를 시작했다. 하지만 세계 최고의 호텔이 모인 스위스의 한 호텔 사무실에 앉아 컴퓨터 자판을 두드리고 비즈니스 미팅을 하는 날이 반복되면서 이게 정말 자신에게 맞는 일인지 회의가 들기 시작했다. 사무실에만 앉아있다 보니 자신이 하고 싶었던 호텔 업무와 점점 더 멀어진다는 느낌이 들었다. 모니크는 자신이 사무실 의자에 앉아있을 때보다 직접 현장에서 고객들과 얼굴을 맞대며 일할 때 더 큰 만족감을 얻는다는 것을 깨닫게 되었다.

오랜 고민 끝에 자신이 정말로 원하는 것이 무엇인지 알게 된 모니크는 3년 동안 일했던 스위스의 호텔을 떠나기로 결심하고 바로 짐을 싸 네덜란드로 돌아왔다. 그리고 이곳에서 호텔 리셉셔니스트로의 삶을 시작했다. 다양한 언어와 문화에 관심이 많은 그녀에게 호텔은 새로운 사람들을 만나고 또 교류할 수 있는 최고의 장소이다. 특히, 고객과 쉽게 만나기 어려운 사무직보다는 호텔을 찾은 고객을 현장에서 가장 먼저 만날 수 있는 리셉셔니스트는 자신의 천직처럼 느껴졌다.

모니크가 일하는 호텔을 찾는 고객들은 일반 레저 여행객도 있지만, 콘퍼런스나 비즈니스 미팅을 위해 네덜란드를 방문하는 비즈니스 여행객이나 해외의 석학들도 많다. 덕분에 그녀는 리셉션에서 이러한 여행객들을 응대하면서 이들에게 직접 업계 이슈와 정보, 트렌드에 대한 소식을 들을 수 있어 새로운 지식을 습득하는 즐거움도 크다고 한다. 편안하고 화사한 미소로 다른 사람들을 섬세하게 챙기는 성격에 또 지적으로 호기심도 많은 모니크에게 이보다 더 좋은 직업이 있을까 싶다.

하지만 호텔 리셉션 현장에서 일하는 게 늘 행복한 것만은 아니다. 업무량도 많지만 때로는 고객의 마음을 편하게 하기 위해 아무리 불쾌한 일이 있더라도 감정을 드러내서는 안 되는 감정 노동이 필요한 부분도 많다. 어디에서나 진상 고객은 있는 터라, 막무가내로 말도 안 되는 요청을 하는 고객들이 종종 있어, 이들을 상대하는 일이 만만치 않다. 모니크 또한 자신의 일을 사랑하지만 가끔은 스트레스로 기운이 빠질 때도 있고, 그럴 때는 종종 내가 왜 이 직업을 택했을까 자괴감이 들기도 한다. 너무 지칠 때는 심리 치료를 위해 상담사를 찾기도 했다. 하지만 새로운 고객을 만나 그들의 언어로 반갑게 이야기를 나누고, 때로는 고객들의 긴박한 요청을 원만하게 해결했을 때 느끼는 보람 때문에 리셉셔니스트라는 직업을 바꿀 생각은 없다고 한다.

같은 호텔 체인에서 10년 가까이 근무해 일반 평직원이 아니라 매니저급으로의 승진도 기대할 만한데 모니크의 생각은 단호하다. 매니저로 다른 사람을 관리하는 것보다는 현장인 리셉션 데스크에서 고객을 제일 먼저 맞는 일이 가장 적성에 맞는다고 한다. 앞으로 이곳에서 더 오래 일하고 회사에 충성도를 인정받는다고 해도 매니저로 승진을 요구할 일은 전혀 없을 것 같다.

고학력에 탄탄한 경력을 쌓던 딸이 갑자기 직업을 바꾼다고 했을 때 그녀의 부모는 무슨 말을 했을까 궁금했다. 직업을 선택할 때 온전한 개인의 선택이 힘든 한국 사회에서 자란 내게 모니크의 부모님이 어떤 반응을 보이셨을지가 가장 궁금했던 것도 사실이다. 질문을 들은 모니크는 큰 소리로 웃으며 "부모님은 내가 어떤 삶을 사는지 크게 개의치 않아. 학사 학위를 두 개나 가진 것도 결국 내가 원해서 한 것이었고, 또 지금의 직업을 갖게 된 것도 모두 전적으로 나의 선택이었어. 부모님에게 가장 중요한 것은 내 자신이 가장 행복한 선택을 하는 거야. 그게 사랑이건 직업이건 상관없이 말이야"라고 대답했다.

그렇다고 모니크의 부모님이 아예 자식의 선택에 무관심하다고 생각한다면 큰 오산이다. 모니크가 차를 바꾸려고 할 때 두 분은 어떤 브랜드의 차가 좋은지 직접 사전 조사까지

하며 모니크에게 조언을 아끼지 않으셨다. 하지만 차를 바꾸는 것과 같은 사소한 것에도 큰 관심을 보이셨던 모니크의 부모님은 그녀가 인생에서 큰 선택을 할 때는 오히려 스스로 결정을 내릴 수 있도록 간섭하지 않고 지켜보셨다. 삶의 방향과 선택은 최종적으로 본인 자신만이 내릴 수 있기 때문이다.

사실 모니크처럼 이러한 과감한 선택을 할 수 있는 것은 사람을 판단하는 데 있어 직업과 같은 외형적 기준에 별 의미를 두지 않는 사회적 분위기도 한몫을 한다. 모든 직업이 그 나름의 의미가 있다고 보는 네덜란드에서는 직업이 사람을 판단하는 절대적 기준이 아니다. 회사의 사장이건 비서건 리셉셔니스트건 청소를 하는 사람이건 누구나 사람은 평등하다는 인식이 사회 전반에 자리잡고 있어, 그 사람이 가진 사회적 타이틀이 중요하지 않다. 오직 그 사람이 어떤 사람인지가 가장 중요한 것이다.

그렇기 때문에 다른 이들에게 보여주기 위해 본인에게 맞지도 않은 옷을 입을 필요도 없을뿐더러, 인생에 가장 중요한 요소 중 하나인 직업 선택에 있어서도 본인의 행복과 만족감이 최우선이 된다. 외형보다는 내실이 더 중요하기 때문이다. 이러한 사회적 분위기와 함께 자녀의 행복과 만족을 최우선 순위로 두는 교육 환경 덕분에 네덜란드 사람들은 어릴 적부터 자연스럽게 본인이 가장 행복한 방향으로 인생을 설계하는 데 익숙하고, 남들의 시선과 남들이 만들어놓은 가치 때문에 고민하는 경우도 적은 것 같다.

비록 월급은 이전 직장보다 반으로 줄었고, 혼자 지내기에도 살짝 좁아 보이는 스튜디오에서 사는 모니크지만, 그녀의 삶은 결핍과 궁핍과는 거리가 멀다. 자신이 100% 애정을 쏟을 수 있는 일을 매일매일 즐기며, 일을 통해 에너지를 얻고 있다. 일 년 내내 아름다운 바닷가가 보이는 집에서 여유 있게 자신의 하루를 시작하고 마무리하는 그녀가 행복하지 못할 이유가 있을까. 고액 연봉을 위해 저녁과 주말을 반납하며 가족과 함께 보내는 시간을 포기하고, 스트레스와 외로움을 유흥으로 달래는 사람들이 과연 모니크만큼 지속 가능한 행복을 누리고 있는지는 굳이 궁금해할 필요가 없을 것 같다.

모니크의 이러한 라이프스타일과 네덜란드 사람들의 유연한 시선은 내가 이곳 네덜란드에서 새로운 삶을 시작할 때 여러모로 많은 힘이 되었다. 네덜란드 사람들은 나의 가정 환경이 어떤지, 내가 어떤 학교를 나왔고, 어느 직장에 다니고 있고, 어디에 살고 있는지 묻지 않는다. 한국에서 했던 일과는 완전히 다른 일인 온라인 편집숍 상품기획자로 첫발을 내딛는 나에게 일이 잘 되겠냐는 회의적인 시선도 없고, 본인들이 나보다 더 기대에 들떠 응원을 보내고, 만날 때마다 내가 하고 있는 일이 잘 진행되고 있는지 진심으로 궁금해하며 조언을 아끼지 않는다. 내 자신과 내가 내린 결정을 있는 그대로 받아들이는 이곳 사람들을 통해 그동안 알지 못했던 내 자신을 발견할 수 있게 되었다. 또한 새롭게 시작하는 일에 대해서도 자신감을 갖게 되었음은 물론이다. 그리고 이 모든 과정을 통해 나 또한 다른 이들을 편견 없이 있는 그대로 바라보고 수용할 수 있는 시선을 갖게 된 것은 또 하나의 기쁨이었다.

물론이죠,
여기는
네덜란드입니다

네덜란드는 직업에 따른 임금 격차가 크지 않고, 모든 직업을 존중하는 문화가 형성되어 있다. 이는 네덜란드 사회 곳곳에 뿌리내린 칼뱅주의의 영향이다. 칼뱅주의는 모든 직업은 신의 거룩한 부름에 의한 것이기 때문에 직업에 귀천이 있을 수 없고, 모든 사람은 자신의 직업에 충실하고 성실하게 임할 의무가 있다고 본다.

MONIQUE

SECTION ① —

네덜란드의 죽음관

2 죽음을 선택하는 사람들

네덜란드에 처음 도착한 후 2주가 지났을 때 갑자기 친할머니의 부음 소식을 들었다. 꼬박 한 세기를 사신 분이었지만 무릎이 안 좋으신 것 외에는 정정하셨는데, 갑자기 걸린 폐렴 때문에 호흡 곤란으로 급하게 응급실에 실려 가신 후 3일 동안 앓으시다가 돌아가셨다. 할머니의 임종을 지켜보지 못한 나는 동생에게 소식을 듣자마자 부랴부랴 비행기 표를 끊어 할머니의 장례식에 겨우 참석할 수 있었다. 마지막까지 온전한 정신으로 당신의 눈앞에 닥친 죽음을 어떻게 받아들이셨을지……. 그 옆을 지켜드리지 못한 죄송한 마음이 지금도 크다.

할머니의 장례를 치르고 다시 암스테르담으로 돌아와 집 근처에 있는 네덜란드식 펍인 브라운카페에서 와인을 한잔을 마시며 할머니를 추억하고 있을 때 안나Anna를 만났다. 남동생이 암스테르담에 살고 있어 종종 이곳에 온다는 안나는 검은 가죽 재킷이 잘 어울리는 금발 아가씨였다. 네덜란드에서 태어났지만 지금은 옆 나라 룩셈부르크에서 철학을 공부하고 있다고 했다. 서로 이런저런 사는 이야기를 나누다가 안나 또한 몇 년 전 할머니를 보내드린 까닭에 우리의 대화는 자연스럽게 할머니에 대한 이야기로 흘러갔다. 안나의 할머니는 오랫동안 암 투병 중이셨는데 긴 투병 생활을 고통 없이 끝내기 위해 3년 전 안락사를 선택하셨다고 한다.

벌써 3년이라는 시간이 흘렀지만 안나는 아직도 할머니와의 마지막 통화를 또렷하게 기억한다. 할머니가 안락사를 결심하셨던 당시, 안나는 오랫동안 준비했던 스페인 산티아고 순례자의 길을 걷고 있었다. 무거운 배낭을 짊어지고 한 발 한 발 앞을 향해 가던 안나에게 전화를 거신 할머니는 "여행 잘 다녀오렴. 나도 이번 삶의 마지막 여행을 하련다"라며 편안한 음성으로 마지막 인사를 건네셨다. 할머니의 마지막을 지켜보지는 못했지만 안나는 지금도 할머니와의 마지막 통화를 할머니와 함께한 인생의 가장 아름다운 순간으로 기억하고 있다. 생의 마지막 순간을 초연하고 담담하게 받아들이셨던 할머니의 음성은 안나가 삶에서 방향을 잃고 방황하는 순간에도 중심이 되어주었다.

암스테르담에 살고 있는 바트Bart의 아버지와 어머니 또한 모두 안락사를 선택하셨다. 두 분은 건강하실 때부터 병환 등으로 생명을 연장하기가 힘든 상태가 되면 안락사를 선택할 것이라고 가족들에게 누누이 말씀하셨다. 결국 두 분 모두 암 판정을 받고 몇 번의 수술을 거쳐도 차도의 기미가 보이지 않자, 오랫동안 생각해오신 대로 안락사로 삶을 마감하기로 결정하셨다. 게다가 놀랍게도 바트의 아버지는 안락사 날짜가 정해지자 자신의 장례식 초청장을 직접 디자인하셨다. 초청장의 표지에는 '그는 죽었다'라는 짧고 의미심장한 한 문장이 적혀있었는데, 지금도 바트는 아버지가 만드신 장례식 초청장을 소중하게 간직하고 있다.

네덜란드에서 안락사는 안락사를 원하는 사람이 선택한 장소에서 안락사 전문의를 통해 집행된다. 대부분의 경우 본인이 가장 편하게 느끼는 자택에서 이루어진다. 바트의 어머니도 마지막까지 지내시던 자택에서 생의 마지막을 맞기로 결정하셨다. 안락사를 집행하는 의사는 수면을 유도하는 주사와 심장 박동을 멈추게 하는 두 개의 주사제를 준비해왔다. 두 번의 주사를 차례로 맞으신 후 바트의 어머니는 바트가 태어나고 자라고, 어머니 당신이 평소에 책을 읽고 차를 마시고 이웃과 담소를 나누던 거실의 의자에 앉아서 바트를 비롯한 자녀들이 지켜보는 가운데 편안하게 삶을 마치셨다.

이제 어머니를 다시 볼 수 없다는 슬픔과 또 어머니가 더 이상 극심한 통증에 시달리지 않으셔도 된다는 안도감이 뒤섞인 아름다운 이별의 순간이었다. 조용히 숨을 거두신 어머니를 바트는 누이와 함께 꼭 안아드렸다. 마치 화려하게 만개했던 꽃 한 송이가 지듯, 마지막 잎이 떨어지듯, 아름다운 음악 선율이 멈추듯 고요하게 숨을 거두신 어머니의 마지막 모습을 지켜본 바트는 자신도 때가 되면 안락사를 선택하기로 했다.

개인의 자유를 최대한 보장하는 네덜란드에서는 죽음 또한 개인의 선택 중 하나다. 2002년 세계에서 최초로 '요청에 의한 생명 종결과 조력자살에 관한 법'을 발효한 네덜란드에서는 이미 30년 전부터 안락사가 관행적으로 진행되었다. 네덜란드에서 안락사는 금기시되는 단어가 아니며, 네덜란드 국민의 약 85%가 안락사를 지지하고 있다. 2016년 한 해만 안락사로 생을 마감한 사람의 수는 6,000명을 넘어선 것으로 추산되는데, 이는 전체 사

망 원인의 약 4.5%에 이를 정도다.

예전에는 안락사가 주로 신체적 질환을 앓는 사람들을 중심으로 진행되었지만, 이제는 정신 질환을 앓거나 수명 연장이 무의미하다고 생각되는 모든 경우에 안락사를 허용하는 방향으로 바뀌고 있다. 얼마 전에는 알코올 중독으로 8년간 괴로운 시간을 보냈던 40대 남성과, 어린 시절 성적 학대를 받아 평생을 트라우마 속에서 고통스러워했던 20대 여성이 안락사를 선택했고 의료진은 이를 수용했다. 하지만 네덜란드에서 안락사가 결코 쉽게 진행되는 것은 아니다. 안락사가 허용되기 위해서는 의사가 환자의 요구가 자발적인 것이고 충분히 숙고한 후 내린 결정이며 환자의 고통이 치유될 가능성이 없다는 점을 거듭 확인해야 한다.

최근에는 불치병이나 심한 고통에 시달리지 않더라도 죽음을 원하는 사람이라면 누구나 죽을 권리를 선택할 수 있는 '조력자살법' 또한 검토 중이다. 네덜란드 보건 및 법무부 장관도 "신중한 고려 끝에 인생이 완성되었다고 판단한 이들이 엄격하고 사려 깊은 기준에 따라 존엄한 방식으로 인생을 끝낼 수 있도록 허용해야 한다"며 조력자살 합법화 법안에 대한 입장을 밝히고 있을 정도다. 더 이상 삶을 살 이유가 없다고 판단하는 사람들이 삶을 끝낼 수 있는 권리 또한 인정해주자는 것이다.

안락사를 허용하지 않는 나라에서는 여전히 삶을 자의적으로 끝내는 안락사에 대한 논란이 거세다. 또한, 종교적인 입장에서 안락사는 절대 용납할 수 없다는 의견도 많다. 하지만 안락사의 찬반 논란을 떠나서 안락사 그 자체의 의미를 들여다 볼 필요는 있을 것 같다. 안락사를 통해 '어떻게 살 것인가'뿐만 아니라 우리가 그동안 묵과해왔던 '어떻게 죽을 것인가'에 대해서도 생각해봐야 한다.

누구나 삶이 진행되는 순간뿐 아니라 삶이 끝나는 마지막 순간에도 오롯이 '나'이고 싶을 것이다. 고통 속에서 하루하루 죽음이 오기를 기다리면서 죽음보다 더 괴로운 고통이 심신을 갉아먹기 전에 또렷한 정신으로 사랑하는 가족들과 깊고 애틋한 추억과 감정을 나누며 생의 마지막 장을 함께 써내려 가는 것. 안락사를 인생의 한 선택으로 보는 네덜란드 사람들을 보며 어쩌면 안락사를 결정하는 것은 죽음이 끝이 아니라 삶의 일부분임을 보여주는 가장 인간답고 존엄하고 고귀한 행위일 수도 있다는 생각을 하게 된다.

물론이죠,
여기는
네덜란드입니다

the Netherlands

네덜란드는 2002년 세계 최초로 안락사를 합법화한 나라이다. 질환이 호전될 가능성이 없고 극심한 신체적, 정신적 고통에 시달리는 환자를 의사가 적극적인 방식으로 생명을 끊거나, 환자에게 치명적인 분량의 약을 처방하는 일종의 조력자살을 모두 허용한 것이다. 안락사를 선택한 사람들의 수는 지속적인 증가 추세에 있는데 이들 중의 92% 정도는 심각한 질병을 가진 환자이고, 그 외 노령, 초기 치매나 정신질환을 앓는 사람들도 안락사를 선택해 삶을 스스로 마감하는 것으로 알려져 있다.

BART

SECTION ①

3

네덜란드의 육아관

세상에서 가장 행복한 네덜란드 아이들

네덜란드의 북쪽에 있는 도시 즈볼러Zwolle에 살고 있는 클레어Claire는 지난해 만 12살이 되었다. 네덜란드 아이들에게 12살은 참 중요한 나이다. 초등학교를 마치고 9월에는 중등학교 과정으로 옮기는 해이기 때문이다. 네덜란드의 중등교육은 한국의 중·고등학교와 유사한데, 직업 교육 과정과 일반 중등 교육 과정, 대학 진학 예비 과정 등으로 세분화되어 있다. 학생들은 보통 4년에서 6년 정도의 시간을 중등학교에서 보내게 된다. 네덜란드에서 중등학교 진학은 단순히 상급학교의 진입만을 의미하지 않는다. 앞으로 대학을 갈지, 졸업 후 바로 직장 생활을 할지 등 인생의 큰 방향을 결정하는, 인생에서 가장 중요한 선택을 내리는 시기다.

클레어가 어떤 학교로 진학할지 궁금해 클레어의 엄마인 이리나Irina에게 물어봤다. 불가리아에서 온 이리나는 네덜란드인 남편을 만나 네덜란드에 정착한 지 벌써 13년이 된다. 클레어를 이곳에서 낳았으니, 클레어가 태어나면서 네덜란드에서의 이리나의 삶도 함께 시작된 셈이다. 구소련의 위성국가 중 하나였던 불가리아도 한국은 저리 가라 할 만큼 교육열이 높은 나라 중 하나다. 좋은 학교를 보내기 위해 초등학교 때부터 주말도 없이 과외를 받거나 학원을 다니는 아이들도 많다. 이런 나라에서 자란 이리나이기 때문에 당연히 딸 클레어의 진학에도 관심이 지대할 듯 싶었는데, 놀랍게도 클레어가 직접 자신이 갈 학교를 결정했다고 한다.

아빠와 엄마와 달리 호리호리한 체격의 클레어는 자타 공인 운동 마니아다. 학교의 하키팀에 소속되어 있는데, 팀에서도 실력이 출중해 매번 학교에서 하키 경기가 열릴 때마다 클레어의 부모는 딸이 활약하는 모습을 보고 좋아서 어쩔 줄을 모른다. 아무리 바쁜 일정이 있어도 딸의 하키 경기가 있는 날은 다른 무엇보다도 경기 관람이 우선이다. 운동을 좋아하고 또 운동 실력도 좋다보니 클레어는 중등학교에서도 본인이 좋아하는 운동을 계속 할 수 있을지가 초관심사였다. 클레어는 좋은 운동 시설과 프로그램을 갖춘 학교 리스트를 만들어놓고, 학교별로 장단점은 무엇인지 스스로 정보를 검색해보고 주변에 의견을 구하기도 했다. 스쿨 오픈 데이 때는 직접 학교에 가서 학교 시설도 보고 선생님을 만나본 후 최종적으로 본인이 갈 학교를 그녀가 직접 골랐다. 이 과정에서 클레어의 부모가 간섭을 하거나 결정적인 영향력을 행사한 것은 단 하나도 없다.

사실 클레어의 엄마 이리나는 딸이 학교를 결정할 때까지 중간에 개입을 해야 하나 고민도 했다고 한다. 하지만 이리나는 딸의 선택을 믿었다. 본인이 직접 결정을 내렸기 때문에 앞으로도 책임감을 가지고 할 것이라는 생각이 무엇보다 가장 컸다. 또한, 본인뿐 아니라 주변의 클레어 친구들의 부모도 자신과 같은 생각이었기에 안심이 됐다. 물론 이따금씩 불안할 때도 있었지만, 딸이 신중하게 내린 결정인 만큼 전적으로 믿고 괜한 간섭은 하지 않았다고 한다. 본인이 좋아하는 것을 학교에서 마음껏 할 수 있어서 일까. 종종 보는 클레어는 운동과 학업을 병행하는 빡빡한 스케줄에도 얼굴에 구김살 하나가 없다.

네덜란드에서 가장 부러운 것 중 하나가 아이들의 행복지수이다. 매년 전 세계 어린이들을 대상으로 한 조사에서 네덜란드 아이들은 세계에서 가장 행복한 아이들로 언급된다. 어느 한 해에 국한된 것이 아니라, 매년 똑같은 결과가 나오는 것은 쉽지 않은 일이다. 아이들의 행복 지수는 물질적 행복, 보건과 안전, 교육, 가족과 친구 관계, 행동과 생활양식, 주관적 행복 등 6가지

항목에 대한 평가로 이루어지는데, 네덜란드 아이들은 각 항목에서 고르게 높은 점수를 얻었다.

특히, 네덜란드 아이들이 행복을 느끼는 것은 교육 분야다. 네덜란드 아이들은 만 5세부터 학교를 다닌다. 그런데 이 학교는 우리가 생각하는 학교와는 다르다. 네덜란드의 학교는 첫째도 둘째도, 아이들이 친구들을 만나 노는 곳이다. 네덜란드 학교의 아이들은 숙제나 과외 활동도 거의 없다. 학교의 자리 배치도 직선이 아닌 원형으로 되어있다. 매주 월요일 아침과 금요일 오후에는 둥글게 앉아 주말에 무엇을 했는지, 또 이번 주말에는 무엇을 할 계획인지 서로 이야기하고 듣는다. 그러면서 아이들은 자연스럽게 자신의 생각을 표현하고 남의 생각을 듣는 습관을 어린 시절부터 기른다.

숙제가 거의 없기 때문에 숙제로 인한 스트레스를 받을 일도 거의 없다. 어쩌다 한 번씩 있는 숙제는 '집에 있는 애완동물에 대해 이야기하기', '할머니, 할아버지와 대화하고 발표하기' 등 10분 내로 끝낼 수 있는 분량이다. 숙제가 자주 있는 것도 아닌데다가 이렇게 일상에서 쉽게 할 수 있는 내용이다 보니 숙제를 발표할 때 아이들은 모두 기대감에 부풀어있다.

학교 수업이 끝나면 교과서를 다시 볼 필요도 없다. 네덜란드 학교에서는 방과 후에 교과서를 모두 학교에 두고 가도록 하기 때문이다. 집에 돌아오면 아이들은 대부분 개와 고양이 등 자신

이 키우는 동물을 돌보거나 본인이 읽고 싶은 책을 보고, 또는 자전거를 타며 놀거나 퇴근 후 돌아온 부모님과 함께 저녁 시간을 보낸다.

아이들은 선생님은 물론, 교장 선생님에게도 건의사항을 당당하게 말할 수 있고 면담을 요청할 수도 있다. 학생들과 면담하는 선생님들은 어리다는 이유로 그들을 무시하거나 의견을 허투루 듣는 일도 드물다. 체벌은 당연히 있을 수 없다. 대화로 아이들의 행동을 교정하고 타이른다. 이는 학교뿐 아니라 일반적인 가정에서도 마찬가지다.

성적에 대한 부담도 없다. 네덜란드의 학교는 학생들의 학업 성취도를 동급생들과 비교하는 방식으로 평가하지 않는다. 학생들은 단지 자신의 이전 학업 성취도와 비교해서 평가를 받을 뿐이다. 이전보다 얼마나 잘했는지, 어떤 부분의 보완이 필요한지 등의 피드백을 받는다. 남들보다 더 좋은 점수를 얻기 위해 경쟁하는 것이 아니라, 자신의 잠재력을 높이기 위한 방식으로 교육이 진행되는 것이다.

하지만 학교에서도 유독 깐깐하게 보는 분야가 있는데 바로 아이들의 사회화 과정이다. 친구들과 어울리는 데 문제가 있거나 사회성이 부족한 아이들은 학교에서 유급을 시킬 수도 있다. 그러다 보니 학생들은 자연스레 학교에서 다른 이와 함께 조화롭게 사는 방법을 배우게 된다. 그래서일까. 네덜란드 사람들의 친화력은 세계적으로 유명하다. 이는 상업이 주요 산업이었던 네덜란드의 특성상 다양한 문화권의 사람들과 소통하는 능력이 몸에 베어있기 때문이기도 하지만, 이처럼 어린 시절 학교에서부터 사회성과 친화력을 중시하는 교육이 이루어지기 때문이기도 하다.

네덜란드 학교의 학급당 학생은 20명 내외로, 담임 교사의 밀착 관리가 가능한 규모다. 특히 놀라운 것은 학교의 초등 과정의 경우 한 선생님이 같은 반 학생을 최소 6년 이상 담당한다는 점이다. 오랜 시간 동안 아이를 지켜보고 지속적으로 아이와 학부모에게 피드백을 주고, 학부모와 소통할 수 있는 시스템이다. 혹시라도 아이의 태도나 학습 성취 내용에 변동이 있으면 수시로 학부모에게 알리고 학부모는 언제든지 아이의 문제를 교사와 상담할 수 있다. 오랫동안 아이들을 꼼꼼하고 세심하게 지켜보기 때문에, 학부모들도 선생님들에게 절대적인 신뢰를 보인다.

네덜란드는 아이들 개인의 특성과 적성을 반영해 진학 설계를 하기 때문에 아이들이 모두 똑같은 목표를 설정하고 살지 않는다. 어렸을 때부터 아이들은 자신이 좋아하고, 자신이 하고 싶은 방향으로 의사 결정을 내릴 수 있도록 가정에서도, 학교에서도 교육을 받는다. 다른 사람과 비교할 필요 없이 본인이 좋아하는 방향으로 진로를 결정하면 되니, 좋은 성적을 받고 또 좋은 학교를 가기 위해서 친구들과 경쟁할 필요가 없다. 그들에게 학급 친구들은 경쟁의 대상이 아니라 공존의 대상인 것이다. 각자 본인의 계획에 따라 대학에 갈 수도 있고, 직업 학교에 진학해 바로 사회생활을 할 수도 있기 때문에, 대학에 가지 못했다고 해서 한국에서처럼 인생의 낙오자 취급을 받거나 자책하는 일도 없다. 필요한 경우 직업 학교 졸업 후 사회생활을 하다가 다시 대학에 진학해 박사 학위까지 받는 경우도 더러 있다.

처음 네덜란드에 와서 놀랐던 것 중 하나가 부모와 아이들의 스스럼없는 관계였다. 가끔 우리 시각에서는 버릇이 없어 보일 정도로 자신이 하고 싶은 말을 따박따박 하는 아이들의 모습을 보면서 아이들을 저렇게 놔두어도 될까 우

려가 될 정도였다. 그런데 이런 부모와 자녀 간의 수평적인 관계도 네덜란드 아이들이 행복한 이유 중 하나로 꼽힌다. 네덜란드 부모는 아이를 부모의 분신이나, 부모의 기대를 이루는 대상으로 생각하지 않는다. 그들은 아이 역시 어른과 다를 것 없는, 독립적인 생각과 자유 의지를 가진 개별 인격체로 대우한다. 아이들의 의견 또한 가족의 중요 의사 결정을 내릴 때 반영된다. 또한 아이의 학교 생활과 진로에 대해 부모가 특별히 기대하거나 스트레스를 주지 않기 때문에 성적 때문에 아이들이 부담을 느끼는 경우도 거의 없다.

네덜란드에서 부모와 자녀는 일상에서 거의 모든 주제에 대해 자유롭게 이야기를 나눈다. 네덜란드는 세계에서 성[性], 안락사, 마약 등 첨예한 주제에 대해 가장 열린 생각을 가진 사회로도 알려져 있다. 가정에 따라 다소 차이는 있지만, 일반적으로 네덜란드의 아이들은 이러한 민감한 주제에 대해서도 부모와 허심탄회하게 의견을 주고받는다. 어린 시절부터 자연스럽게 본인의 생각을 표현할 수 있는 문화가 바탕이 되어서인지, 네덜란드에서 말을 잘 못하는 아이들은 거의 본 적이 없다. 어떤 때는 다른 이의 눈치를 살피지 않고 하고 싶은 말을 다 하는 네덜란드 사람들이 다소 무례해 보일 때도 있지만, 이들이 어린 시절에 받은 교육과 자라난 환경을 보면 어느 정도 이해가 된다.

최고 52%에 이르는 높은 세금을 내는 네덜란드에서는 극단적인 부유함도, 극단적인 가난함도 존재하지 않는다. 많은 유산을 상속받은 갑부라 해도 사치나 허영을 부리는 일이 드물다. 부유한 집과 가난한 집의 구분이 따로 없기 때문에 아이들은 생활 수준과 관계없이 같은 반 학생들과 자유롭게 어울린다. 부모들 또한 아이의 출신이나 가정 환경 등을 보고 친구를 사귀어라 말아라 하는 참견도 하지 않는다. 사립학교와 같은 특혜가 있는 학교도 네덜란드에서는 어림도 없는 이야기다. 이렇게 차별과 구분이 없는 교육 환경 속에서 아이들은 자연스럽게 자신과 다른 삶을 사는 사람들을 이해하고, 또 함께 살아가는 법을 깨우친다. 이러한 어린 시절의 경험이 서로를 돌보고 받아들이는 네덜란드 사회의 철학을 이어갈 수 있는 뿌리가 된다.

네덜란드인들은 또한 감정을 잘 드러내지 않는 것으로도 유명하다. 무뚝뚝하다기보다는 분노나 화와 같은 극단적인 감정 표현을 하지 않는 것이다. 네덜란드의 부모들 또한 그러한데, 아이들이 실수를 했거나 잘못을 했을 때, 무조건 소리를 지르거나 화를 내는 것이 아니라 차분히 조곤조곤 타이르는 부모를 종종 볼 수 있다. 부모들이 갑자기 화를 낼 때 아이들이 심리적으로 불안해한다는 것을 생각해볼 때, 감정을 직접적으로 드러내지 않는 부모들의 성향 역시 네덜란드 아이들이 행복한 또 하나의 이유가 아닐까 싶다.

네덜란드는 야근과 직장 회식이 많지 않은데, 이러한 직장 문화 역시 아이들 행복의 중요한 요소가 된다. 대부분의 네덜란드 부모들은 일을 마치면 곧장 집으로 와서 부부가 함께 아이를 돌보고 식사를 준비한다. 온 가족이 모이는 저녁 시간, 아이들은 엄마와 아빠가 요리한 저녁을 먹으며 학교에서 일어난 일 등 시시콜콜한 하루 일과를 공유하고, 이런저런 이야기를 나눈 후 잠자리에 든다.

또한 파트 타임 근무 제도가 활성화된 네덜란드에서는 엄마와 아빠가 일주일에 하루는 평일인데도 회사에 가지 않는 경우가 많다. 대신, 집에서 일을 하며 아이와 시간을 보낸다. 이렇게 주말 외에도 부모와 함께 오랜 시간을 보내면서 아이들은 정서적 안정감과 편안함을 느끼게 된다. 야근과 회식으로 저녁이 없는 부모들 때문에 방과 후 이모와 보내는 시간이 더 많은 한국의 아이들은 어쩌면 아이로서 당연히 누려야 할 권리를 박탈당한 것이 아닌지 가끔 안쓰러울 때가 있다.

네덜란드에 온 이후로 블

로그를 통해 네덜란드에 대한 이야기를 지속적으로 전하고 있다. 가끔 이 블로그에 네덜란드의 학교에 대한 질문을 하는 분들이 있다. 요즘 네덜란드로 유학을 오는 사람들이 많아지면서 아예 어린 나이에 네덜란드에서 아이를 키워보고 싶은 부모들도 있는 것 같다. 사실 육아 경험이 없어 한국과 네덜란드를 절대적으로 비교하기는 힘들지만, 아이들과 부모들이 일상생활에서 받는 스트레스는 네덜란드가 어느 정도 덜하지 않을까 싶다. 어린 시절부터 성인이 되어서까지 학교와 직장 등 삶의 중요한 순간마다 각종 경쟁이 운명처럼 기다리고 있는 한국의 상황을 떠올리면 아이로서의 자유와 행복을 무한히 누리는 네덜란드의 아이들이 마냥 부러워진다.

물론이죠,
여기는
네덜란드입니다

세계에서 가장 행복한 아이들의 순위에서 매년 상위권을 벗어나지 않는 네덜란드 아이들. 왜 네덜란드 아이들이 행복한지에 대해서는 여러 분석이 있다. 그중 공통적인 의견은 부모가 아이를 독립적인 생각과 자유의지를 가진 개별 인격체로 대우하고 아이의 의사와 결정을 존중한다는 점이다. 또한, 세계에서 노동 시간이 가장 짧은 나라인 네덜란드는 아이들이 부모와 함께하는 시간도 훨씬 많은데, 이 또한 아이들의 행복과 직결된다.

CLAIRE

SECTION ① — 4

네덜란드의 젠더관

낙태가 죄가 아닌 나라

무엇이 사람을 행복하게 만들까. 행복의 조건에는 여러 다양한 것들이 있겠지만, 그중에서도 삶에서 중요한 것들을 스스로 결정할 수 있을 때 사람의 행복은 더 극대화되는 것 같다. 네덜란드 아이들이 유독 더 행복해 보이는 이유 또한 인생의 여러 분야에서 스스로 결정할 수 있는 폭이 넓기 때문일지 모른다.

한국에서는 가끔 숨이 막힐 것 같은 느낌이 들 때가 있었다. 조직이나 사회의 암묵적인 압력 때문에 내 자신이 옳다고 생각하는 것을 포기하고, 내 생각과는 다른 선택을 내려야 할 때 이런 답답한 느낌은 더 심했던 것 같다. 특히, 한국 사회의 '여성'은 한국 사회만의 독특한 사회 구조 때문에, 여성이 아닌 개인

스스로 내릴 수 있는 결정의 폭이 조금 더 제한적이라는 생각이 들 때가 많다. 한국에 있었다면 '아직 시집도 못 간 노처녀'라는 말 하나로 나의 40년 인생이 압축적으로 표현되겠지만, 암스테르담에 있는 지금의 나는 한마디로 규정할 수 없는 다양한 스펙트럼으로 가득한 인생을 살고 있다. 이 때문에 네덜란드의 삶은 물질적으로는 덜 풍요로울지라도 정신적으로는 더 큰 여유를 갖게 된 것 같다.

그동안 참 많은 지인들이 암스테르담을 다녀갔다. 특히 한국에서 함께 일하던 동료 여직원들과 여동생들이 많이 왔었는데, 그들이 네덜란드에 와서 하나같이 하는 말이 있었다. 거리의 여성들의 표정이 참 밝고 경쾌해 보인다는 것이다. 듣고 보니 그런 듯했다. 비 오는 날씨에 레인코트를 입고 자전거 페달을 힘차게 밟으며 달리는 20대 여성들도, 자전거 앞에 유모차가 달린 듯한 모양의 '박피츠Bakfiets'에 아이를 태우고 자전거를 타는 여성들도, 그리고 유모차를 끌고 거리를 걷는 여성들까지 하나같이 참 당당하고 밝아 보인다. 이곳에서 개인적인 친분을 통해 또는 일을 하면서 여러 네덜란드 여성들을 만났는데, 이들은 하나같이 자신의 삶에서 중요한 것들을 남이 결정하도록 내버려두지 않았다. 다른 사람들의 판단에 구애받지 않고, 스스로 원하는 것을 결정하고 추진하는 주체적이고 독립적인 삶을 살고 있었다.

네덜란드의 많은 여성들은 여성의 통과 의례로 인식되는 결

혼과 출산에서도 자유롭다. 결혼을 고려하지 않는 비혼주의자도 많고 이성 또는 동성 애인과 동거를 해도 누구 하나 왈가왈부하지 않는다. 헤어진 애인과의 사이에서 생긴 아이를 혼자 키우게 되어도 미혼모라고 수군거리는 사람도 없다. 개인의 선택에 남이 판단하고 재단할 여지가 없기 때문이다.

친구의 소개로 알게 된 벤디Wendy는 올해 마흔이 넘은 싱글맘이다. 원래 결혼과 출산 계획이 없었던 벤디는 혼자 살다가 몇 년 전 수리남 출신의 남자 친구가 생겼다. 1년 남짓 관계를 유지하다가 헤어졌는데 벤디는 그후 임신 사실을 알게 됐다. 아이의 아빠인 남자 친구와는 이미 헤어졌고 남자가 아이를 원하지도 않았지만, 벤디는 오랜 고민 끝에 아이를 낳아 혼자 기르기로 결심했다. 한국 사회의 시선에서 보면 미혼모인 셈인데, 누구 하나 벤디의 선택에 토를 달지 않았다. 벤디의 부모님부터 친구, 그리고 직장 동료들까지 모두 엄마가 된 벤디에게 진심 어린 축하를 보낼 뿐, 어떻게 혼자서 애를 키우려고 하느냐와 같은 쓸데없는 걱정은 전혀 하지 않는다. 벤디의 부모님은 전 남자 친구와 공동 육아가 힘든 벤디를 배려해서, 벤디가 일로 바쁜 주중에는 시간을 쪼개어 그녀의 아들을 돌봐주시고 있다. 아빠의 건강한 피부색과 자신의 생동감 넘치는 곱슬 머리를 그대로 닮은 아들은 벤디의 가장 큰 행복 중 하나다.

네덜란드에서는 원하지 않은 아이가 생긴 경우에 아이를 낳지 않을 자유도 있다. 다른 나라에서는 불법인 낙태가 네덜란드에서는 합법이기 때문이다. 안락사처럼 낙태 또한 보는 이의 관점에 따라 찬반 입장이 극명하게 갈리는 사안이다. 하지만 아직도 많은 여성들이 원치 않은 성관계로 임신을 하거나 아기를 키울 여건이 안 되는데 낙태가 불법이기 때문에 어쩔 수 없이 원치 않는 출산을 하게 될 때가 있다. 이렇게 태어난 아이가 부모의 사랑을 받으면서 잘 자라게 된다면 더 바랄 나위가 없겠지만, 많은 경우 부모의 축복 없이 태어난 아이들은 길이나 베이비 박스에 버려지게 된다. 만약 여성이 스스로 출산을 결정할 수 있었다면 갓 태어난 아기는 태어나자마자 엄마의 품을 떠나 버려질 이유가 없었을 것이다. 자식에 대한 모성과 현실적인 이유 사이에서 갈등하다가 위탁시설에 아이를 맡기는 엄마도 사정이 나아지면 다시 아이를 찾으러 오겠다고 다짐하지만, 대부분의 아

이들은 입양이 된다고 한다. 이 때문에 많은 사람들은 미혼모에 대한 우리 사회의 시선이 바뀌고 이들을 위한 사회적 지원 정책이 필요하다고 주장한다. 그러나 이보다 더 중요한 것은 임신과 출산을 여성이 직접 결정할 수 있는 권리를 사회에서 기본적으로 인정해주는 것이다.

1984년 전 세계 최초로 낙태를 합법화한 네덜란드에서 임신과 출산은 전적으로 여성의 자율적인 판단에 따른다. 네덜란드에서 낙태는 낙태 시술 허가증이 있는 특수 병원에서 두 명의 의사가 동의해야 가능하고, 임신 24주 이전까지만 허용되고 있다. 낙태를 결정하기까지 오랜 상담이 진행되고, 낙태 시술에 들어가는 비용은 모두 국가에서 보험으로 처리한다. 심리적으로나 신체적으로 고통이 수반되는 힘든 결정을 한 여성의 건강을 국가 차원에서 관리하고 돌보는 것이다.

네덜란드에서는 낙태가 합법적으로 가능하니 낙태 시술 비율이 아주 높을 것 같지만, 낙태가 불법인 나라보다 오히려 그 비율이 더 낮다. 낙태를 법으로 막는다고 낙태가 줄어드는 것이 아니기 때문이다. 낙태를 원하는 여성들의 경우 해외 원정 낙태를 택하기도 하고 불법으로 낙태 시술을 받아서 오히려 건강을 해치게 되는 경우도 생긴다. 낙태가 합법화 된다면 부득이한 이유로 낙태를 원하는 여성이 더 양질의 의료 서비스를 받을 수 있고 태아에게 못할 짓을 했다는 죄책감도 덜 수 있다. 무조건 금지하는 것보다 결정할 수 있는 자유를 허용하는 것이 오히려 더 도움이 될 수 있다는 것을 네덜란드의 사례가 보여주고 있다.

얼마 전 우연히 이와 관련된 다큐멘터리를 본 적이 있다. 레베카 홈페르츠Rebecca Gomperts가 운영하는 NGO의 낙태 시술선船 '파도 위의 여성들Women on the Wave'에 관한 내용이었다. 네덜란드 출신의 의사 레베카 홈페르츠는 낙태가 불법인 나라에 배를 띄어 임신한 여성들을 태우고, 낙태가 합법인 네덜란드의 법이 효력을 발휘하는 공해로 나아가 약물을 이용해 임신 중절 시술을 한다. 이 배 안에는 낙태 시술을 위한 이동 진료소가 있는데 진료뿐만 아니라 피임이나 임신에 대한 상담도 함께 제공하고 있다. 이 배가 여성의 낙태를 금지하는 중남미 가톨릭 국가와 아프리카에 정박하면서, 전 세계적으로 낙태에 대한 찬반 논쟁에 뜨거운 불을 지피기도 했다. 최근에는 낙태를 엄격히 금지하고 있는

폴란드 여성들을 위해 드론을 이용해 낙태약을 전달해 다시 한 번 화제가 되기도 했다.

낙태의 찬반을 떠나서, 이보다 더 중요한 것은 낙태에 대한 사회적 시선이 바뀌어야 한다는 것이다. 낙태에 대한 해묵은 논쟁은 임신과 출산을 아직도 여성의 영역으로 보고 낙태의 책임을 여성에게만 묻는 사회의 그릇된 인식을 보여준다. 하지만 이제 이런 구태의연한 가치관에서 자유로워질 때가 되었다. 여성의 몸은 아이를 낳는 것 이상의 의미를 지니고 있고, 출산을 하느냐 하지 않느냐는 전적으로 여성 자신이 결정할 것이지 제 3자의 간섭과 통제가 필요한 영역이 아니기 때문이다.

물론이죠,
여기는
네덜란드입니다

'프랑스 여성은 몸에 살이 없어야 하지만, 네덜란드 여성은 우울함이 없어야 한다'는 말이 있다. 유럽 내에서도 네덜란드 여성들은 유머가 넘치고 독립적이며 자존감이 강하다는 평가를 받는다. 여성으로서가 아닌, 한 인간으로서 자유롭고 행복한 삶을 꿈꾸는 사람들이 바로 네덜란드 여성들이다.

WENDY

SECTION ① — 5

네덜란드의 사랑관

우리 동네에 사는 세 명의 게이

연중 내내 다양한 행사로 가득한 암스테르담은 여름이면 더욱 활기를 띤다. 긴긴 겨울과 비바람이 몰아치는 변덕스러운 봄을 견디면 마치 축복과도 같은 여름 햇살이 온 도시를 감싼다. 암스테르담의 운하 위에서 반짝반짝 빛나는 햇빛처럼 이곳 사람들의 표정도 더욱 밝아진다. 이런 암스테르담 여름의 하이라이트는 매년 8월 첫 번째 토요일에 열리는 '암스테르담 게이 프라이드Amsterdam Gay Pride'다. 성적 소수자의 자긍심과 권익을 옹호하기 위해 시작된 '게이 프라이드'는 네덜란드는 물론, 미국과 유럽의 많은 국가에서 해마다 열린다. 하지만 200개에 가까운 운하들이 촘촘히 연결된 암스테르담의 게이 프라이드는 운하 위에서 퍼레이드를 펼치는 전 세계 유일한 게이 프라이드 행사다.

카니발을 연상시키는 화려한 장식의 80척의 보트가 암스테르담의 가장 아름다운 운하 중 하나인 프린센흐라흐트Prinsengracht에 모습을 드러내면 운하의 양쪽을 가득 메운 사람들의 환호성이 터진다. 보트 위의 DJ가 들려주는 일렉트로닉 댄스 뮤직EDM과 댄스 음악에 몸을 흔들고 관람객들의 시선을 사로잡는 퍼레이드 참가자들의 독창적이고 기발한 퍼포먼스를 감상하다 보면 4시간이 넘는 긴 행사 시간이 짧게 느껴질 정도다. 마치 암스테르담 전체가 야외 공연장이 된 듯한 분위기다. 암스테르담의 가장 중요한 이 여름 행사를 보기 위해 이날 하루에만 전 세계 각지에서 약 50~60만 명의 여행객들이 모여든다. 덕분에 게이 프라이드가 열리는 여름은 암스테르담을 제대로 즐길 수 있는 가장 좋은 때이기도 하다.

암스테르담의 게이 프라이드가 다른 나라의 게이 프라이드와 다른 것은 비단 퍼레이드의 장소와 형식뿐만이 아니다. 게이 프라이드가 열릴 때면 보수 단체의 반대 시위가 열리고 심지어 경찰과의 팽팽한 대치가 발생하는 다른

나라와 달리, 암스테르담의 게이 프라이드는 이곳의 모든 이들에게 축제와 같은 날이다. 성적 소수자뿐 아니라 이들을 지지하는 모든 사람들이 유럽에서 게이를 상징하는 핑크색 모자와 헤어 밴드, 넥타이, 바지 등 다양한 소품을 걸치고 퍼레이드 보트의 퍼포먼스에 환호하고 음악에 맞춰 몸을 흔든다. 연령대도 다양하다. 유모차에 탄 아기부터 백발이 성성한 노부부까지 행사를 즐기는 데는 나이 제한이 없다.

암스테르담의 게이 프라이드에 참여하는 보트들은 크기가 일반 보트와 다르기 때문에, 앞과 뒤에서 퍼레이드 보트를 끌어주는 보트가 필요하다. 이 보트를 '러브 보트'라고 부르는데, 이 보트에서도 종종 아빠와 엄마와 자녀로 구성된 가족들을 보게 된다. 그들은 동성애자가 아니지만, 이런 활동을 통해 성적 소수자에 대한 무언의 지지를 보내는 것이다. 이날 부모와 함께 러브 보트에서 게이 프라이드 보트 위의 사람들과 축제를 즐긴 아이들이

나중에 성적 소수자에 대해 어떠한 생각을 갖게 될지 궁금해진다. 이들에 대해 배타적인 생각을 갖지 않을 것은 분명해 보인다.

일반인들의 참여만 활발한 것이 아니다. 암스테르담시 정부와 공공 기관, 심지어 슈퍼마켓도 게이 프라이드를 적극적으로 후원한다. 게이 프라이드 시작 전, 암스테르담시 청사에서는 게이를 상징하는 무지개 깃발이 걸리며 대대적인 퍼레이드 홍보를 펼친다. 사람들이 많이 몰리는 광장에는 행사 프로그램, 게이 권익에 대한 글로벌 데이터 등이 설명된 정보 부스가 설치된다. 암스테르담 시민과 암스테르담을 찾는 여행객들을 대상으로 다양한 정보를 제공하기 위해서다. 2016년에는 유로 프라이드와 함께 열렸는데 암스테르담시에서 특별히 게이 프라이드 행사 소식지까지 발행해 암스테르담의 모든 가구에 배포하기도 했다. 암스테르담시에서 이 행사를 얼마나 중요하게 생각하는지를 알 수 있다.

심지어 공공 기관뿐 아니라 게이 문화에 대해 보수적인 성당이나 교회가 무지개 깃발을 거는 경우도 있다. 일반 상점들도 게이 프라이드 행사 시기가 가까워지면 쇼윈도에 핑크색과 무지개 빛깔로 장식을 한다. 핑크색 초콜릿 가루를 뿌린 아이스크림이 등장하고, '게이 프라이드 스페셜티 커피'도 만나볼 수 있다. 네덜란드의 가장 큰 슈퍼마켓 체인인 알버트 하인Albert Heijn에서도 행사 일주일 전부터 매장 전체를 게이 프라이드 콘셉트로 장식한다. 암스테르담 전체가 게이 프라이드를 반기는 이런 분위기는 이들의 게이 문화에 대한 수용도가 얼마나 높은지를 잘 보여준다.

지금 내가 살고 있는 동네에도 커밍아웃을 한 세 명의 게이가 살고 있다. 사이프러스 출신으로 런던에서 자라 20년 전에 네덜란드로 건너온 부동산업자 후사인Husain, 호주에서 건너온 셰프로 암스테르담 최고의 샌드위치 가게를 운영하는 션Sean, 네덜란드인 헤어 드레서 함얀Harm-Jan. 이들은 모두 본인이 게이라는 것을 숨기지 않고 주변의 이웃들도 이를 자연스럽게 받아들인다. 가끔 집 근처의 바에서 우연히 이들을 만나게 될 때면 자연스럽게 그들의 남자 친구를 소개받기도 한다. 이들은 이른바 게이 타운처럼 동성애자들이 특정 구역에 몰려 사는 것이 아니라 암스테르담 도시 곳곳에 어울려 살고 있다.

지금 살고 있는 집 바로 건너편에서 에어비앤비Airbnb[3]를 하고 있는 후사인은 매년 4월 말 킹스데이King's day에 맞춰 오픈 하우스 파티를 연다. 자신의 친구들과 이웃을 불러 일종의 친목 모임을 갖는 것이다. 몇 번 이곳에 초대를 받아 가봤는데, 에어비앤비 하우스를 꾸며놓은 감각이 보통이 아니었다. 사이프러스의 터키계 가정에서 태어나 런던에서 거주했던 후사인에게 암스테르담은 고향 사이프러스보다 더 고향 같은 곳이다. 무슬림 가정에서 후사인과 같은 동성애자는 가문의 수치로 여겨진다. 런던에서 부동산 업계에서 근무할 때도 늘 자신에게 어울리지 않는 옷을 입은 것 같은 느낌이었다고 회상한다. 이제 암스테르담의 가장 아름다운 운하가 보이는 곳에서 누나의 고양이와 함께 살고 있는 후사인은 언제나 생기가 넘친다.

호주 출신으로 이탈리아에서 잠시 지내다 암스테르담에 둥지를 튼 션은 암스테르담에 온 지 벌써 20년이 되어가는 암스테르다머Amsterdammer다. 운동으로 탄탄해진 팔에 타투를 하고, 민소매 셔츠를 즐겨 입는 션은 게이라는 사실이 안타까울 정도로 남녀 모두에게 매력적인 셰프다. 그의 레스토랑은 호주식 미트 파이는 물론, 타이, 멕시칸, 이탈리안 등 다양한 나라의 음식에서 영감을 받은 샌드위치 메뉴를 맛볼 수 있는 암스테르담의 맛집 중 하나다. 션 또한 게이라는 사실 때문에 자신이 태어난 호주에

3 개인이 자신의 집이나 방, 별장 등을 다른 사람에게 임대하는 전 세계 숙박 공유 서비스 플랫폼을 말한다.

서 도망치듯 이탈리아로 건너왔다고 한다. 하지만 요리를 배우고 실습을 하던 이탈리아에서도 힘든 시간을 보내긴 마찬가지였다. 보수적인 가톨릭 문화의 영향으로 이탈리아 또한 동성애자에 대한 시선이 곱지 않았기 때문이다. 그러다가 남자 친구와 함께 정착하게 된 암스테르담은 타국에서 방황하던 션을 있는 그 모습대로 받아들여주었다. 20년 넘게 고향을 떠나온 탓에 호주가 그리울 법도 한데, 그는 본국으로 돌아갈 생각이 전혀 없다고 한다.

네덜란드는 동성애자들이 망명을 원하는 1순위 국가다. 동성애를 비롯, 성적 소수자에게 가장 관용적인 나라기 때문이다. 동성애를 범죄화했던 다른 유럽 국가와 달리, 네덜란드는 1811년부터 이미 동성애를 인정했으며, 2001년 전 세계 최초로 동성 커플의 결혼과 입양까지 허용했다.

네덜란드가 전 세계에서 다양한 생각과 가치를 가진 사람들을 끌어들일 수 있는 이유는 무엇일까. 이는 네덜란드 사회에 뿌리 깊이 내린 개인의 자유에 대한 존중과 관용에 기인한다. 네덜란드 건국의 아버지인 빌럼 판 오라녜Willem van Oranje가 스페인에 대항해 독립 전쟁을 시작한 것도 개인의 신념과 종교의 자유를 황제가 간섭할 수 없다는 생각에서였다. 당시 유럽 최고의 전력을 갖춘 스페인에 약소국이었던 네덜란드가 굴복하지 않고 끝까지 저항할 수 있었던 이유 또한 개인의 자유에 대한 의지 때문이었다.

네덜란드의 개인의 자유와 관용을 단적으로 보여주는 것 중에서 '헤도헌Gedogen'이라는 단어가 있다. 헤도헌은 '참다', '견디다', '눈감아주다', '허락하다', '가능하게 하다'라는 다양한 뜻을 가진 말로, 불법이지만 눈감아줄 수 있다는 네덜란드식 관용을 의미한다. 이러한 헤도헌은 네덜란드가 동성애는 물론, 매춘, 안락사 등 첨예한 논쟁이 오가는 사안에 대해 가장 진보적이고 또 유연한 태도를 보이는 근거가 된다. 헤도헌은 네덜란드 사람들의 일상적인 인간관계에도 적용된다. 타인에게 피해를 주지 않는 모든 행위는 눈감아주고, 대부분 다른 사람이 어떤 행동을 하든 관심도 없다.

네덜란드 특유의 관용과 개방적인 태도는 인근 국가에서 종교 또는 철학과 신념이 다르다는 이유로 탄압 받는 사람들을 포용했다. 이들 중에는 포르투갈의 세르파딤 유대인 가문에서 태어나 유대인을 억압한 펠리페 2세의 박해를 피해 암스테르담으로 이주했던 스피노자Spinoza도 있었다. 17세기의 대표적인 비순응주의자였던 데카르트Descartes도 생각의 자유를 위해 프랑스를 떠나 약 20년간 네덜란드에서 거주하기도 했다.

이러한 네덜란드의 관용적 태도는 유럽의 지식인들을 매료시킨 것은 물론, 네덜란드가 해상 대국으로 도약하는 원동력이 되기도 했다. 스페인에 이어 프랑스도 구교와 신교 차별을 금지한 낭트 칙령[4]을 폐지하고 가톨릭 국가를 선포하면서 프랑스의 위그노Huguenot가 개인의 종교적 자유를 보장하는 네덜란드로 이주했다. 대부분 기술자와 부유한 상인이었던 이들이 가져온 자본과 기술은 네덜란드가 유럽의 강국으로 도약하는 데 큰 기여를 하게 된다. 세계 최초의 다국적 기업인 동인도회사VOC를 설립해 무역과 식민지 개척에 나선 네덜란드가 문화, 언어, 종교가 다른 여러 나라들과 큰 갈등 없이 교역을 증진할 수 있었던 것도 바로 이 관용 정신에 기인한다.

개인의 자유를 통제하거나 개인의 선택을 획일화하지 않고 다른 사람과 조화를 이루는 한 이를 최대한 허용하고 인정하는 관용 정신은 네덜란드를 가장 네덜란드답게 만드는 것이기도 하다. 개방성과 수용성이 개인에게 행복감과 만족감을 줄 뿐만 아니라 사회 전체의 경쟁력을 향상시키는 데도 도움이 된다는 것을 네덜란드의 과거와 현재가 보여주고 있다.

---

4 1598년 프랑스의 왕 앙리 4세가 낭트에서 공포한 칙령으로, 신교파인 위그노에게 조건부 신앙의 자유를 허용하면서 약 30년간 지속된 프랑스의 종교전쟁(위그노전쟁)을 종식시켰다.

the Netherlands

물론이죠,
여기는
네덜란드입니다

2001년 암스테르담 시장의 주례와 함께 4쌍의 동성 커플이 결혼식을 올리고 부부가 되면서 네덜란드는 전 세계 최초로 동성 커플의 결혼을 허용한 나라가 되었다. 다른 나라에서 동성애라는 이유로 감옥에 가거나 사형을 당했던 1800년대 초반에도 네덜란드는 동성애를 용인했다. 서로의 차이를 인정하고 받아들이는 이들의 관용 정신은 성적 소수자들뿐 아니라 많은 이들이 자유를 위해 네덜란드로 향하게 된 계기가 되었다.

SECTION ① — 6

네덜란드의 직업관

잘나가는 언니들이 사표를 쓰는 이유

매일 아무런 변화 없이 똑같이 시작되고 끝나는 하루, 야근을 당연시하고 어쩌다 연차를 내려고 하면 가자미눈으로 보며 무슨 선심이라도 쓰듯 마지 못해 승인해주는 상사, 개인을 회사의 소모품으로 취급하는 회사에서 한 달을 시달리다 보면 어느새 또 한 달이 지나간다. 월급 통장으로 들어온 월급은 지난 한 달간의 노고를 치하하기가 무섭게 반 이상이 온갖 스트레스로 긁었던 카드 값으로 나가버린다. 이렇게 한 달, 또 일 년이 지나며 회사에서 연차가 쌓인다. 반복되는 직장 생활에 어느 순간 환멸을 느껴, 보란 듯이 사표를 던지는 상상을 안 해본 사람이 있을까. 매달 같은 날에 꼬박꼬박 들어오던 월급이 통장에서 갑자기

뚝 끊어진 순간, 후회하게 될지라도 말이다.

지난해 봄이었던 것 같다. 한창 한국에서 선풍적인 인기를 끌었던, '그림왕양치기' 양경수 작가의 웹툰을 전 직장 동료들과의 SNS 단체방에서 처음 알게 됐다. 직장인이라면 누구나 공감할 수 있는 상사병, 야근, 월급 통장에 관련된 정곡을 찌르는 에피소드에 진한 페이소스를 느끼며, 다들 이건 자기 이야기라며 한참을 웃었던 기억이 난다. 나만 이렇게 직장 생활이 힘들었던 건 아니구나 하는 생각에 강한 동질감도 느꼈다고나 할까.

그중에서도 가장 기억에 남는 에피소드는 '사무실에 들어왔으니 영혼아 이따 봐'라는 작품이다. 그림왕양치기 작가 특유의 무덤덤한 표정의 여성이 사무실 의자에 앉자마자 유체 이탈이 되는 장면이었는데, 작품이 너무 현실적으로 느껴져 웃기면서도 서글펐다. 한마디로 '웃프다'라는 말이 절로 떠올랐다.

웹툰처럼 직장인으로 살다 보면 가끔 영혼이 탈탈 털리는 경험을 순간 할 때가 있다. 본인의 철학과 신념에 반하는 일을 무조건 해야 하거나 인격적으로 미성숙한 직장 내 이해관계자의 변덕을 맞춰야 할 때면 '내가 여기 왜 이러고 있지' 하는 자괴감에 빠지게 된다. 그래서인지, 요즘에는 과감하게 사표를 내고 새 일을 시작하거나 아예 다른 인생을 사는 사람들을 꽤 많이 보게 된다.

서점에는 사표를 결심한 순간부터 마침내 사표를 내는 그 과정을 솔직하게 담은 사표 에세이뿐만 아니라 전략적으로 사표를 내는 방법을 조언하는 실용서까지 나와 있다니, 한국의 많은 직장인들이 가슴에 사표 한 장씩 품고 산다는 말이 과장은 아닌 듯하다. 실제로 험난한 취업 과정을 견디고 어렵게 들어간 회사를 장기 여행이나 다른 일을 하기 위해 몇 년 만에 그만두는 사람들도 많아졌다. 회사가 개인의 정체성이자, 자신의 개인 생활과 심지어 가정도 포기할 만큼 회사가 중요한 사람들에게는 쉽게 이해가 되지 않겠지만 말이다. 이러한 현상은 이제 사람들이 회사에 고용된 직장인으로서의 삶이 아니라 자신 본연의 삶을 중시한다는 것을 그대로 보여준다. 한국을 떠나 네덜란드에서 프리랜서 홍보 전문가이자 작가, 온라인 편집숍 상품기획자로 완전히 새로운 삶을 살고 있는 나의 고민 또한 이들과 크게 다르지 않았다.

그간 직간접적으로 경험해본 한국의 기업 문화와 네덜란드 기업 문화를 비교하자면 두 나라의 기업 문화는 완전히 정반대에 있다. 네덜란드에서는 강압적이고 위압적인 상사는 찾아보기 힘들고, 야근도 거의 없을뿐더러 자유로운 출퇴근이 가능하고, 일 년에 한 달은 무조건 휴가를 쓸 수 있으며 심지어 회사에서 휴가비도 지원해준다. 갑자기 몰린 업무로 스트레스가 늘고 피로감이 심해지면 공식적으로 '번아웃 증후군Burnout Syndrome[5] 휴가'

---

5 의욕적으로 일에 몰두하던 사람이 극도의 스트레스로 신체적·정신적 피로감을 호소하며 무기력해지는 현상으로 일명 '탈진 증후군'이라고도 한다.

도 낼 수 있다. 직원이 이런 번아웃 증후군 휴가를 몇 달, 또 몇 년을 내더라도 회사는 그 직원을 해고할 수 없다. 회사에 대한 충성이라는 명목으로, 열정 페이로 살인적인 노동 시간으로 만성적인 번아웃 증후군에 시달리는 한국 사람들은 꿈도 꾸지 못할 네덜란드 직장인들의 권리다. 이 때문에 네덜란드를 아는 모든 사람들은 네덜란드에서 다른 것은 몰라도 직장 생활은 꼭 한 번 해볼 만하다고 입을 모아 말한다. 물론, 다른 문화권의 사람들과 일하는 것이 생각보다 쉽지 않을 수도 있지만, 조직 안에서 개인의 희생을 당연시하는 분위기에 불만이 있던 사람들은 이곳에서 훨씬 더 즐겁게 일할 수 있을 것이다.

그런데 사람의 생각은 참 상대적인 것인지 내가 보기엔 특별한 불만거리가 없을 것 같은 좋은 직장을 그만두고 사표를 내는 여성들을 네덜란드에서 참 많이 만났다. 사표를 낸 후 이들이 가는 길은 흔히 사표의 이유로 고려하는 유학도, 결혼도 아니다. 이곳에서 유학은 충분한 휴직의 사유가 되고, 파트타임 일자리도 많아 결혼했다고 회사를 그만두는 여성도 많지 않다. 그럼 네덜란드의 여성들은 사표를 낸 후 무엇을 할까. 개인 사업을 시작한다. 본인이 평소에 관심 있던 분야를 파고들어 본인만의 색깔을 입힌 비즈니스로 발전시키는 것이다.

네덜란드에서 온라인 편집숍에 들어갈 아이템을 고르면서, 이곳에서 선풍적인 인기를 끌고 있는 '하맘 타월Hamam towel'[6]을 소개하기 위해 여러 브랜드 담당자들을 접촉했던 적이 있다. 하맘 타월이 워낙 대중적인 인기를 끌다 보니 네덜란드 내에서도 여러 브랜드가 난립하고 있는 상황이었다. 그중에서도 디자인과 가격대가 마음에 드는 브랜드를 찾아 담당자와 미팅을 진행했는데, 그때 만난 사람들이 바로 안젤리크Angelique와 부르쿠Burcu다. 우연의 일치인지 모르겠으나 두 사람 모두 네덜란드 태생은 아니고 프랑스와 터키에서 공부하고 네덜란드에 정착했다고 한다. 마치 내가 한국에서 일하다가 네덜란드에 정착한 것처럼 말이다.

먼저 프랑스 태생으로 네덜란드에서 대학을 마치고 20년 가까이 네덜란드에 살고 있는 안젤리크는 스스로가 네덜란드 사람에 더 가깝다고 생각한다. 그녀가 만든 하맘 타월을 보기 위해 미팅을 요청하자, 안젤리크는 '퓨어 마크트Pure Markt'라는 행사에서 보자고 제안을 해왔다. 퓨어 마크트는 암스테르담의 공원에서 한 달에 두 번 정도 열리는 일종의 지역 시장인데, 독특한 디자이너 브랜드 제품과 농장에서 바로 온 싱싱하고 건강한 식재료와 식품을 살 수 있어 현지인들도 많이 찾는다.

사람들로 북적이는 시장의 가판대에서 처음 만난 안젤리크에게서는 청초하면서도 우아한 분위기가 물씬 났다. 네덜란드어를 모국어인 프랑스어만큼이나 유창하게 하는 안젤리크는 원래 예술을 전공했다. 졸업 후 전공을 살려 예술품 경매 회사인 크리

6 터키의 사우나 '하맘'에서 종종 사용하는 얇고 흡수가 잘 되는 목욕 타월을 말한다.

스티Christie's에서 경력을 쌓다가, 네덜란드 암스테르담을 대표하는 동물원인 아르티스Artis에서 커뮤니케이션 업무를 맡기도 했다. 전 세계의 미술 시장을 좌지

우지하는 회사인 크리스티는 말할 것도 없고, 아르티스 동물원 또한 네덜란드는 물론 유럽에서 가장 오래된 동물원으로, 넓은 인지도와 평판을 자랑하는 소위 말하는 남들이 선망하는 좋은 직장 중 하나이다. 안정된 직장에서 탄탄대로를 달리던 안젤리크의 삶은 2005년 어느 여름, 튀니지에서의 휴가로 완전히 바뀌게 된다.

매년 휴가 때면 찾던 튀니지의 한 시골 마을에서 어느 날 안젤리크는 이곳 여성들의 삶을 다시 보게 된다. 많은 무슬림 나라들의 여성처럼 튀니지의 여성들도 사회 깊숙이 뿌리내린 종교의 영향으로 마땅한 일거리가 없다. 남성들에 비해 돈을 벌 기회가 흔치 않으니, 경제적 자립도 요원한 일이 된다. 이런 사회적 상황 속에서 튀니지 여성들은 차별과 부당한 대우를 계속 감내할 수밖에 없다.

이러한 사회적 부조리를 어떻게 해결할 수 있을까 고민하던

안젤리크는 이곳 여성들이 만드는 하맘 타월을 보고 사업의 영감을 얻는다. 현지에 있는 하맘 타월 제조 공장을 찾아, 이곳에 있는 여성들을 고용해 하맘 타월 브랜드를 선보일 계획을 세운 것이다. 그러고는 정확히 1년 후 안젤리크는 자신이 좋아하는 프랑스 화가인 시몬 마튀랑 랑타라Simon Mathurin Lantara의 이름을 딴 '랑타라'라는 브랜드를 런칭한다. 타월을 판매하면서 얻은 수익금은 본인이 원래 계획했던 대로 튀니지 여성들에게 다시 전달되는 선순환 구조의 비즈니스를 실현하고 있다. 안젤리크도 사명감을 가지고 하는 사업인 만큼 자신의 브랜드에 대한 자부심이 엄청나다. 또한 그녀는 제품의 품질뿐 아니라 공장에서 일하는 여성들의 업무 환경이나 처우를 꼼꼼히 살펴보는데, 덕분에 랑타라의 하맘 타월은 대량으로 생산되는 제품과 비교할 수도 없을 만큼 좋다.

또 다른 하맘 타월 브랜드인 'Hammam34'의 창립자 부르쿠는 원래 터키 아나톨리아 지역 출신이다. 어린 시절부터 마을 어르신들이 하맘 타월을 만드는 모습을 보고 자란 그녀에게 하맘 타월은 자신의 정체성이자 뿌리였다. 하지만 대학에서 무역과 경영을 전공한 후 이스탄불의 다국적 기업의 지사에서 일을 시작하면서부터 하맘 타월은 그녀의 삶에서 점차 멀어진다. 이후 부르쿠는 본사의 결정으로 암스테르담에서 주재원 생활을 시작하게 된다.

암스테르담에서의 삶은 이스탄불에서와는 여러모로 달랐다. 암스테르담이 외국인에게 열린 곳이긴 하지만, 터키인으로서 그녀는 자신의 정체성에 대한 생각이 더욱 많아졌다. 이러한 고민과 함께, 스타트업과 개인 사업이 활발한 암스테르담에 있다 보니 본인이 그동안 마음 한 켠에 두었던 하맘 타올 사업을 시작하고 싶은 의지가 더 강해졌다. 특히, 터키의 많은 제조 업체들이 글로벌 SPA 브랜드의 하청 업체로 노동력을 헐값으로 제공하고 있는 상황도 그녀가 새로운 비즈니스를 시작하게 된 계기가 되었다.

다시 고향인 터키로 돌아간 그녀는 암스테르담에서 만난 디자이너와 함께 새로운 하맘 타월 디자인 작업에 들어간다. 전통적인 패턴과 방법을 고집하는 동네 하맘 장인들을 설득해 여행에서 영감을 받은 현대적인 디자인을 전통적인 하맘 타월 제조 기법에 접목해 브랜드를 런칭했다. 제품의 가격이 비싸지더라도 타월을 일일이 손으로 제작하는 하맘 장인들에게 임금을 제대로 지불하기 위해 과감한 투자도 아끼지 않는다. 이러한 비즈니스 방식으로 그녀가 2012년 첫 선을 보인 Hammam34는 암스테르담을 대표하는 디자인 브랜드로 현지 곳곳의 편집숍에 입점돼있으며 두터운 마니아층을 확보하고 있다.

다국적 기업의 마케팅 담당자에서 이제는 Hammam34의 대표가 된 부르쿠를 수많은 스타트업 회사들이 입주해있는 코워킹 스페이스Co-working space[7]의 2인용 사무실에서 만났다. 지금은 사업이 안정기에 들어섰지만 그녀는 자신 또한 이런 결정을 내리기는 쉽지 않았다고 말했다. 새로운 나라에서, 결혼과 함께 새 가정을 꾸린 상황에서 완전히 새로운 도전을 하기까지는 분명 많은 생각이 오고 갔을 것이다. 처음 사업의 첫발을 내디뎠을 때는 앞으로 잘 해낼 수 있을지 무서웠고 지금도 종종 불안한 마음이 든다고 한다. 그럼에도 회사의 울타리를 벗어나 독자적인 브랜드 대표이자 디자이너로 활동하고 있는 지금이 회사에서의 삶보다 훨씬 더 행복하다고 말했다.

안젤리크와 부르쿠 이 두 사람이 직장의 보호막을 걷어내고 자신의 이름 하나로 새로운 브랜드를 런칭했을 때를 생각해봤다. 직장에서의 경력이 아무리 많다고 해도 사업은 또 새롭게 시작하는 일이기에 걱정과 고민이 많았을 것이다. 하지만 회사의 비전이 아닌 자신의 비전을 알게 된 순간, 그들은 더 이상 주저하지 않았다.

이제는 성공적인 사업가로 변신한 그녀들이 회사가 주는 안락함과 편안함에 안주했다면, 결코 이들이 만든 매력적인 브랜드를 만나볼 수 없었을 것이다. 자신의 비전을 실현하기 위해 모험과 변화가 있는 곳으로 삶의 조타기를 돌려 사표를 쓴 언니들

7 다양한 분야의 사람들이 한 공간에 모여 서로 의견을 나누고 아이디어를 공유하는 협업의 공간, 즉 공유 사무실을 의미하며, 스타트업 기업이나 프리랜서들이 종종 활용한다.

과 현실의 도피가 아닌 미래의 도전을 위해 사표를 쓰는 언니들. 이런 언니들이 조직의 울타리 안에서 그대로 남을지, 아니면 그 울타리를 박차고 나아가 다른 세계에 발을 내딛을지를 고민했을 순간을 떠올려본다. 나 또한 이곳에서의 새로운 삶을 시작하기 전 그들이 했던 기나긴 고민의 시간을 거쳤다. 그동안 해보지 않았던 새로운 일들을 한 가지씩 도전해나가는 뿌듯함과 성취감도 있지만, 그래도 마음 한구석에는 늘 두려움이 도사리고 있다. 하지만 오랫동안 익숙했던 것들에 과감하게 결별을 고하고 자신만의 세계를 일군 언니들의 모습 속에서 앞으로 내가 이루고 싶은 미래에 한 발 한 발 더 두근거리는 마음으로 나아갈 수 있는 용기를 얻게 된다.

물론이죠,
여기는
네덜란드입니다

개방적인 기업 문화와 혁신적인 기업가 정신을 갖춘 네덜란드는 새로운 비즈니스에 적합한 매력적인 시장으로 꼽힌다. 다양한 산업 분야에 포진해있는 스타트업 기업들은 네덜란드 경제에 새로운 활력을 불어넣고 있다. 네덜란드 정부 또한 스타트업이 네덜란드 경제 성장과 일자리 창출에 공헌한다는 인식 아래 기업가들에 대한 지원을 아끼지 않고 있다.

ANGELIQUE

SECTION ①

7

네덜란드의 사회관

셀러브리티에 무관심한 사람들

암스테르담에 온 지 얼마 되지 않았을 때다. 햇볕이 좋은 여름 어느 날 저녁, 집 앞에 의자를 놓고 앉아 친구와 와인을 한 잔 마시면서 거리를 오가는 사람들을 구경하고 있었다. 퇴근 시간대가 가까워 오면서 도로 위의 자동차와 자전거는 더 바쁘게 움직였고 인도는 붐비기 시작했다. 그런데 한 50m 정도 거리에서 눈이 부실 정도로 아름다운 여성 한 명이 눈에 들어 왔다. 이곳에서 흔히 볼 수 있는 금발에 정말 손바닥 안에 쏙 들어올 것 같은 주먹만 한 얼굴, 늘씬한 몸매와 발레리나의 동작을 보는 듯한 사뿐한 걸음걸이에 한참 동안 눈을 뗄 수가 없었다. 옆에서 같이 와인을 마시던 친구에게 "지금 막 지나간 여자 참 예쁘지 않니?

진짜 연예인처럼 예쁘다"라고 하니, "연예인 맞아. 네덜란드에서 가장 유명한 영화 배우 중 하나야"라는 대답이 돌아왔다.

평범한 네덜란드 여성과 다름 없는 티셔츠와 청바지 차림에 에코백을 들고 연예인의 필수품인 선글라스도 없이 거리를 활보하고 있기에 연예인인 줄은 상상도 하지 못했다. 평일 늦은 오후라 길을 오가는 사람들도 많았는데, 그녀에게 어느 한 명도 다가가서 아는 척을 하거나 사인을 원하는 사람도 없었다.

이뿐만이 아니었다. 한번은 네덜란드의 유명 인사를 인터뷰하는 TV 프로그램이 집 근처에서 촬영된 적이 있었다. 유명 인사와 그를 인터뷰하는 TV 호스트, 촬영진 두세 명이 촬영을 하고 있을 때도 그 누구 하나 관심 있게 지켜보거나 흘깃거리지 않았다. 한국에서는 TV 촬영이 있을 때면 현장에서 행인을 막고 주변을 통제하는 경우가 많은데, 그런 흔한 모습 또한 없었다. 얼마 전 공원에 요가를 하러 갔을 때도 마찬가지였다. 유명 방송인이 TV 프로그램을 촬영하고 있는데도 촬영 장면을 구경하거나 요란을 떠는 사람이 아무도 없었다. 현장 관리 스태프가 카메라에 다른 소리가 잡히지 않도록 주의해달라고 아주 간간히 사람들에게 조용한 목소리로 부탁할 뿐이었다.

네덜란드 사람들에게 이들은 단지 직업이 연예인이고 운동선수일 뿐 자신들과 다른 특별한 점이 있다고 생각하지 않는다. 물론, 그들이 벌어들이는 소득은 부러울 수 있지만, 네덜란드에

서는 돈을 많이 버는 만큼 또 세금도 많이 내야하기 때문에 고소득자를 특별히 부러워하지도 않는다.[8]

네덜란드의 광고 시장 또한 셀러브리티 중심으로 움직이지 않는다. 여기서는 셀러브리티가 나오는 광고를 찾아보기가 더 힘들 정도다. A급 스타와 아이돌이 나오지 않으면 광고가 주목받기 힘들고, 유명 드라마 한 편이 끝나면 드라마 콘셉트를 그대로 유지한 판박이 광고 몇 편이 줄이어 등장하는 모습과 너무 다르다. 네덜란드 광고에는 그저 주변에서 쉽게 볼 수 있을 법한 평범한 외모의 모델 또는 아마추어 모델이 등장해 브랜드와 신제품을 소개한다. 이렇다 보니 네덜란드의 광고들은 대개 모델보다는 콘텐츠와 아이디어로 승부하는 경우가 더 많다.

셀러브리티가 메인이 되는 광고 시장에서는 이들이 받는 출연료가 전체 광고 예산의 대부분을 차지하는 것으로 알고 있다. 광고 한 편당 몇 억 원에 이르는 개런티가 광고 예산에서 빠져나가고 나면 남은 예산을 감독을 비롯한 다른 스태프들이 나누어 갖게 된다. 셀러브리티들의 광고 개런티는 해마다 치솟는데, 아이러니하게도 스태프들이 받는 수임료는 그대로다. 한정된 광고 예산에 높은 개런티의 스타만 찾다 보니 현장 스태프들의 인건비를 제대로 챙겨줄 수 없는 것이다. 이런 구조에서는 셀러브

8 네덜란드의 소득세는 최대 52%에 이른다. 고소득자들은 수입의 절반을 고스란히 세금으로 내는 셈이다.

리티와 이들을 관리하는 소속사에 이윤이 집중되기 마련이다. 광고비로 쓴 비용을 충당하기 위해 제품의 가격 또한 올라갈 수밖에 없다. 셀러브리티 중심이 아닌 네덜란드식으로 광고를 찍으면, 비용도 훨씬 아끼고 오히려 그 비용으로 현장 스태프들의 인건비를 제대로 챙겨줄 수 있을 것이다. 마케팅 거품이 빠지면 일반 소비자가 내는 가격도 낮출 수 있어, 셀러브리티와 관련 기업들만 혜택을 보는 것이 아니라, 스태프을 포함한 여러 이해관계자와 일반 구매자들 모두가 혜택을 보는 구조가 될 수 있을 것 같다.

셀러브리티와 개인적 삶에 대해 무관심한 네덜란드에서는 그들의 사생활이나 스캔들이 사람들의 입에 오르내리는 일 또한 드물다. 그들이 탈세나 중대 사회 범죄를 저지르는 것이 아니면, 그 외의 다른 일은 지극히 개인적인 사항일 뿐 사람들의 관심사가 되지 않는다. 때문에 이곳의 셀러브리티는 다른 나라의 셀러브리티에 비해 프라이버시 부분에 있어 많은 자유를 누릴 수 있다.

종종 셀러브리티 관련 이야기는 다른 사람과 쉽게 대화를 시작할 수 있는 소재거리가 되기도 한다. '어떤 배우가 혹은 가수가 누구와 사귀고 헤어지고, 그 사람 SNS를 보니 어떤 것 같더라, 어떤 옷을 입고 있더라'와 같은 대화는 날씨와 관련된 내용처럼 처음 만나거나 어색한 상황에서 사람과 사람을 쉽게 연결

해줄 수 있다. 그런데 이런 셀레브리티들의 삶과 사랑이 뭐가 그렇게 중요한가. 유명인들에 대한 가십 이야기로 시간을 보내는 동안 정작 중요한 우리의 이야기를 할 수 있는 시간은 더 줄어든다. 그리고 이런 얄팍한 내용의 대화만 진행될수록 깊고 밀도 있는 인간관계는 더 요원한 일이 되고, 이러한 관계가 많아지면 오히려 사람들의 고독감만 늘어간다.

이 세상에 다른 카피본이 있을 수 없는 우리 모두는 각자 고유하고 유일한 존재이자 그 자체로 셀러브리티다. 그러기에 직업 때문에 조금 특별한 삶을 살고 있는 사람들을 부러워하거나 동경할 필요도 없다. 이제 우리와는 다른 세상에 살고 있는 사람들이 아닌, 우리와 우리 주변의 사람들에 집중해보자. 그리고 우리에 대한 대화를 시작해보는 것이 어떨까. 셀러브리티를 주제로 하는 알맹이도, 영양가도 없는 대화보다 훨씬 더 풍부하고 다채로운 우리의 이야기를 말이다.

SECTION ①

네덜란드의 육아관

8 실패와 도전을 권하는 부모들

얼마 전부터 뉴스에서 '헬리콥터 맘'이라는 말을 종종 보게 된다. 다 큰 자녀의 주위를 맴돌며 자녀의 일이라면 앞뒤 안 가리고 발 벗고 나서는 엄마를 지칭하는 말이다. 주위에 이런 헬리콥터 맘이 있을까 싶었는데, 대학생 시절, 동아리 방에 직접 구우신 머핀과 돈이 들어있는 듯한 봉투를 바구니와 함께 동아리 선배에게 건네며 자신의 자녀를 잘 부탁한다고 하시던 한 어머니가 생각났다. 아무도 예상하지 못했던 어머니의 방문에 동아리 선배들과 그 자리에 있던 동기들 모두 당황했던 기억이 아직도 생생하다. 지금도 가끔 대학 동아리 사람들을 만나면 그때의 에피소드가 다시 또 화제에 오른다.

요즘도 대학 입시철이 되면 어느 학교에 갈지, 어떤 전공을 택할지를 전적으로 부모의 판단에 의존하는 학생들이 많다. 대학생활을 할 때도 부모가 자녀 성적을 문의하기 위해 담당 대학 교수에게 직접 전화를 거는가 하면, 인사 담당 직원들이 취업 준비생 부모의 전화를 받는 경우도 있다고 한다. 심지어 어느 회사의 직원은 응시 희망자 부모가 자녀 대신 시험 정보를 문의하는 경우도 있다고 해서 경악을 금치 못했다. 내가 만약 대학 교수이고 인사 담당 직원이라면, 부모에게 이런 전화가 오는 학생과 취업 준비생에게 좋은 점수를 주기는 솔직히 힘들 것 같다. 본인의 미래와 관련된 중요한 결정을 스스로 내리지 못하고, 부모의 판단과 도움에 의존해야 하는 학생과 사원을 어떻게 믿을 수 있을까 싶어서다.

한국에서 고등학교 때까지는 자녀의 학업 성취도가 학부모의 관심과 열의에 어느 정도 비례하기 때문에 학부모의 역할이 어느 정도 용인된다. 오히려 자녀의 학업과 진로에 너무 관심이 없으면 부모로서 자격이 없다는 눈총까지 받는다. 하지만 이제 본격적인 성인이 될 준비를 마친 대학에 다니는 자녀나 사회생활을 시작한 자녀의 일거수일투족을 유치원생처럼 관리하는 모습은 많은 면에서 적절치 않은 듯하다.

다 큰 자녀를 손 안의 자식처럼 관리하고 돌보는 헬리콥터 부모들은 금이야 옥이야 기른 자녀들이 세상 풍파와는 담을 쌓고, 소위 말하는 '꽃 길'만 걷기를 바랄 것이다. 물론 자녀에게 밝고 아름다운 세계만을 보여주고 싶은 부모의 심정을 이해하지 못하는 바는 아니다. 하지만 성공으로만 이루어진 인생은 있을 수 없다는 것을 부모가 더 잘 알고 있지 않은가. 자녀들이 마치 시험을 치듯, 정답만을 골라 인생의 모든 오답과 실수를 피해서 살 수 있는 방법은 그 어디에도 없다. 설령 부모의 그늘 아래서 그렇게 살 수 있다고 해도 부모가 부재하는 상황에서 부모의 조언 없이는 아무것도 못하는 나약한 아이가 혼자 무엇을 할 수 있을까. 심지어 동물들 또한 새끼들이 스스로 생존할 수 있는 능력을 기르도록 벼랑 끝으로 몰아 극한의 현장 교육을 시키는 비정함을 보이기도 한다. 언제까지 부모가 자녀의 대학 입학, 취업, 결혼까지 책임을 지며 예순이 넘도록 자녀 걱정에 푸념을 늘어놓아야 하는지 곰곰이 생각해볼 필요가 있다.

이곳에서 만났던 네덜란드 부모들은 각자 고유한 라이프 스타일과 인생 철학이 있지만, 자녀 교육에 있어서 만큼은 공통된 신념이 있었다. 자신의 자녀들이 인생에서 많은 실패를 경험했으면 하는 것이다. 학교에서 원했던 점수를 받지 못해도 보고, 운동 경기에서 져보기도 하고, 또 가슴 아픈 이별로 눈물도 흘려보기를 바란다.

한번은 이제 스물두 살인 에바[Eva]의 엄마 사스키아[Saskia]와 잠시 이야기를 나눌 기회가 있었다. 네덜란드의 마스트리흐트 대

학교에서 국제 보건학 석사 학위를 받고, 지금은 벨기에 브뤼셀의 EU 기관에서 일하는 딸이 자신과 여러 면에서 차이가 나는 남자 친구와 만나는 게 영 미덥지 않은 눈치다. '이런 이야기를 딸과 해본 적이 있냐'고 묻자, 사스키아는 딸의 행복을 늘 바라지만, 자신의 인생은 스스로 책임져야 한다는 것이 사스키아의 기본 철학이라고 했다. 설령 두 사람이 헤어진다 해도, 이를 통해 딸이 연애에 대해 배울 수 있는 것이 있기 때문에 굳이 이런저런 이야기를 하지 않는다고 말한다. 본인도 지금의 남편과 결혼할 때, 부모님이 썩 내켜 하시지 않았지만, 결혼을 하라 말아라와 같은 말씀은 안 하셨다고 한다. 인생의 선택은 본인 외에 다른 누구도 해줄 수 없는 것이고, 선택의 결과는 본인이 지는 것이라고 생각하기 때문이다. 이처럼 네덜란드의 부모들은 부모의 삶을 그대로 답습하거나, 또 부모의 의견과 기대대로 삶을 살기보다는 자녀 스스로가 자신에게 가장 잘 어울리는, 그리고 본인 스스로가 가장 행복한 삶을 찾고 살기를 원한다.

네덜란드의 부모들이 자녀를 소중히 여기지 않아서 인생의 실패에 관대한 것이 아니다. 아무런 굴곡과 장애가 없는 평탄한 길만 걷다 보면 인생의 큰 의미를 깨닫지 못할 수도 있고, 실패하고 곤경에 처한 사람들의 입장을 공감하지 못하는 꽉 막힌 사람으로 성장할 수도 있다는 것을 알기에 자녀들의 실패를 두려워하지 않는 것이다. 열심히 공부했는데도 좋은 성적을 받지 못한 아이는 더 효율적인 학습법을 찾으려 할 것이고, 스포츠 경기에서 패한 아이는 이번 경기에서 내가 어떤 실수를 했는지, 또 다른 동료들과의 팀워크는 어땠는지 반성할 기회를 갖게 될 것이다. 연인과 헤어졌을 때는 지난 만남을 통해 자신을 더 잘 알게 되고, 자신에게 맞는 사람을 찾을 수 있는 눈을 갖게 될 것이다.

자전거의 천국인 네덜란드에서 아이들이 자전거를 배우는 모습을 보면 네덜란드 부모들이 아이들의 독립심을 얼마나 중요하게 생각하는지 알 수 있다. 네덜란드 아이들은 태어나자마자 부모의 자전거 앞자리 혹은 뒷자리에 앉아 자전거에 익숙해지는 법을 배운다. 두 살 혹은 세 살 즈음 걸음마에 익숙해질 나이가 되면 이때부터는 부모의 지도 아래 스스로 자전거를 타기 시작한다. 10살 정도에는 부모의 도움 없이 궂은 날씨에도 혼자 자전거를 타고 학교에 가거나 주말 스포츠 클럽을 간다. 평일 아침 네덜란드의 자전거 도로에서는 혼자 혹은 친구와 함께 자전거를 타고 학교에 가는 어린아이들의 모습을 흔히 볼 수 있다.

매년 4월 27일에 열리는 킹스데이King's day에는 독립적이고 주체적인 네덜란드 아이들의 활약을 볼 수 있다. 네덜란드 현재 국왕의 생일에 열리는 킹스데이는 네덜란드 건국의 아버지 빌럼 판 오라녜Willem van Oranje[9]를 기리는 날이지만, 이보다도 네덜란드에 있는 사람들 누구나 참여하고 즐길 수 있는 축제와 같은 날이다. 네덜란드의 온 거리가 네덜란드의 상징인 오렌지빛으로 가득 차고, 곳곳에서 라이브 공연과 벼룩시장이 열린다. 네덜란드의 벼룩시장은 누구나 참여할 수 있는데, 아이들의 참여율도 꽤 높은 편이다. 아이들은 엄마와 함께 만든 컵케이크를 팔거나, 디지털 피아노와 바이올린을 연주하고 때로는 깜찍한 퍼포먼스 등을 선보이며 용돈을 벌기도 한다. 흥미로운 것은 벼룩시장의 가판대나 공연장에서 나이가 서너 살 정도로밖에 보이지 않는 아이들이 자리를 차지하고, 관심을 보이는 손님들을 응대한다는 것이다. 가격을 흥정하고 돈을 받고 거스름돈을 챙겨주는 것도 모두 아이들이다. 부모는 뒤에 앉아 이런 아이들의 모습을 지켜볼 뿐, 절대 이래라 저래라 참견하거나 간섭하지 않는다. 아이가

9 17세기 스페인에 대항한 네덜란드의 독립 전쟁을 이끈 네덜란드 건국의 아버지로, 지금도 네덜란드인들의 존경과 사랑을 받는 네덜란드의 영웅이다. 오라녜는 영어의 오렌지(Orange)를 의미하는데, 이 때문에 오렌지색은 네덜란드 왕가와 국가를 상징하는 색으로 사용된다.

궁금한 것을 물어보면 그때만 조언을 준다. 아이들 스스로가 이런 자리를 통해 경제 관념도 익히고, 남들과 소통하는 능력도 기를 수 있도록 돕는 것이다.

놀이터에서 아이들이 놀 때도 마찬가지다. 대부분의 부모들은 멀찍이서 아이가 노는 모습을 지켜보기는 하지만 아이들이 노는 동안 끼어들거나 간섭하지 않는다. 아이가 놀다가 다쳐서 울어도 호들갑을 떨거나 요란을 떠는 부모도 많지 않다. 우는 아이를 잠시 안아서 달래주고 다시 친구들과 놀도록 한다. 네덜란드에서는 심지어 5살부터 7살까지의 어린아이들을 더 강하게 키워야 한다는 캠페인도 있을 정도다. 또한 'VeiligheidNL'라는 네덜란드 사회 전반의 안전도를 모니터링하고 개선점을 제안하는 NGO가 있는데, 최근 이 기관에서는 아이들이 어린 시절, 나무를 오르거나 공구를 가지고 오두막을 짓는 등 위험한 활동을 하는 것이 오히려 아이들의 발달에 더 좋은 영향을 줄 수 있다고 주장한다. 다칠 수도 있는 위험한 활동을 하면서 스스로 어려움을 해결하는 능력을 기르고, 지혜와 용기를 얻을 수 있다는 것이다.

한국의 부모들이 더 해주지 못해 아이들에게 미안함을 느끼는 것과 달리, 네덜란드의 부모들은 삶의 중심을 자녀에게 두지 않는다. 부모가 먼저 행복해야 자녀들이 행복할 수 있다고 믿기 때문에, 자녀에게 지나친 관심은 기울이지 않는다. 이러한 과정을 통해 네덜란드의 아이들은 하나의 인격체로서 독립심과 자신감을 얻게 된다. 또한 학교와 향후 진로 선택과 같은 인생의 큰 결정을 스스로 내리면서 성취감도 느낄 수 있게 된다.

아이들이 걸음마를 배울 때를 생각해보자. 아이들은 걸음마를 뗄 때 수십 번을 넘어지면서 걸음을 배운다. 바닥에 넘어지고 어딘가에 부딪히며 아픈 경험을 하면서 비로소 첫 걸음을 내딛게 되는 것이다. 아이가 넘어져 다치는 모습을 보고 마음 아파하며 걷는 시도를 못하게 한다면 그 아이는 평생 기어만 다녀야 한다.

우리가 흔히 '실패'라고 부르는, 계획했던 일을 이루지 못할 때도 이를 통해서 자신과 다른 사람, 그리고 인생에 대해 그 전과는 다른 관점을 얻게 되기 때문에 실패는 결코 실패가 아닌 것이다. 설령 원하는 결과를 이루지 못해도 인생에서 한 가지는 꼭 배울 수 있다는 사실을 믿기 때문이다. 이런 사회에서는 헬리콥터 맘도, 다 큰 자녀가 부모에게 책임을 전가하는 캥거루족도 끼어들려야 들 수가 없다.

대학 원서를 쓸 때였다. 사실 부모님은 내가 교원이 되기를 원하셨다. 집안에 교직에 계시는 분들이 많기도 해서 부모님은 교원이 최고의 직업이라고 생각하셨기 때문이다. 하지만 한때 러시아 문학에 심취했던 내게 두 분의 조언이 귀에 들어올 리 없었다. 결국 내가 원하는 학교의 노어노문학과에 지원했지만 보기 좋게 낙방했다. '그러기에 왜 부모님 말을 안 들었냐'고 타박을 들을 줄 알았는데, 부모님은 다시 한 번 도전해보라고 용기를 주셨다. 그 후 프랑스 유학, 대학원 진학, 싱가포르 연수 등 인생에서 굵직한 선택의 순간이 올 때, 늘 최종적인 선택은 나의 몫이었고 두 분은 나의 결정에 대해 무조건적인 신뢰를 보여주셨다. 그때 알았다. 부모의 진정한 사랑은 자녀를 통제하며 본인이 원하는 길을 걷기를 원하는 이기적인 욕망과는 분명 다르다는 것을 말이다. 자녀가 한 인간으로 온전히 성장할 수 있도록 지원해주는 네덜란드의 부모를 보며 참된 부모의 사랑을 다시 생각해본다.

물론이죠, 여기는 네덜란드입니다

네덜란드의 부모들은 아이들의 성장하는 모습을 묵묵히 지켜본다. 아이가 어떤 것을 빠르게 이루는 것보다 차근차근 제대로 하는 것을 더 중요하게 생각하기 때문이다. 또한 아이가 육체적으로나 정신적으로 어려운 상황을 겪어보는 것이 아이들의 발달에 더 좋다는 사회적 인식도 강하다. 아이가 어려운 상황을 극복하면서 더 강해질 것을 믿기 때문에 아이 스스로 실패도 해보고 또 다양한 도전도 하기를 바라는 것이다.

SASKIA

SECTION ① — 9

네덜란드의 소비관

명품남, 명품녀가 없는 나라

지금 운영하고 있는 블로그를 통해 네덜란드 여행에 대한 문의가 종종 들어온다. 가끔 명품 쇼핑에 대한 질문을 받을 때가 있는데, 이런 질문은 참 대답하기 어려운 질문 중 하나다. '유럽 여행' 하면 또 명품 쇼핑이 묘미인데, 프랑스나 이탈리아의 명품 쇼핑을 생각하고 네덜란드에 오면 실망이 이만저만이 아니기 때문이다.

다른 유럽 나라들과 마찬가지로 네덜란드도 여름과 겨울, 일 년에 두 번 정기 세일을 한다. 제품의 원래 가격보다 최대 70% 가까이 할인을 하기 때문에 평소 갖고 싶었던 비싼 물건을 저렴하게 구매할 수 있는 절호의 기회라 이때를 노리는 사람들도 많다. 그런데 값비싼 명품 브랜드를 세일 가격으로 구매하려는 쇼핑객이 줄을 선 파리나 밀라노와 달리, 암스테르담의 명품 매장은 세일 기간의 주말에도 한적하다. 에르메스, 샤넬, 루이 비통 등 한국 사람들이라면 누구나 한 번쯤 가지고 싶어하는 브랜드들의 매장 또한 아주 소수의 관광객들만 있을 뿐 전반적으로 한산하다.

유럽의 트렌디한 도시로 꼽히는 암스테르담에서는 멋진 몸매와 세련된 차림의 사람들을 종종 보게 된다. 유럽에서도 키가 큰 것으로 유명한 호리호리한 체격의 네덜란드 젊은이들은 물론, 세계 각지에서 몰려온 멋쟁이들도 많아 가끔 거리를 걷다 보면 눈 호강하는 일이 많다. 그런데 아이러니하게도 이러한 사람들이 들거나 메고 있는 가방에서 명품 브랜드 로고를 찾을 확률은 매우 낮다. 흐린 날씨에도 자전거를 타고 이동하는 경우가 많기 때문에 대부분 가볍고 편안한 배낭이나 숄더백을 주로 애용한다. 네덜란드에서 가장 흔히 볼 수 있는 가방은 공정 무역으로 만든 디자이너의 가방과 에코백들이다. 암스테르담의 청담동 격인 P.C. 호프스트라트P.C.Hoofstraat나 대표적인 쇼핑 거리인 칼페스트라트Kalvestraat에 가면 어쩌다 한 번쯤 명품을 든 사람을 볼 수

있는데, 그나마 이것도 네덜란드 현지인이 아니고 관광객인 경우가 대다수다.

이곳 사람들이 돈이 없어서 명품을 못 드는 것이 아니다. 바로 옆 건물에 있는 소아과 의사인 안네 미케Anne-Mieke는 암스테르담에서도 집값 비싸기로 유명한 요르단Jordan 지역과 네덜란드 북부 프리슬란트Friesland 두 곳에 집이 있는 부자다. 한국도 그렇지만 네덜란드에서도 의사들의 소득은 매우 높은 편이다. 한번은 자전거를 타고 사무실을 나서는 그녀의 가방을 보고 충격을 받은 적이 있다. 그녀가 멘 가방은 '초코멜크Chocomelk'라는 초콜릿 우유 브랜드에서 공짜로 나눠준 슈퍼마켓 프로모션용 가방이었다.

그녀가 특이한 것이 아니라 대부분의 네덜란드 사람들은 소위 이런 명품에 둔감한 편이다. 세련된 젊은이들이 많이 모이는 암스테르담의 '핫한 동네'에 가도 머리부터 발끝까지 명품을 휘감으며 멋을 낸 사람들을 찾아보기 힘들다. 빈티지 마켓에서 구매한 손때 묻은 옷을 입고, 빈티지 가방이나 디자이너 가방을 메고, 스카프를 휘날리며 자전거를 타고 암스테르담 운하를 달리면 그렇게 멋있어 보일 수가 없다. 다들 하나씩 들고 다니는 '잇백'

을 안 들고 다니면 뭔가 유행에 뒤쳐진 것 같고, 촌스러워보이는 것이 아닐까 걱정할 필요도 없다. 이런 분위기 때문에 좋은 것도 많다. 한국에서 직장 생활을 하면서 가끔 스트레스를 심하게 받을 때는 명품 가방이나 구두를 나에게 선물하면서 만족감을 느끼기도 했다. 남들이 들지 않는 명품 브랜드의 최신 모델이나 한정판 아이템을 들고 길을 걷거나 카페에서 커피를 마실 때 은연중에 느껴지는 사람들의 시선을 받는 것도 좋았다. 그런데 네덜란드에 있으면서 이러한 모든 것이 다 부질없게 느껴졌다. 예전에 샀던 명품백들은 별로 들 일도 없게 되어서 하나둘 처분하다 보니 이제 거의 없어졌다.

차도 마찬가지다. 독일과 가까운 네덜란드 또한 독일 차량을 도로에서 꽤 많이 볼 수 있는데, 이런 차들은 대부분 택시다. 자동차 값이 유럽 내에서도 비싼 편인 네덜란드는 택시 기사들을 대상으로 보조금을 지급하기 때문이다. 또한 네덜란드는 자전거로 이동하는 것이 워낙 일반화되어 있기 때문에 자가용이 없는 젊은이도 꽤 많다. 차가 있다 해도 자신의 형편에 맞게 중고 차량을 사거나 중저가의 다른 유럽 브랜드 차량을 타고 다닌다. 고급 브랜드 차량은 자동차 값도 비싸지만 그만큼 세금도 엄청나기 때문에 실리를 추구하는 네덜란드인들은 구태여 비싼 브랜드의 차량을 고집하지 않는다.

물론, 이곳도 대대로 내려온 집안의 유산을 상속받아 부유한 사람들이나, 필립스나 하이네켄 그룹과 같은 거대 기업 출신의 사람들, 혹은 패션 업계 종사자들 같은 경우에는 한정판 명품을 보유하기도 한다. 대대로 부유한 사람들이 몰려 사는 암스테르담의 뮤제움플라인Museumplein과 같은 동네에 가면 아침에도 머리부터 발끝까지 값비싼 브랜드로 차려 입은 사람들을 볼 수 있다. 하지만 한국에서처럼 무리하게 빚을 내서 턱없이 비싼 브랜드의 제품을 구매하는 럭셔리 푸어luxury poor는 없다. 너도나도 소위 잇백을 손에 넣기 위해 안간힘을 쓰거나, 잇백을 사서 소셜 미디어에 인증샷을 올리며 허세를 부리는 일도 거의 없다. 명품 브랜드 소유를 통해 자신의 가치와 정체성을 인정받을 수 있는 사회가 아니기 때문이다. 네덜란드 남자들은 여자에게 명품 브랜드 제품을 선물해주면서 사랑을 확인하려고 하지 않는다. 여성들도 남성들에게 명품 선물을 기대하지 않는 분위기다. 사랑의 가치가 돈과 명품으로 환원되지 않는다고 생각하기 때문이다.

이곳에서는 사회적 지위와 인정에 필요한 브랜드를 소유했다는 것보다도 내가 가지고 있는 것이 나에게 잘 어울리는가, 혹은 이 제품을 구매해서 얼마나 사회적으로 긍정적인 영향을 미치는지가 더 중요하다. 또한 전반적으로 평등한 사회를 지향하기 때문에 남과의 비교에 연연하지 않고, 명품과 같은 허울이 사람을 판단하는 데 아무런 영향을 주지 않는다.

네덜란드의 경우 프랑스, 영국처럼 귀족이 사회를 주도한 적이 드물다. 대신 해외 무역을 통해 막대한 부를 쌓은 상인 중심의 문화가 형성되었다. 합리적이고 실용적인 상인들의 가치관 특성상 지나치게 화려하거나 입고 걸치는 옷과 액세서리로 부를 과시하려는 성향이 약했다. 네덜란드가 해양 무역으로 전 세계를 주름잡았던 골든 에이지 시대의 그림을 보더라도 화려하게 차려입은 인물화를 찾기는 매우 힘들다. 여기에 더해, 스페인과의 독립 전쟁을 통해 검소하고 검약적인 청교도적인 가치관이 사회에 뿌리를 내렸고, 덕분에 근현대 역사에서 평등한 사회 분위기가 자리잡았다. 이러한 사회 분위기 속에서 자신의 신분과 부를 드러내는 명품으로 자신을 과시하는 것이 좋게 보일 리 없는 것이다.

심리학적으로 명품에 대한 과도한 집착은 낮은 자존감에 기인하는 것으로 불안과 외로움에 근본적인 원인이 있다는 분석이 많다. 한국뿐 아니라, 중국, 일본 등 급격한 산업화와 기존 사회의 붕괴를 경험한 아시아 국가에서 전 사회적으로 과도한 명품 수집 광풍이 부는 것은 과시적인 소비를 통해 자신의 정체성을 찾으려는 심리적 불안을 반영하는 것이다.

월급의 몇 배에 달하는 명품을 사기 위해 몇 달씩 돈을 모으고, 그렇게 구입한 가방은 너도 나도 들고 다녀 길에서 3초마다 볼 수 있는 '3초 백'이 된다. 명품을 살 수 있는 여건이 안 되는 사람들을 위해 명품 브랜드의 로고가 있는 종이 가방까지 온라인에서 판매되고 있는 상황을 네덜란드 사람들은 어떻게 생각할지 참 궁금해진다. 다른 사람의 인정이 필요 없는 자신이 그 자체로 유일한 명품이 되는 것, 이게 바로 네덜란드식 명품 철학이다.

물론이죠,
여기는
네덜란드입니다

네덜란드에서 하지 말아야 할 것 중 하나가 돈 자랑이다. 소위 '있는 척'을 했다가는 오히려 사람들에게 무시를 당할 수 있다. 검소한 네덜란드 사람들은 아무리 돈이 많다고 해도 돈으로 사람의 인심을 사려고 하거나 자신의 지위를 자랑하려고 하지도 않는다. 그러다 보니 네덜란드에서는 명품이나 값비싼 물건으로 자신의 취향이나 지위를 드러내려는 사람들은 보기 힘들다. 돈으로 사람을 판단하는 일도 드물다. 네덜란드는 유럽에서도 손꼽히는 부자 나라지만, 지갑을 여는 데는 인색하다.

ANNE-MIEKE

SECTION ①

네덜란드의 직업관

10 프리랜서들의 천국

190cm 가까운 키에 네덜란드인과 스칸디나비안의 피가 반반씩 섞인 듯한 루카스[Lukas]는 자타가 공인하는 훈남이다. 유럽에서도 유독 미남이 많기로 유명한 네덜란드에서 눈에 띄는 준수한 얼굴에 요가와 조깅으로 다져진 호리호리한 몸매로 뭇 여성들의 시선을 늘 한눈에 받는다. 외모만 훌륭한 것이 아니다. 네덜란드는 물론 유럽에서도 손꼽히는 명문 비즈니스 스쿨에서 MBA 학위도 받았다. 한번은 루카스의 생일 파티에 초대받아 루카스의 어머니를 직접 뵐 기회가 있어서, "정말 잘생긴 아드님을 두셔서 좋겠어요" 하고 예의상 이야기했더니 어머니가 너무도 진지한 표정으로 "응, 여자들은 다 루카스를 좋아하더라

고" 하셔서 당황한 적이 있다.

네덜란드식 엄친아인 루카스의 직업은 프리랜서 구매 담당자이자 코르크 디자이너다. 원래 그는 대기업에서 안정적인 직장 생활을 하던 회사원이었는데 회사 분위기가 그와 맞지 않아 회사를 그만두고 잠시 휴식기를 가졌다고 한다. 그동안 쉬지 않고 일해온 것에 대한 보상이기도 했고 코르크 디자인을 제대로 해보고 싶어서이기도 했다. 한번은 그가 코르크로 만든 그림을 본 적이 있는데 한 번도 디자인이나 미술 정규 교육 과정을 받은 적이 없는데도 불구하고 아마추어 이상의 수준이어서 깜짝 놀란 적이 있다.

이후 소속이 없는 프리랜서로 프로젝트를 기반으로 일을 하다 보니 프리랜서 생활이 어느덧 3년이 넘었다고 한다. 프로젝트는 짧게는 한 달, 길게는 일 년 동안 진행되는데, 본인이 원하는 시간에 일할 수 있어서 회사를 다닐 때보다 훨씬 여유롭고 만족도가 높다. 보수도 회사를 다닐 때보다 약 두 배 가까이 늘었다. 네덜란드의 프리랜서는 시간 단위로 수임료를 청구하기 때문에 일반 직장인보다 비교적 높은 보수를 받는다. 가끔 일이 없을 때는 인도네시아 발리처럼 장기 휴가가 아니면 가기 힘든 곳에서 햇살을 잔뜩 받으며 여유롭게 재충전을 한다. 그리고 주중이나 주말에 시간이 남을 때는 포르투갈에서 가져온 와인 코르크로 만든 다양한 디자인 아이템을 웹사이트를 통해서 판매도 하고 있다. 최근에는 암스테르담의 캐널 하우스를 모티브로 디자인 작업을 한 티셔츠도 만들었다. 일과 삶의 적절한 균형, 부족할 것이 없어 보이는 삶이다.

대부분의 회사원들은 집을 구하거나 살 때 회사와의 거리와 접근성이 아주 중요한 사항 중 하나이다. 하지만 루카스처럼 프리랜서로 일하는 사람들은 회사의 위치에 따라 자신의 주거지를 결정할 필요가 없는 자유를 누릴 수 있다. 꼭 주거지뿐만이 아니라 본인의 라이프스타일에 맞게 업무 시간과 조건을 선택할 수 있고, 또 심지어 본인이 원하는 프로젝트만 골라서 할 수도 있다.

한번은 집 근처의 레스토랑에서 식사를 하다가 옆 자리에 앉은 프레데리카Frederika라는 이름의 여성을 만나게 됐다. 비혼에 프리랜서인 그녀와 나는 라이프스타일 부분에서 여러모로 유사한 면이 많아 쉽게 이야기를 이어갈 수 있었다. 프레데리카는 프리랜서 기자로 우리 집 근처 코워킹 스페이스에 일주일에 세 번 정도 나와 글을 쓴다고 했다. 터키 이스탄불에서 7년간 특파원으로 활동했던 그녀는 특히 쿠르드와 터키 문제 전문가로, 쿠르드 문제에 대한 책을 영어와 네덜란드어로 곧 출간할 예정이다. 그녀는 원래 의학지와 여성지에서 프리랜서로 기사를 쓰다가 프리랜서 특파원이 필요하다는 공고를 보고 네덜란드와는 거리상으로나 문화상으로도 먼 이스탄불로 떠났다. 스페인과 같은 다른 유럽 지역의 특파원 자리도 있었는데, 터키만큼 마음이 가지 않았다고 한다. 7년간 이스탄불에서 터키 내의 다양한 정치 사회적 이슈에 대한 기사를 쓰다 보니 자연스럽게 터키 정권 내에서 탄압을 받는 쿠르드족에 대한 관심이 생겼고, 좀 더 심도 있게 알아보고 싶은 마음에 그들이 사는 산에서 거주하며 그들의 언어와 문화를 익혔다고 한다. 그러다가 쿠르드족 이슈에 민감한 현 터키 정권이 들어서면서 이스탄불에서 추방되어 다시 네덜란드로 돌아왔다고 했다. 마치 한 편의 영화를 보는 듯한 그녀의 파란만장한 삶에 입이 다물어지지 않았다. 프리랜서야말로 자신만의 세계를 만들어가는 직업이라는 그녀의 말에 절로 고개가 끄덕여졌다.

물론, 네덜란드에서도 안정된 소속이 없는 프리랜서는 어느 정도의 위험을 안고 가야 한다. 직원 복지의 천국인 네덜란드에서 기본으로 제공되는 연금 등 여러 보험들이 프리랜서에게는 적용되지 않는 경우도 있다. 또한 경기가 안 좋아지거나 프로젝트 예산이 줄어들면 가장 먼저 정리 대상으로 고려되는 것도 바로 프리랜서이다. 그럼에도 불구하고 자유롭고 역동적인 삶을 원하는 사람들에게 프리랜서는 피할 수 없는 매력이다.

네덜란드는 가히 프리랜서의 천국이라고 할 만큼 다양한 프리랜서가 사회 곳곳에 있다. 디자인, 마케팅, 소셜 미디어, 리서치, 건설, 비서직 등 거의 모든 영역에서 프리랜서를 볼 수 있다.

심지어 우편물 배달과 같은 업무를 하는 프리랜서도 있다. 현재 네덜란드에는 약 80만 명의 프리랜서가 활동하고 있는데, 10년 전보다 그 수가 92%까지 늘었다. 이렇게 많은 프리랜서의 활동이 가능한 것은 네덜란드의 특수한 노동 환경 때문이기도 하다. 노동자 위주의 노동법을 적용하는 네덜란드에서는 직원의 일방적인 해고가 거의 불가능에 가깝다. 이 때문에 프로젝트 위주로 고용할 수 있는 프리랜서에 대한 수요가 꽤 높다. 또한 프리랜서를 위한 네덜란드 정부의 정교한 정책도 중요한 몫을 한다. 주거지와 사무실 임대료, 출장과 같은 업무에 필요한 교통 경비, 기타 업무에 필요한 소모품 등 구입비에 많은 세제 혜택을 준다. 그리고 낮은 급여를 받는 프리랜서들도 최저 임금과 같은 기본적인 권리에서 제외되지 않도록 정부에서 끊임없이 모니터링을 하며 필요 시에는 추가 세금 감면의 혜택도 준다.

네덜란드에서는 프리랜서로 일하면서도 원하면 언제든지 다시 직장으로 돌아갈 수 있기 때문에 프리랜서로 경력을 전환하는 데도 부담이 없다. 프리랜서로 오래 일하면 조직에 적응하지 못할 것이라는 선입견 때문에 채용을 기피하는 경우도 별로 없다. 오히려 프리랜서로 오래 경력을 쌓으면 프로젝트 관리나 해당 분야의 전문성 부분에서 더 좋은 평가를 얻게 되는 경우도 많다.

고용하는 사람과 고용되는 사람 간의 위계질서, 소위 말하는 갑을 관계가 강하지 않은 것도 네덜란드에서 프리랜서가 활성화된 이유기도 하다. 많은 직장에서 우리가 흔히 말하는 계약직 프리랜서라고 하대하거나 홀대하는 경우는 거의 없다. 오히려 많은 프리랜서들의 전문

적 식견과 경험이 필요로 하는 만큼, 프리랜서들이 프로젝트에서 더 많은 목소리를 낼 수 있도록 도와준다. 이러한 이유 때문에 네덜란드에 정착한 한국인들 중에도 프리랜서로 일하는 경우를 꽤 보게 된다. 네덜란드에는 프리랜서 비자도 따로 있어 일정한 수의 클라이언트가 확보되면 비자 신청도 쉽게 할 수 있다. 나 또한 네덜란드의 활성화된 프리랜서 문화를 보고 아이디어를 얻어 한국에서 했던 커뮤니케이션 업무를 이곳에서 프리랜서로 계속 이어가고 있다.

한국에서도 프리랜서를 꿈꾸는 사람들이 많아지고 있다. 매일 아침 바쁜 출근길에 스트레스를 받을 필요도 없고, 원하는 시간과 장소에서 자유롭게 일할 수 있기 때문이다. 하지만 여전히 프리랜서는 불확실한 미래와 낮은 보수의 동의어로 인식되고 있어, 실제 프리랜서의 삶을 택하기 위해서는 많은 용기가 필요하다. 아울러 프리랜서를 외부 전문가로 대우하는 곳도 있지만,

이보다도 회사 내에서 일손이 모자라 빠른 시일 내에 처리할 수 없는 업무를 대신해주는 하청 인력 혹은 아르바이트 수준으로 취급하는 곳도 많다. 프리랜서의 역할에 대한 이해와 기대 수준의 차이로 프리랜서가 할 수 있는 양질의 업무가 많지 않은 것도 안타까운 현실이다.

전 세계적으로 평생 직장과 고용에 대한 개념이 없어지고 노동 시장의 유연성이 화두가 되면서 전통적인 고용 형태는 점점 더 사라질 것이다. 회사가 자신의 미래를 책임져줄 수 없는 상황에서 프리랜서는 개인이 할 수 있는 매우 합리적인 선택 중 하나가 될 수 있다. 하지만 이에 앞서 가장 중요한 것은 프리랜서와 같은 1인 노동자가 조직 내부와 외부를 막론하고 차별 없이 일할 수 있고, 기본적인 삶을 영위할 수 있는 사회적 여건이 조성되어야 한다는 것은 두말할 나위가 없다.

물론이죠,
여기는
네덜란드입니다

네덜란드는 프리랜서의 천국이라고 할 정도로 다양한 분야의 프리랜서들을 사회 곳곳에서 볼 수 있다. 현재 네덜란드에는 약 80만 명의 프리랜서가 활동하고 있는데, 네덜란드에서 프리랜서와 전문직 등 1인 기업이 올리는 매출은 연간 약 625억 유로(한화 약 80조 원)에 이른다. 이는 네덜란드 국내총생산(GDP)의 약 10%를 웃도는 규모다.

LUKAS

SECTION ①

네덜란드의 사회관

11 너무나 솔직한 네덜란드 사람들

"내 이름은 로날드Ronald, 이곳에 온 지는 이제 5년이 되었어. 원래 아일랜드 더블린 고객 상담 센터에서 일하다가 해고를 당해서 불가리아로 건너갔지. 그곳에서 일하다가 2년 전에 사업을 시작했어. 우리 어머니는 정신과 치료를 받은 적이 있고, 나 또한 영향을 받았는지 모르지만 분노조절장애가 있어서 사람들을 만날 때 각별히 조심하려고 해. 너는 어떤 일로 불가리아에 왔니?"

무역 업무와 관련해 불가리아의 중세풍 도시, 벨리코 투르노보Veliko Tarnovo에서 만난 네덜란드인 로날드와 첫 미팅을 했을 때다. 그의 입에서 나온 지극히 개인적인 이야기를 듣고 깜짝 놀란 적이 있다. 어머니가 정신 장애를 앓았다는 것이나, 본인도 분노조절장애가 있다는 말은 처음 만난 상대에게 쉽게 들을 수 있는 이야기가 아니다. 본인이 예전 직장에서 해고당한 적이 있다는 이야기 역시 결코 쉽게 꺼낼 수 있는 이야기가 아니다. 아니, 오히려 더 감추고 싶은 이야기일 수 있다. 그런데 가까운 친구도 아닌 처음 만난 사람에게 스스럼없이 이런 이야기를 술술 풀어놓다니, 놀라지 않을 수 없었다.

동석했던 네덜란드 파트너에게 나의 생각을 말하자, 파트너는 놀랄 것 없다며 네덜란드에서는 일상적이라고 덧붙였다. 정도의 차이는 있지만 네덜란드 사람들은 개인의 사적인 이야기나 느낌 등을 감추지 않고 잘 털어놓는 편이라고 한다. 이들이 이렇게 자신의 이야기를 가감 없이 상대에게 편하게 할 수 있는 것은 무엇보다도 듣는 이들이 자신의 이야기에 대해 오해를 하거나 또 선입견을 가지지 않을 것이라는 믿음 때문이다.

그때서야 고등학생 시절 내 펜팔 상대였던 일레인[Elaine]이라는 네덜란드 소녀가 떠올랐다. 지금은 SNS나 다양한 메신저 서비스로 펜팔 문화가 없어졌지만, 내가 중고등학교를 다닐 때만 해도 편지 한 장으로 전 세계의 친구를 사귈 수 있는 펜팔이 큰 인기였다. 내가 먼저 보낸 첫 번째 편지에 일레인은 자신의 가족에 대해 소개하며, 막내 동생은 신체적 장애가 있어서 자신이 많이 돌봐줘야 한다고 답장을 한 적이 있다. 어떻게 보면 이때 처음으로 네덜란드 사람들의 솔직함을 느꼈던 듯하다.

네덜란드에서는 어릴 적부터 자신이 가지고 있는 생각이나 의견을 어떤 자리에서건 자유롭게 펼칠 수 있도록 교육을 받는다. 네덜란드 특유의 개방되고 열린 사회 분위기 특성상 가까운 친구 사이가 아니더라도 서로 터놓고 이야기하는 것이 매우 자연스럽다. 자신이 먼저 포장 없는 진솔한 모습을 보여주면서 상대방도 솔직하고 개방된 모습을 보여주기를 기대하는 것이다.

그래서인지 종종 네덜란드 사람들은 솔직하고 직선적이라는 말을 듣는다. 하고 싶은 이야기를 빙 돌려서 하는 사람들의 눈에는 다소 무례하게 비춰질 수 있는 네덜란드 사람들의 솔직함은 네덜란드에서 아주 흔하게 겪을 수 있는 문화 충격 중 하나다. 네덜란드 사람들은 메일이나 전화 통화를 할 때도 군더더기 없는 메시지를 선호한다. 핵심만 짚어서 이야기하면 될 것을 온갖 미사여구와 불필요한 말을 갖다 붙이면, 상대방의 시간을 뺏는 센스 없는 사람으로 생각한다.

이들의 솔직함은 비즈니스에만 국한된 것이 아니다. 연인이나 배우자, 가족들에게도 이들의 말은 거침이 없다. 자녀이기 때문에, 며느리라고 해서, 남편 혹은 부인이라고 해서 하고 싶은 말을 참거나 못하게 되는 경우는 많지 않다. 어쩌면 이러한 솔직함 때문에 일상 생활에서 스트레스 정도가 낮은 것은 아닌가 추측해본다.

네덜란드 회사에서 네덜란드인 상사와 일을 하게 되면 가끔은 야속한 느낌이 들 정도의 피드백을 받을 준비를 해야 할지도 모른다. 물론, 업종이나 국적에 따라 다소 차이는 있지만, 본인의 업무 내용과 태도에 대해 가감 없는 피드백을 받게 된다. 하지만 부정적인 피드백을 들었다고 해서 주눅 들거나 불쾌해할 필요는 없다. 네덜란드 사람들은 '피드백을 받는 것은 선물을 받는 것과도 같다'는 뜻의 'Feedback is een kadootje'라는 말을 즐겨 쓴다. 상대가 소중한 사람이기에 더 나아졌으면 하는 마음으로, 상대에게 도움이 될 수 있는 솔직한 의견을 준다는 것이다. 그렇기에 네덜란드에서는 학교와 가정, 직장에서 주고받는 피드백을 매우 중요하게 생각한다.

네덜란드에 처음 왔을 때 놀랐던 또 하나는 집집마다 커튼이 아예 없거나, 커튼을 활짝 열고 집 내부를 훤히 보이게 해놓은 것이다. 보통 자신의 집 안을 남들이 볼세라 두꺼운 암막 커튼이나 두 겹의 커튼으로 가리는 경우가 많은데, 이곳은 추운 겨울에도 커튼을 최대한 올리고 생활하는 것이 참 인상적이었다. 거실에서 책을 읽거나 TV를 보고, 부엌에서 요리를 하거나 식사를 하는 등 일거수일투족이 그대로 창문으로 보이는데도 이들은 전혀 거리낌이 없다. 일부러 보여주려는 의도도 아니고, 지나가는 사람들도 집 안을 들여다보려고 하지 않는다. 집집마다 '펜스터방크Vensterbank'라고 불리는 거실 창문 턱에 본인이 좋아하는 소품들을 올려놓고, 본인의 취향을 보여준다. 이 때문에 창문은 네

덜란드 사람들에게 자신과 남을 구분 짓는 공간이 아닌, 다른 이와의 소통 매개체가 된다. 크리스마스 시즌이 되면 집집마다 마치 경쟁이라도 하듯 센스 넘치는 장식을 걸어두는데 이런 펜스 터방크를 구경하는 재미가 쏠쏠하다.

네덜란드 사람들의 이런 스스럼없는 태도는 본인이 떳떳하지 못한 행동을 하지 않았으면 숨길 것이 하나도 없다는 신념 때문이다. 이는 네덜란드 사회 곳곳에 영향을 남긴 칼뱅주의[10]의 전통에 기인한 것이다. 보는 그대로, 생각하는 그대로를 말하는 네덜란드 사람들의 솔직함은 오랫동안 무역과 상업을 통해 부를 쌓아 온 그들의 문화와도 관련이 있다. 다양한 문화와 가치관을 가진 사람들을 대하다 보니, 서로 오해를 줄일 수 있는 투명하고 직설적인 화법이 더 효율적이라는 판단도 있는 것이다. 실제로 명확하고 직접적인 네덜란드식 커뮤니케이션 방식이 업무 진행과 관련된 오류를 줄이고, 효율적인 업무 수행에 도움이 될 때가 많다. 이는 사회 전반에서 커뮤니케이션으로 비롯된 직간접적인 비용과 시간을 절감하는 데도 유익하다.

이러한 직설적인 커뮤니케이션은 인간관계에도 도움이 될 수 있다. 친구와 배우자 등 가까운 사람에게 자신이 느끼는 바를 솔직하게 이야기하지 못하고 돌려서 이야기하다 보면 불필요한 주변 이야기만 하게 되고, 자신이 하고 싶은 이야기는 정작 꺼내지도 못하게 된다. 특히, 상대방의 변화를 기대하는 마음에서 이야기를 시작했다면 돌려 이야기해서는 아무 결과도 얻지 못한다. 아직도 아주 가끔은 이곳 사람들의 직설적인 화법이 낯설게 느껴질 때도 있지만, 솔직하고 직선적인 태도가 일상생활에서도 유용한 점은 많은 것 같다.

가끔 이 사람들처럼 느낀 대로 생각한 대로 행동하고 말하다 보면 하고 싶은 말을 못 해서 생기는 스트레스는 없겠다는 생각이 든다. 자신의 말을 상대가 어떻게 받아들일지를 고려할 필요도 있지만, 가정에서건 회사에서건 가끔 할 말은 하고 살아야 하지 않겠는가.

---

10 프로테스탄트교 종교개혁자 칼뱅이 주장한 사상으로, 근검절약과 성실한 노동을 강조했다. 칼뱅주의는 칼뱅이 거주하던 스위스뿐 아니라 독일, 네덜란드, 영국, 스코틀랜드 등 여러 유럽 국가에 많은 영향을 끼쳤다.

SECTION

②

당신 (U)

erlands

SECTION ② — 1

네덜란드의 연애관

더치페이에 대한 오해

프랑스France와 프렌치French, 또는 코리아Korea와 코리안Korean처럼, 대개 어느 나라의 사람이나 언어를 뜻하는 말은 그 나라의 이름을 통해 쉽게 유추할 수 있다. 그런데 네덜란드인이나 네덜란드어를 뜻하는 '더치Dutch'는 도대체 어디서 나온 것인지 그 유래가 궁금할 정도로 네덜란드The Netherlands와는 아무런 관련이 없어 보인다.

'더치Dutch'라는 단어는 원래 영국에서 독일 지역을 뜻하는 '도이치Deutsch'라는 말에 기원을 두고 있다고 한다. 당시 네덜란드는 지금처럼 국가적 형태가 아니었기에 독일과 근접한 지역으로 한데 묶어 이곳에 사는 사람들을 모두 더치라고 불렀다. 이러한 더치가 1600년대에 들어서면서 유럽의 역사에 갑자기 빈번하게 등장하는데 바로 네덜란드와 영국 간의 치열한 해상 무역권 다툼 때문이다.

당시 두 나라는 아시아에서 수입되는 후추와 같은 온갖 진귀한 향신료들로 막대한 부를 축적하고 있었다. 네덜란드와 영국의 무역 구조가 유사하다 보니 두 나라의 충돌은 불가피했다. 두 나라는 아시아 지역의 식민지 확장과 해상 무역권을 두고 반목하며 세 번 정도 전쟁을 치르는 등 오랫동안 라이벌 관계에 있었다. 이런 영국인들의 눈에는 네덜란드가 좋게 보일 리 없었다. 이때부터 영국인들은 앙숙이었던 네덜란드를 뜻하는 '더치'라는 단어에 온갖 부정적이고 비하의 의미를 담아 사용하기 시작했다. 술김에 부리는 객기를 의미하는 'Dutch courage', 잔소리가 많거나 엄하게 꾸짖는 사람을 뜻하는 'Dutch uncle', 위로인 줄 알았는데 듣고 나면 은근히 약 오르는 말인 'Dutch comfort', 파티에서 주인이 손님보다 먼저 취하는 것을 뜻하는 'Dutch feast' 인사도 없이 그냥 가버리는 치사한 이별을 뜻하는 'Dutch leave' 등 셀 수도 없이 많다. 이외에도 영국인들은 급기야 'I'm a Dutchman'이라는 말을 쓰기도 했는데, 나는 네덜란드 사람이라는 뜻이 아니라, '내가 성을 간다', ' 내 손에 장을 지진다'는 의미로 사용됐다. 당시 영국인들이 얼마나 네덜란드인들을 비하하고 싶었는지 알 수 있다.

그중에서도 전 세계적으로 가장 널리 알려진 더치를 비하하는 말로 '더치페이[Dutch pay]'를 빼놓을 수 없다. 당시 네덜란드에서는 한턱을 내는 의미로 '더치 트리트[Dutch treat]'라는 말이 사용됐다. 그런데 영국인들은 돈만 밝히는 쩨쩨하고 인색한 네덜란드인이라는 인식을 강조하기 위해 '트리트[treat]'를 '페이[pay]'로 바꿔버렸다. 그리고 한턱을 내기는커녕, 식사 후 자기가 먹은 것만 얄밉게 계산한다는 뜻으로 그 의미를 바꿔 네덜란드인들을 조롱한 것이다. 요즘도 종종 영어에서 더치페이는 'Go Dutch'라는 말로 사용되지만, 네덜란드 사람들이 그리 좋아하는 표현은 아니다.

아무래도 내가 지금 사는 곳이 네덜란드이다 보니 네덜란드 남자들이나 그들의 데이트 방식에 대한 질문들을 많이 받곤 한다. 그중에서도 네덜란드 남자들이 데이트할 때 더치페이를 하는지 자주 물어본다. 전 세계 최장신 국가로 유명한 네덜란드의 남자들은 호리호리하고 늘씬한 체격에 털털한 성격으로 유럽에서도 인기 있는 데이트 상대 중 하나다. 워

낙 장신에 체격이 좋다 보니 청바지에 티셔츠 하나만 걸쳐도 모델 느낌이 나는 사람도 거리에서 종종 보인다. 살짝 느끼한 느낌이 드는 프랑스나 이탈리아 남자들과 비교해볼 때 확실히 네덜란드 남성들은 담백한 면이 더 많은 듯하다.

다시 더치페이에 대한 질문으로 돌아가보면, 일단 내가 경험한 선에서는 그렇지 않다. 네덜란드 남성들은 슈퍼마켓에서 물건을 사면 주는 쿠폰을 버리지 않고 모아 쿠폰북에 붙이고, 레스토랑 할인 혜택 등을 챙기는 꼼꼼하고 짠돌이 같은 면이 있긴 하다. 하지만 연인이나 가까운 사람에게는 '정말 네덜란드 사람들이 저런 모습이 있나'라는 생각이 들 정도로 은근 살뜰한 구석이 있다. 주변에서 네덜란드 남성-한국 여성 커플을 종종 보게 되는데, 데이트할 때 칼 같이 더치페이 하는 남자들은 많이 보지 못한 것 같다.

그렇다고 네덜란드 남자들이 모든 데이트에서 비용을 다 부담하는 것도 아니다. 특히 첫 번째 데이트의 경우 두 사람이 자연스럽게 나누어 내는 것이 일반적이다. 종종 재미 삼아 들어가 보는 네덜란드의 주재원들 사이트에서는 네덜란드 남자들과 데이트를 할 때 저지르는 치명적인 실수에 대한 소재를 가끔 다룬다. 그중에 하나가 네덜란드 남자와의 첫 번째 데이트에서 남자가 돈을 낼 때까지 여자가 우물쭈물하며 기다리는 것을 최대의 실수로 꼽는다. 약간의 과장을 더해 계산서를 받은 순간에 여자가 먼저 더치페이를 제안하면 네덜란드 남자의 마음을 단번에 사로잡을 수도 있고, 심지어 프러포즈도 받을 수 있다는 우스갯소리도 있다. 독립심이 강한 네덜란드 여성들은 첫 번째 데이트에서 본인이 먹은 밥과 술값은 본인이 내겠다고 하는 경우가 많다.

이렇게 남녀가 각자 계산을 하는 경우도 있지만, 첫 만남에서 남자가 비용을 부담하면 다음 만남에서는 여자가 비용을 부담하는 식으로 번갈아 가며 돈을 내는 경우가 더 많다. 혹은 먼저 저녁을 먹고 술을 한잔 더 하게 되면, 1차는 남자가, 2차는 여자가 부담하는 방식이 일반적이다. 만약 1차를 남자가 계산했는데, 2차에서도 여자가 눈치를 보며 남자가 지갑을 꺼낼 때까지 멀찌감치 서서 기다린다면, 제 아무리 매력적인 여자라고 해도 애프터 가능성은 거의 제로에 가깝다. '뭐 이런 여자가 다 있냐'며 두고두고 뒷말을 듣게 될 것이다.

과거 여성들의 사회생활이 많지 않았을 때는 네덜란드에서도 남성들이 일방적으로 데이트 비용을 부담하는 경우가 많았다. 하지만 여성들의 사회 진출이 활발해지면서 남성에 대한 경제적인 의존도 또한 많이 줄어들었다. 한국에서도 마찬가지지만, 여성이 남성보다 더 많은 소득을 올리는 경우도 상당하다. 이 때문에 한국에서도 최근 남녀의 데이트 비용 분담에 대한 생각이 달라지고 있는 것 같다. 한국에서 직장 생활을 할 때, 몇 번 연하남과 데이트를 한 적이 있다. 아무래도 연차가 그 친구들보다 많다 보니 당시 나의 수입이 상대보다 더 많아 데이트 비용을 내가 더 많이 부담했었다.

물론 개인의 성향에 따라 비용을 부담하는 비율은 조금 다를 수 있겠지만, 대다수의 네덜란드 남성들은 경제적으로 자신에게 의존하거나 기대는 여성들을 부담스러워 한다. 설령 빼어난 외모와 매력에 반해 남자가 몇 번 비용을 전적으로 부담하며 데이트를 했다고 해도 그 관계는 계속 이어질 수 없다. 한 개인으로서 독립성이 현저하게 떨어지는 여성에게 네덜란드 남성들은 매력을 느끼지 못하는 것이다.

올해 스물여섯 살인 암스테르담에 사는 라우라Laura와 안톤Anton 커플도 마찬가지다. 라우라는 대학 생활을 잠시 중단하고 암스테르담의 유명 관광지에 있는 카페에서 매니저로 일하고 있고, 그녀의 남자 친구인 안톤은 아직 학생이다. 안톤은 아직 고정된 수입이 없기 때문에 이들은 비싼 레스토랑에서 데이트를 즐기지는 않지만, 특별한 날에 좋은 곳에서 식사를 하게 되면 라우라가 주도적으로 남자 친구를 초대한다. 마찬가지로 안톤이 파트 타임이나 다른 일거리로 용돈이 생기면, 라우라를 멋진 데이트 장소로 데려가기도 한다.

경제적으로 넉넉한 주변 친구들의 남자 친구와 자신의 남자 친구를 비교하게 될 수도 있고, 또 가끔 본인이 돈을 더 많이 내는 것에 짜증이 날 수도 있을 것 같은데 라우라는 전혀 그렇지 않은 눈치다. 라우라뿐만이 아니라 주변 친구들도 남자 친구의 돈벌이나 씀씀이 때문에 스트레스를 받거나 다른 친구들의 남자 친구와 비교하는 경우는 드물다. 오히려 여자에게 처음부터 많은 돈을 쓰는 남자를 보면, 혹시 속에 무슨 다른 꿍꿍이가 있는 것은 아닌지 경계부터 하게 된다고 한다. 그녀는 자신이 수입이 없는 것도 아니고 자신과 남자 친구를 위해 쓸 돈이 충분히 있기 때문에 이러한 상황에 대해 별 불만이 없다고 호탕하게 말한다.

네덜란드는 유엔개발계획UNDP이나 세계경제포럼WEF과 같은 글로벌 단체나 기관의 양성평등지수 조사에서 항상 5위권 밖으로 밀려나지 않는 대표적인 양성평등 국가이다. 가정과 학교, 직장 등 다양한 곳에서 네덜란드 여성들은 남녀가 평등하다는 것을 몸소 체험한다. 가정에서 수평적인 관계를 보이는 아빠와 엄마, 남학생과 여학생을 편견 없이 대하는 학교 선생님, 남직원과 여직원이 동등하게 대우를 받는 직장 문화를 통해서 대등한 남녀 관계를 맺게 된다.

이런 분위기에서 자라다 보니 네덜란드 여성들을 기가 세다고 보는 사람들도 많다. 네덜란드 여성들은 여자이기 때문에 말이나 행동을 더 조심해야 한다는 인식에서 자유롭고, 또 여자는 여리여리한 공주처럼 보호를 받아야 한다고 생각하는 사람들도 많지 않다. 이런 네덜란드 여성들을 온실 속의 화초처럼 취급한다면 당황스러울 만큼 솔직한 네덜란드 여성들은 면전에 대놓고 면박을 줄 수도 있다. 기본적으로 내가 먹는 밥값과 술값 정도는 혼자서 해결할 수 있는데, 남자가 모든 비용을 낸다고 나서면, 이 돈도 낼 수 없을 만큼 무능한 사람으로 본다고 오히려 불쾌해할 것이다.

이런 사회적 분위기 때문일까. 네덜란드 여성들은 연애 상대를 고를 때도 상대가 자신에게 금전적으로 무엇을 해줄 수 있는지보다 상대와 얼마나 코드가 맞을지를 더 중요시하는 경향이 강하다. 이 때문에 다른 나라에서 네덜란드에 정착한 부모들은 딸이 오직 사랑만을 보고 남자를 선택해서 오히려 그것이 더 걱정이라는 말을 듣기도 했다. 물론 상대방이 부유하다면 앞으로의 삶이 훨씬 안락해지겠지만, 인생에는 공짜가 없는 법이다. 남성의 경제력에 전적으로 의존하다 보면, 경제권을 쥔 남성의 결정과 판단에 휘둘릴 수밖에 없고 자율적인 선택 또한 힘들어질 수 있다.

한국에서도 남녀 간의 데이트 비용 분담은 온라인 게시판을 뜨겁게 달구는 단골 소재이기도 하다. 남성들은 데이트 비용을 남자에게만 부담시키는 일부 여성의 사례를 들며 '김치녀'라는 말로 다른 여성들을 비하하고, 또 여성들은 이런 생각을 하는 남성들을 '한남'이라고 응수한다. 하지만 이 모든 논란을 잠시 뒤로 하고, 인간관계의 본질에 집중해보면 데이트 비용 분담에 대한 아주 간단한 답을 얻을 수 있다. 인간은 누구나 자신의 삶을 스스로 결정할 수 있는 자유롭고 독립적인 삶이 필요하다. 남녀 불문하고 자신의 경제력이나 상황을 핑계로 어느 한쪽에 얹혀가려고 하는 것은 장기적인 관계 발전에도 결코 좋을 게 없다. 어찌 보면 네덜란드 남녀들이 익숙하게 생각하는 데이트 비용의 분담은 남녀 관계없이 가장 기본적이고 효율적인 관계 유지 수단일지도 모른다. 그것이 꼭 칼 같이 비용을 나누어 내는 더치페이 형식일 필요는 없지만 말이다.

물론이죠, 여기는 네덜란드입니다

the Netherlands

'각자 내기'를 뜻하는 '더치페이(Dutch pay)'는 네덜란드에서 '한턱을 낸다'는 의미의 '더치 트리트(Dutch treat)'에서 온 말이다. 그런데 네덜란드와 영국이 해상권을 다투던 시절, 영국인들이 앙숙이었던 네덜란드를 비하하기 위해 '트리트'를 '페이'로 바꾼 것이다. 하지만 더치페이는 영어 사전에서도 찾아볼 수 없는 국적불명의 단어일 뿐 아니라, 그 의미 때문에 네덜란드 사람들은 그 표현을 그닥 좋아하지 않는다.

SECTION ② — 2

네덜란드의 사회관

네덜란드식 사랑법

온 거리가 어둑어둑해지는 저녁이 되면 암스테르담의 레드 라이트 디스트릭트Red Light District[1]는 더 활기를 띠기 시작한다. 하나둘씩 켜지는 거리의 가로등은 캄캄한 밤 하늘과 밤을 닮은 검은 빛깔의 운하 위에서 매혹적인 빛을 띄운다. 그러나 이보다 더 사람들의 시선을 사로잡는 것은 붉은 커튼과 조명으로 둘러싸인 진한 화장을 한 마네킹처럼 보이는 레드 라이트 디스트릭트의 여성들이다. 거의 반나체에 가까울 정도로 아슬아슬한 옷을

1 붉은빛을 내는 등이 켜있는 거리(홍등가)라는 뜻으로, 네덜란드에서 성매매를 하는 남성 혹은 여성들이 있는 구역을 뜻한다. 네덜란드는 2000년부터 성매매를 합법화했기 때문에 성매매업 종사자도 엄연히 노동자로 인식되고 있으며, 이들 중 약 90%가 노동조합에 가입되어 있다.

걸친 채 지나가는 관광객들에게 눈인사를 건네고, 스스럼없이 가격을 흥정하는 이들이 이곳의 주인공이다. 남녀노소를 막론하고 이곳을 찾는 사람들의 눈빛은 호기심으로 가득하다. 가끔 대

담하게 손님을 기다리는 이곳 여성들에게 카메라를 들이대는 사람들도 있지만, 사진 촬영은 엄격하게 금지되어 있어 주의해야 한다. 성매매가 직접적으로 이루어지는 구역이라 어둡고 침침한 이미지를 떠올릴 수도 있지만, 좁고 어두운 골목길을 제외하면 밤에 여자 혼자 걸어 다녀도 그리 위험하지 않을 정도로 많은 사람들이 찾는 곳이다. 이는 성매매를 음지에서 양지로 끌어올린 네덜란드의 성매매 합법화 정책과도 어느 정도 관련이 있다.

암스테르담 시내 한복판에 있는 레드 라이트 디스트릭트 때문일까. 네덜란드 하면 많은 사람들이 성性적으로 자유분방한 나라라는 이미지를 떠올리는 것 같다. 내 생각도 처음에는 별반 다르지 않았다. 사실 처음 네덜란드에 왔을 때 레드 라이트 디스트릭트 곳곳에서 볼 수 있는 기괴한 복장과 란제리를 입은 마네킹, 섹스 토이를 보는 순간 얼굴이 화끈거렸다. 적나라한 춘화와 소

품들로 가득한 섹스 박물관, 화려한 네온 사인으로 빛나는 라이브 섹스 클럽 등을 보면서 적잖이 문화 충격을 받기도 했다. 다른 곳에서라면 보통 성인 용품을 파는 가게들은 음침한 분위기의 뒷골목에 있기 마련인데, 여기서는 일반 대로에서도 쉽게 성인 용품을 파는 가게들을 볼 수 있다. 가게에서 파는 제품들도 정말 이런 걸 사는 사람이 있을까 싶을 정도로 포르노 영화의 소품으로나 적합할 것 같은 용품들이 버젓이 가게 진열장에 걸려있다.

이뿐만이 아니다. TV 공영방송에 속옷 하나 걸치지 않은 출연자가 나체로 출연해 자신의 성 문제 대해 상담을 받는 프로그램이 방영되기도 한다. 너무 선정적이지 않나 생각했는데, 의외로 여기 사람들은 대부분 성에 대한 정보를 주는 프로그램으로 인식한다고 하니 또 한 번 놀라지 않을 수 없었다. 우리는 생각조차 할 수 없는 성을 주제로 한 방송이나 섹스숍들을 너무 당연하게 받아들이는 네덜란드 사람들을 보고, 이 사회는 성에 대한 어떠한 금기도 없다는 생각을 했다. 하지만 사실 이런 것은 네덜란드의 겉모습에 지나지 않는다. 네덜란드에 대한 일반적인 인식과 실제 모습은 참 많이 다

르고, 지금까지 지켜본 네덜란드 사람들의 성생활은 우리가 생각하는 것처럼 퇴폐적이거나 문란하지 않다. 성생활 자체가 지극히 개인적인 부분이라 국가와 국민이라는 하나의 집단으로 정의되기 힘든 부분도 있지만, 의외로 우리보다 더 보수적인 성인식을 가진 사람들도 꽤 많다.

도심 한복판에 레드 라이트 디스트릭트가 있으니 네덜란드 사람들이 그곳을 많이 찾을 것이라고 생각할 수도 있지만, 실제 이곳을 찾는 현지인들은 보기 힘들다. 나는 종종 한국에서 지인들이 올 때마다 레드 라이트 디스트릭트를 구경시켜주곤 하는데, 실제 성매매 업소로 들어가는 손님들은 많이 보지 못했고 이곳 여성들과 네덜란드어로 흥정하는 손님들은 더더욱 보지 못했다. 실제 이곳을 찾는 사람들은 대부분 다른 나라에서 온 관광객들인데, 심지어 이들을 대상으로 하는 레드 라이트 디스트릭트 투어 프로그램도 있다. 그리고 놀랍게도 이 투어 가이드는 전직 레드 라이트 디스트릭트의 성매매 종사자이다. 이를 두고 외국 언론에서는 암스테르담의 레드 라이트 디스트릭트가 네덜란드 정부의 고도의 관광

정책이라고 비꼬는 말을 하기도 하는데 일리가 있다. 하지만 네덜란드 정부가 성매매를 합법화한 것은 성매매를 조장하기 위해서라기보다는 성매매 종사자들을 인권 유린이나 폭력과 같은 상황에서 보호하고 인신 매매를 방지하기 위해서였다.

네덜란드의 성관념을 보여주는 말 중에 '더블 더치Double Dutch'라는 말이 있다. 더블 더치는 원래는 두 개의 줄을 서로 반대쪽으로 돌리는 줄넘기 놀이를 의미한다. 하지만 의학계에서는 남성의 콘돔과 여성의 피임약 복용이라는 이중 피임 방법을 말한다. 이러한 피임법을 통해 피임의 실패로 인한 임신과 임신 중절수술(인공 유산)과 같은 위험을 피한다는 의미도 숨어 있다. 현재까지 콘돔은 가장 일반적인 피임법이지만, 잘못된 사용 등으로 피임 실패 확률이 약 15%에 이른다고 한다. 때문에, 이를 미연에 방지하기 위해서라도 남성과 여성 모두 피임에 대해 상호 책임을 지자는 취지로 이러한 피임 방법이 자연스럽게 논의되고 있다. 사실 더블 더치와 네덜란드를 뜻하는 '더치'는 아무런 상관이 없다. 그런데 우연의 일치인지는 모르겠으나 네덜란드는 더블 더치를 아주 잘 실천하고 있는 나라 중 하나다.

네덜란드의 주재원들이 즐겨 보는 사이트인 'Amsterdam mamas'에 따르면, 네덜란드의 청소년들은 평균 약 16세(한국 나이로는 17세) 정도에 첫 성관계를 갖는다. 최근 한 통계 조사에 의하면 한국 청소년들 중 성경험이 있는 학생들의 평균 연령이 12.8세까지 낮아졌다고 하는데, 여기에 비하면 네덜란드의 청소년들은 오히려 한국의 청소년들보다도 더 늦은 나이에 첫 성관계를 갖는 셈이다. 성관계 시작 나이보다 더 중요한 것은 이들이 학교와 가정에서 성교육을 받기 시작하는 나이와 성교육의 수준이다. 네덜란드 아이들은 4살이 되면서부터 성교육을 받는다. 매년 봄, 4살에서 12살 사이의 아이들은 약 일주일 동안 전국적인 차원에서 진행되는 성교육을 받게 된다. 교육의 주요 내용은 사랑과 다른 사람에 대해 느끼는 특별한 감정, 성에 대해 아이들과 솔직하고 열린 의견을 주고 받는 것이다.

좀 더 나이가 있는 아이들은 학교에서 콘돔과 같은 피임 기구와 경구용 피임약, 성병 예방법 등 성 관련 지식은 물론, 원치 않은 성관계나 임신, 출산 등에 대처하는 방법과 같은 보다 현실적인 성교육을 받는다. 물론 네덜란드에서도 예전에는 '혼전 성관계는 절대 안 된다'와 같은 현실과 동떨어진 주제로 교육을 하기도 했다. 하지만 이제는 어떤 상황에서, 어떤 사람과 성관계를 맺어야 하는지에 대한 보다 구체적인 내용을 다룬다. 교실 내에서 아이들이 궁금해하는 것이라면 성에 대해 다루지 못할 내용은 전혀 없다. 아이들은 자위 행위와 같은 다소 수위가 높은 주제에 대해서도 터놓고 선생님께 질문을 하고 이에 대한 선생님의 답변을 들을 수 있다. 피임과 낙태와 같은 민감한 주제에 대해서도 선생님이 학생들에게 일방적으로 성 지식을 주입하는 것이 아니라 학생들이 그 중요성을 스스로 인식할 수 있게끔 토론 중심으로 수업을 진행한다. 남학생과 여학생 모두 성에 대해 궁금한 것은 마음 놓고 의견을 교환할 수 있으며, 남학생과 여학생 모두 성에 대해 주체적이고 독립적인 결정을 내릴 수 있도록 교육을 받는다. 네덜란드의 학교 성교육이 이렇게 진행되게 된 것은 청소년 성교육에 대한 네덜란드 정부의 관점 전환 때문이다. 1980년대 네덜란드에서 10대 여학생의 임신이 급증하면서 사회 문제가 되었다. 이에 네덜란드 정부는 청소년 스스로가 성관계에 대해 결정하고 책임지는 의식을 가질 수 있도록 성교육 프로그램을 개발하고 실행하기 시작했다. 그리고 이는 실제 10대 미혼모가 감소하는 성과로 이어졌다.

학교뿐만이 아니다. 자녀들이 성에 눈을 뜨기 시작할 나이가 되면 부모들도 서서히 마음의 준비를 한다. 부모와 자녀는 어떠한 주제에 대해서도 서로 대화를 나눌 수 있고, 성 또한 이들이 흔히 이야기하는 소재 중 하나다. 많은 네덜란드 부모들은 자녀가 올바른 성 의식을 바탕으로 건강한 이성 관계와 성관계를 가질 수 있도록 돕는다. 자신들의 경험을 토대로 자녀들과 성을 주제로 다양한 대화를 나누고, 자녀들이 궁금해하는 부분 또한 성심성의껏 알려준다. 게다가 자녀들이 여자 친구나 남자 친구가 생기면 부모들은 자녀들이 사용하도록 콘돔을 집 화장실 등에 놓아두거나 직접 챙겨주기도 한다. 공원이나 자동차 등 외부 장소보다 차라리 집에서 안전하게 성관계를 하라고 권하는 부모들도 있다. 어차피 나이가 차서 성관계를 시작하게 되면 못하게 막는 것보다 안전하고 책임감 있게 할 수 있도록 지도하는 것이 부모의 역할이라고 생각하기 때문이다.

한번은 친구의 누나인 페트라[Petra]의 집을 방문한 적이 있다. 네덜란드의 브라반트[Brabant]에 사는 페트라는 20대의 두 딸을 둔 엄마로, 동네에서 물리치료사로 일하고 있다. 페트라의 집에서 잠시 손님들이 이용하는 게스트 화장실에 갔는데, 선반의 가장 잘 보이는 곳에 콘돔이 떡하니 놓여있는 것이 아닌가. 보통 콘돔은 집의 은밀한 곳에 숨기기 마련인데, 손님들이 오가는 화장실에 있어서 깜짝 놀랐던 기억이 있다. 나중에 슬쩍 물어보니 남자 친구가 있는 두 딸이 종종 남자 친구와 함께 집에 오는 경우가 있어 페트라가 일부러 갖다 놓은 것이라고 한다. 두 딸도 이제 성인이니 당연히 성관계를 할 텐데 기왕 하게 될 거면 안전하게 하는 게 좋을 것 같아 콘돔을 일부러 잘 보이는 곳에 둔다는 게 페트라의 설명이었다. 그리고 가끔 딸들에게 농담 반 진담 반으로 사용한 콘돔은 좀 알아서 잘 처리해달라는 부탁도 잊지 않는다. 그런데 콘돔을 집에 놓는 일은 본인이 생각해낸 것은 아니고 페트라 부모님이 자신이 남자 친구가 생겼을 때 하셨던 방법이라고 한다. 페트라의 나이가 55세인데, 페트라의 부모님도 정말 대단하시다는 생각이 들었다.

이처럼 학교와 가정의 일관된 성교육 덕분에 네덜란드에서는 청소년 시절부터 더블 더치에 대한 인식이 상당히 깊게 뿌리 잡고 있다. 청소년들은 보다 책임감 있고 안전한 성 의식을 갖게 되고 무분별한 성관계로 인한 부작용에 덜 노출될 수밖에 없다. 2014년 영국의 FPA[Family Planning Association]가 조사한 15~17세 임신율 지표를 보면 네덜란드의 10대 임신율은 1,000명당 약 13명 수준으로, 다른 유럽 국가들에 비해서 절대적으로 낮다. 이 중에서 3분의 2는 임신 중절을 선택한다. 물론 임신 중절이 합법인 네덜란드에서 수술에 들어가는 비용은 모두 보험으로 처리된다. 성관계에는 책임이 따른다는 것을 어렸을 때부터 학교와 가정에서 자연스럽게 학습하는 네덜란드인들은 더블 더치를 당연한 피임 방법으로 인식한다. 성관계는 남녀 모두에게 책임이 있다는 것을 알고 있기에, 성에 대해 진지하게 생각하고 신중하게 행동하는 것이다. 자신의 성적 만족을 위해 파트너에게 위험을 주는 행동도 삼간다. 유엔마약범죄사무소[UNODC] 자료에 따르면 네덜란드의 성범죄율은 9.48%로 프랑스나 오스트리아와 같은 다른 유럽 국가들보다도 낮고, 26.5%에 이르는 미국 성범죄율의 3분의 1 수준에 불과하다. 성을 삶의 일부분으로 자연스럽게 인식하는 개방된 성교육의 효과는 성범죄율의 감소에도 기여할 수 있음을 네덜란드의 사례가 보여주고 있다.

네덜란드에서는 '콘돔 없이는 성관계 또한 없다'는 'No

condom, no sex'가 확실하게 지켜진다. 데이트 중에 분위기가 무르익었는데 남성이 콘돔도 착용하지 않고 관계를 하려고 한다면 네덜란드 여성들은 경악하고 바로 그 자리를 박차고 나갈 것이다. 물론 남성들도 감히 콘돔도 없이 성관계를 할 생각은 하지 않는다. 많은 나라에서 남성들의 성적 만족도나 번거로움 등을 이유로 콘돔 사용률이 낮은 것과는 큰 비교가 되는 대목이다. 더블 더치가 당연한 것이기 때문에 여성이 원치 않은 임신을 한 경우, 남성과 여성 모두가 책임을 지는 것도 너무도 자연스러운 것이다. 남녀가 합의 하에 아이를 출산하기로 한 경우에도 아이에 대한 책임은 남녀가 함께 진다. 네덜란드에서의 높은 육아 분담률은 피임과 임신에 대한 동등한 책임 의식과도 관련이 없지 않을 것이다.

한국에서도 점차 10대의 성관계 비율이 높아지면서 이로 인한 사회적 문제가 서서히 증가하고 있다. 학교와 가정에서 적절한 성교육은 이루어지지 않는데 성 경험 속도는 빨라지면서 왜곡된 방식으로 성을 접하게 되고, 이로 인해 상대를 오직 성적인 쾌락을 얻기 위한 대상으로만 생각하는 경우도 많아지고 있다. 이뿐만이 아니다. 강제적인 성관계와 원치 않는 출산 등으로 인한 영아 유기와 살해와 같은 비극적인 일도 종종 발생하고 있다. 예전과는 비교가 되지 않을 정도로 개방적이고 자유로운 성관념을 지닌 청소년들에게 성적 욕구를 무조건 참으라고만 가

르칠 수는 없는 노릇이다. 오히려 심리적으로나 정신적으로 안전하고 건강하게 성을 받아들일 수 있는 열린 교육이 더 필요할 수도 있다. 또한 청소년들이 바람직한 남녀 관계가 남성과 여성 중 어느 한쪽에 치우쳐진 것이 아니라 남녀 모두의 책임이며, 이러한 책임 의식을 통해 진정한 성인이 될 수 있다는 것을 다양한 경로를 통해 알려줄 필요가 있을 것 같다. 네덜란드의 사례는 이 모든 과정에서 가정과 학교 모두가 열린 자세로 일관된 목소리를 낼 때 청소년 또한 건강하고 책임감 있는 성 의식을 가질 수 있다는 것을 보여주고 있다.

물론이죠,
여기는
네덜란드입니다

네덜란드의 성교육은 아이들이 4살이 되는 해부터 시작된다. 성에 관심을 갖기 이전부터 교육을 통해 성(性)을 일상적인 주제로 자연스럽게 받아들이게 하자는 취지다. 성교육 또한 아이들에게 일방적으로 성 지식을 주입하는 것이 아니라 학생들이 성의 중요성을 스스로 인식할 수 있도록 한다. 이런 개방적이고 적극적인 성교육의 효과는 놀랍다. 네덜란드 청소년의 첫 성관계 연령은 유럽에서도 단연 높고, 데이트 강간이나 청소년 출산율, 낙태율은 세계 최저 수준이다.

PETRA

SECTION ② — 3

네덜란드의 젠더관

미니스커트를 입고 시위하는 남자들

특별한 날이 아니더라도 아주 가끔 평소와는 완전히 다른 패션 스타일을 시도해보고 싶을 때가 있다. 몸의 실루엣이 그대로 드러나는 딱 붙는 드레스라든지, 무릎 위로 다리가 한 뼘 넘게 보이는 미니스커트에 그물 스타킹과 하이힐을 신거나, 피부가 은근하게 비치는 시스루 블라우스와 같은 과감한 패션 스타일 말이다. 파티나 모임에서 다른 사람의 시선을 끌거나 꼭 누군가에게 보여주기 위해서만은 아니다. 점잖고 규격화된 정장이나 또 캐주얼한 청바지와 티셔츠 안에 숨겨왔던 새로운 면을 발견하고 싶은 마음이 더 크다.

그런데 막상 이런 차림으로 집을 나설 때면 '정말 이렇게 입고 나가도 괜찮을까' 하는 생각에 다시 한번 거울을 보고 머뭇거리게 된다. 오래 전부터 들어왔던, 여자는 모름지기 단정하고 얌전하게 입어야 한다는 말이 계속 머릿속에서 맴돌기 때문이다. 고민에 고민을 거듭하고는 용기를 내서 집을 나서면 혹시나 했던 우려가 현실이 된다. 음흉한 웃음과 함께 몸을 위에서 아래로 훑는 뭇 남성들의 고약한 시선을 마주할 때가 한두 번이 아니다. 전 세계 어느 곳을 불문하고 여성이라면 한 번쯤은 경험해 본 일일 것이다.

2015년의 마지막 밤, 모두가 새해를 맞는 흥분과 기대에 부풀어 있을 때 독일은 물론 전 세계를 발칵 뒤집어놓은 사건이 발생했다. 독일 쾰른Cologne에서 불꽃놀이를 즐기러 나온 여성들을 대상으로 집단 성폭력과 성추행 사건이 일어난 것이다. 약 20~30명의 남성들은 이들 여성들을 둘러싼 후 무리를 떼어놓고 성추행을 한 뒤 휴대전화 등 물품을 훔쳐가는 범죄를 저질렀다. 이를 주도한 남성들이 공교롭게 무슬림 난민 출신이라는 점 때문에 유럽은 또 한차례 무슬림과 난민에 대한 논의로 홍역을 치러야 했다.

그러나 이 사건보다 사람들을 더 경악시킨 것은 쾰른시 헨리에테 레커Henriette Recker 시장의 어이없는 발언이었다. 그녀는 가해자 남성들에 대해서는 어떠한 언급도 하지 않으면서 '성범죄를 예방하려면 여성들이 행동 규범을 갖춰야 한다'는 등 '낯선 남성과 한 팔 정도의 간격을 유지해야 한다'는 등 쾰른에서 벌어진 집단 성추행 사건의 원인을 마치 여성에게 돌리는 듯한 발언으로 물의를 빚었다. 유럽 연합의 리더이자 유럽의 사상계를 이끈 국가인 독일의 유명 도시 공무원의 입에서, 그것도 여성 공무원의 입에서 이런 말을 듣게 될 줄은 상상도 하지 못했다.

많은 여성들이 그녀의 말에 분노했다. 같은 여성의 입장에서 보더라도 무책임하고 공감할 수 없는 발언을 한 것을 넘어서, 아직도 많은 사회에서 여성을 어떻게 바라보고 있는지를 여실히 보여줬기 때문이다. 그런데 화가 난 것은 여자들뿐만이 아니었다. 네덜란드 남자들도 단단히 화가 났다. 순식간에 페이스북을 통해 'Mannen in minirok(미니스커트를 입은 남자들)'이라는 캠페인 페이지가 만들어졌고, 이 사건에 대해 문제 의식을 가진 사람들이 집회 참가를 신청했다. 그리고 살을 에이는 듯한 한겨울 강추위가 기승을 부리는 2016년 1월 16일, 화가 난 남자들이 맨다리에 미니스커트를 걸치고 하나둘씩 암스테르담 센터로 모여들었다. 미니스커트를 입은 다양한 인종과 연령대의 남성들이 손에 들고 있던 슬로건은 'Seksueel misbruik is geen vrouwenprobleem(성추행은 여성들의 문제가 아니다)'라는 문구였다. 여성들이 입는 미니스커트를 입고 거리를 활보해도 성추행이나 성폭력의 위험에 노출되지 않은 남성과 달리, 여성이 미니스커트를 입고 거리를 거닐면 몸가짐을 조심해야 한다는 말을 듣는 잘못된 사회 인식에 일침을 가한 것이었다. 매서운 한파에도 불구, 400여 명의 남성들이 집회에 참가했는데, 이는 네덜란드에서도 상당히 높은 숫자다. 이들은 여성들의 에스코트와 시민들의 열렬한 격려를 받으며 암스테르담 거리를 행진했다. 당시 나는 잠깐 다른 나라에 있어 현장을 직접 지켜볼 수는 없었지만, TV를 통해서 본 어느 네덜란드 남성 참가자의 말이 아직도 잊히지 않는다. 다른 집회 참가자들처럼 맨다리에 미니스커트를 입고, 그는 기자에게 이렇게 말했다.

"우리는 쾰른 시장의 발언과 같은 생각들이 바뀌기를 원합니다. 여성들이 어떤 옷을 입고 어떻게 행동하는지가 문제가 아니라, 남성들의 행동이 문제가 되는 것입니다."

내가 하고 싶은 말을 남성에게서 들을 줄은 몰랐다. 여성만큼 이 사건에 분노한 남성의 입에서 나온, 그야말로 속 시원한 사이다 발언이었다.

물론, 한국에 비해 빈도는 낮지만 네덜란드에서도 여성들에 대한 성추행 사건이 발생한다. 길을 걷다가 낯선 남자의 시선이 가슴과 엉덩이 근처에서 머무는 일을 겪기도 하고, 끈적끈적한 웃음과 함께 "헤이, 베이비" 하며 수작을 부리는 불쾌한 남자들을 만나게 되기도 한다. 또한, 노출이 심한 여성의 옷차림이 남성의 성욕을 불러일으키고 성범죄로까지 이어진다고 생각하는 사람들도 더러 있다. 하지만 이런 의견은 결코 다수가 아니다.

어렸을 때부터 남녀가 동등하다는 것을 몸으로, 머리로 배우고 자란 네덜란드인들은 여성을 성적인 대상으로만 보는 것을 경계한다. 네덜란드 여성에게 이런 성추행에 가까운 발언을 했다가는 길에서 단단히 망신을 당할 준비를 해야 할 것이다. 회사에서도 여성에 대한 혐오적인 발언을 하거나 성적인 대상으로 묘사하고 깎아내리는 언행을 하면, 교양이 없는 사람으로 취급 받고, 심지어 여성은 물론 남성 사이에서도 왕따가 될 수 있다.

네덜란드 사회가 예전부터 이런 분위기였던 것은 아니다. 전후에는 네덜란드도 한국처럼 가부장적이고 남성 중심적인 사회로, 여성을 남성의 부속품처럼 인식하던 때도 있었다. 하지만 1960년대 네덜란드 정부가 남녀 문제에 대해 보다 진보적인 입장을 펼치면서 사회 분위기는 반전된다. 이러한 변화의 과정에서 현재 한국에서처럼 성별 갈등이 있기도 했지만, 지금은 자타가 공인하는 양성평등 국가가 되었다.

요즘 한국에서는 '여혐'과 '남혐' 논란이 거세다. '김치녀', '스타벅스녀', '맘충' 등 여성을 비하하는 의미의 키워드 난립과 강남역 묻지마 살인으로 촉발된 논란은 한국 사회에서 여성 혐오가 얼마나 뿌리 깊게 자리하고 있는지를 보여준다. 또한 그간의 여혐 풍조에 대항해 여성들이 받았던 부당한 대우를 그대로 되돌려 주는 남혐 활동도 거세지면서, 한국 사회는 그 어느 때보다 더 극심한 성별 갈등과 대립 상황을 겪고 있다.

하지만 한국 사회에서 점점 심각해지는 남녀 성별 갈등은 오히려 양성 불평등에 대해 우리 모두가 진지하게 논의할 수 있는 계기가 될 수도 있다. 그동안 한국 사회에서 남녀 갈등은 세대 갈등이나 지역 갈등과 같은 다른 이슈에 비해 상대적으로 사람들의 관심이 낮았다. 이제는 상황이 달라졌다. 남성과 여성이 함께 사는 사회에서 양성이 모두 행복하고 차별을 받지 않는 미래 지향적인 사회를 만들기 위한 방안을 고민해야 할 때가 됐다. 지금처럼 서로에 대한 편견과 오해에 사로잡혀 상대에게 생채기를 내는 행동으로는 결코 지금까지의 상처를 치유할 수 없다. 또한, 남성과 여성이 서로 자신의 성에 유리한 입장만 강조하는 집단 성별 이기주의가 사라지지 않는다면 한국 사회의 성별 갈등은 결코 사라질 수 없다. 사회의 모든 구성원이 가정과 학교, 직장 등 사회 공동체 전체에서 양성 존중의 문화를 실현할 때 여성과 남성 모두가 행복한 사회가 될 수 있다. 한국에서도 군대 내 폭력에 대해 항의하는 여성과, 성추행과 성폭력을 당한 여성들을 위해 공정한 판결을 호소하는 남성 등 부당한 처우를 당한 여성 혹은 남성을 위해 다른 상대가 적극적으로 목소리를 낼 수 있는 때가 곧 오기를 바라본다.

SECTION ② — 4

네덜란드의 결혼관

결혼하지 않는 사람들

"그래, 만나는 사람은 있고? 결혼은 언제 할 거니?"

몇십 년간 '명절에 가장 듣기 싫은 말'의 상위 순위를 굳건히 지키고 있는 말이다. 자식이 결혼을 하고 가정을 이뤄야 부모의 책임을 다 했다고 생각하는 부모님의 마음과, 결혼이 일생의 필수라는 어르신들의 생각을 모르는 것은 아니다. 하지만 비혼주의자[2]인 나는 이러한 질문을 받을 때마다 여간 고역이 아니다. 그뿐인가. 미혼과 기혼을 표시하는 칸이 필수 항목으로 들어가 있는 이력서, 결혼 여부를 묻는 면접관, 직장에서도 '왜 아직 결

2 결혼을 필수가 아니라 선택으로 생각하는 사람들로, 결혼에 대한 의지가 없거나 결혼 제도 자체를 거부하는 사람들을 말한다.

혼을 안 했냐'는 쓸데없는 관심에 시달린다. 결혼한 사람은 품절 남녀라고 표현하고 결혼하지 않은 사람은 무슨 문제가 있는 불량품으로 취급하는 결혼 정보 회사 광고 문구가 버젓이 광고에 등장하기도 한다. 심지어 미혼 남녀의 결혼율을 높이기 위해 국가적 프로그램을 운영하겠다는 등 한국 사회의 결혼에 대한 과한 집착은 때때로 무섭기까지 하다. 한국 사회가 이렇게 결혼에 열을 올리는 것에 반해, 결혼한 네 쌍 중 한 쌍이 이혼을 하는 아이러니는 참 설명이 안 된다. OECD 아시아 국가 중 한국은 꾸준히 이혼율 면에서 선두를 지키고 있다. 현실은 이런데, 아직 적합한 배우자를 만나지 못한 미혼 친구들은 남녀 막론하고 집 안팎에서 받는 압력과 걱정으로 불안감을 느끼고 초조해하고 있으니 참 안타깝다.

결혼을 안 하는 이유는 여러 가지다. 아직 인생관과 감정을 공유할 수 있는 파트너를 만나지 못했거나, M&A처럼 조건과 배경에 맞춰 거래하듯 진행되는 결혼이 싫기 때문이다. 어쩌면 남자들의 경우 결혼 후 남자의 경제력에만 의존하려고 하는 여자가 부담스러워서일 수도 있고, 여성들의 경우 층층시하 시집살이가 눈에 보듯 뻔해서 결혼이 싫을 수도 있다. 이런저런 현실적인 고민을 안고 결혼에 골인을 했어도, 결혼 생활이 10년을 넘기기 어려우니 결혼은 정말 해도 손해, 안 해도 손해라는 어른들의 말씀이 어느 정도 일리는 있는 것 같다.

이에 반해 네덜란드에는 자발적으로 결혼을 하지 않는 비혼이 넘쳐난다. 네덜란드의 국영 기업에서 프리랜서 프로젝트 매니저로 일하고 있는 파울Paul은 12년째 파트너와 함께 살고 있다. 비혼주의자인 그는 현재의 파트너를 사랑하고 앞으로도 그녀와 함께 시간을 보낼 계획이지만, 결혼할 생각은 전혀 없다고 한다. 결혼 자체가 지금의 사랑이 영원히 변치 않을 것이라는 일종의 다짐이자 공개적인 약속인데, 이 자체가 불가능하다고 생각하기 때문이다. 사회적 편의 때문에 만들어진 결혼이라는 제도에 동의하지 않는 것도 비혼의 이유다. 그의 파트너 또한 같은 생각이고 그들은 12년간 아무런 문제 없이 비혼 커플로 함께 살고 있다.

부모의 불행한 결혼 생활에 대한 트라우마 때문에 결혼에 대해 부정적인 사람들도 종종 있다. 하지만 파울은 이런 경우에 해당되지 않는다. 인도네시아에서 결혼하시고 네덜란드로 건너온 파울의 부모님은 자타 공인 잉꼬 부부였다. 서로에 대한 깊은 사랑과 존중으로 40년 가까이 행복한 결혼 생활을 하셨다. 보통 인도네시아 남성들은 가사일에 소홀한 경우가 많은데 파울의 아버지는 어머니를 끔찍하게 아끼셔서 온갖 가사일을 도맡아 하시곤 했다. 아버지가 작고하신 후 파울의 어머니는 파울에게 결혼을 하는 것이 어떻겠냐고 몇 번 말씀을 하셨지만, 파울의 뜻이 워낙 완고해 더 이상은 결혼에 대해 언급하지 않으신다.

동네에서 와인 가게를 운영하는 얀[Jan]도 폴렌담[Volendam]에서 만난 지 3년 된 파트너와 결혼하지 않고 함께 살고 있다. 결혼 계획은 없냐고 물으니, 둘 다 필요성을 느끼지 못할뿐더러 지금처럼 이렇게 함께 사는 게 좋다는 단순한 대답이 돌아왔다. 물론 몇 년 뒤에 생각이 바뀌어 결혼할 수도 있겠지만, 결혼을 하고 안 하고가 관계에 영향을 끼치지 않는다고 생각하기에 아직까지는 아무런 계획을 세우지 않았다고 한다.

여자 친구와 15년 가까이 결혼하지 않고 함께 살고 있는 프란츠[Franz]는 지난해 여자 친구에서 청혼을 했다가 도리어 거절당했다. 이렇게 같이 오래 살았으니 결혼을 하는 것이 어떨까 하는 생각에 청혼을 했다가 단칼에 거절을 당한 것이다. 한 번 결혼을 하고 이혼한 경험이 있는 여자 친구는 결혼에 대해 회의적이었고, 전 남편 사이에서 낳은 두 자녀와 프란츠와 함께 지금처럼 사는 것이 좋다고 했단다.

젊은 커플들도 마찬가지다. 네덜란드에서는 대학을 마치고 애인이 있는 경우 자연스럽게 같이 살면서 서로에 대한 실질적인 탐색기를 거친다. 일주일에 몇 번 만나는 데이트로는 상대의 진짜 모습을 알기 어렵기 때문이다. 일상을 함께하는 단계를 거치면 상대를 더 파악하게 되고, 앞으로 이 사람과 함께 사는 것이 어떨지에 대한 현명하고 신중한 결정을 내리게 될 수도 있다.

올해 스물 여섯 살인 재닌[Janine]도 남자 친구와 함께 살고 있다. 대학을 졸업하고 직장을 구하면서 곧바로 회사 근처에 집을 얻어 산 지 벌써 2년이 되어 간다. 남자 친구를 알게 된 지 벌써 7년이 되었고, 함께 살아보니 여러모로 잘 맞아서 앞으로도 계속 지낼 예정이다. 재닌 부모님의 반대가 혹시나 있지 않았을까 싶었는데, 재닌의 부모님도 결혼하지 않고 함께 사시다가 재닌을 포함해서 3명의 자녀를 낳으셨다고 한다.

사실 비혼 가정은 다른 유럽 국가에서도 일상적인 가정 형태 중 하나다. 하지만 네덜란드에는 유독 결혼하지 않고 함께 사는 사람들이 더 많아 보인다. 다른 무엇보다 개인 선택의 자유를 존중하는 사회 분위기 때문에 이런 결정을 더 쉽게 내리게 되는지도 모르겠다. 자신의 성 정체성과 같이 터부로 인식될 수 있는 부분에서조차 개인의 선택을 완벽히 존중하는 네덜란드에서 결혼은 당연히 선택할 수 있는 것이고, 때로는 불필요한 것이라는 인식도 있다.

결혼에 대한 이들의 열린 생각은 개인의 선택이 중요하고, 또 사랑의 감정과 사람의 관계 또한 영원불변하지 않을 수 있다는 실용적인 관점 때문이기도 하다. 배우자를 영원히 사랑하고 평생 행복하겠다는 서약을 다른 이들 앞에서 하는 것 자체가 불가능할 뿐 아니라 합리적이지 않다고 보는 것이다. 또한, 네덜란드에는 굳이 결혼을 하지 않더라도 파트너에게 결혼한 보호자와 동등한 법적 위치를 보장해주는 '파트너 등록제Geregistreerd Partnerschap'

가 있기 때문에 행정적인 이유 때문에 결혼을 할 이유도 없다. 결혼과 비결혼 파트너에 차등을 두었던 제도 또한 2014년에 공식적으로 사라졌다.

결혼이라는 것이 '사랑'이라는 감정을 방부제처럼 지속시켜 주지 않을 수도 있다. 오히려 결혼했으니 파트너가 이제 합법적으로 내 소유가 되었다는 생각에 상대를 존중 없이 대하는 경우도 있다. 상대를 하나의 인격체로 보기보다는 배우자로만 보는 상황이 계속되다 보면 두 사람 사이에 심리적인 간극이 생기고 그 사이에는 외도와 불륜이 자연스럽게 끼어든다. 물론 주위에 완벽한 금슬을 자랑하며 사는 분들도 많지만 공공연하게 남자 친구나 여자 친구를 두고 있는 기혼 커플도 꽤 많이 보았다.

비혼 관계는 어떤 의미에서 결혼만큼 제도적 안정성을 가질 수 없기에 불안감이 들 때도 있다. 어느 한쪽이 상대에게 사랑받

고 존중받지 못한다는 생각이 들거나 또는 함께 행복하지 못한다는 생각이 들면 언제든 관계를 정리할 수 있기 때문에 서로에게 더 집중하고 조심하게 된다. 바로 이러한 역동성 때문에 지금 나와 시간을 함께하고 있는 파트너를 더 소중하게 대할 수밖에 없다. 밖에서 돈을 벌어 오는 누구의 아빠 혹은 남편이 아니라, 혹은 집에서 살림하는 누구의 엄마, 부인이 아니라 온전히 그 사람에 더 집중하게 될 수 있다. 그렇기 때문에 비혼은 늘 정해진 답이 없는 시험지와 같고, 그래서 늘 긴장하면서 함께하는 순간순간에 집중하게 된다. 그래서 그 안의 감정 또한 굳어진 화석이 아니라 숨쉬고 살아 있는 생명체가 되는 것이다.

최근 한국에서도 결혼을 기피하거나 결혼의 필요성을 느끼지 못하는 미혼 남녀들이 늘고 있다. 경제적 문제로 비혼을 선택하는 비율이 높은 것은 네덜란드와 다른 점이긴 하지만, 결혼의 필요성에 대해 회의적인 시선은 점점 많아지고 있다. 한국에서도 미혼자 10명 중 3명 정도가 비혼을 긍정적으로 보고 있다고 하니, 향후 한국 사회에서의 비혼은 무시할 수 없는 사회적 흐름이 될 것이다. 구시대적 사회가 규정한 가정, 그리고 임신과 출산의 일원화된 삶의 굴레에서 해방된 진정한 비혼주의자들이 한국에서는 또 어떤 모습으로 나타나게 될지 자못 궁금해진다.

물론이죠,
여기는
네덜란드입니다

1960년대까지만 해도 네덜란드에서도 결혼은 가장 일반적인 커플 관계 중 하나였다. 하지만 점차 여러 이유로 결혼하지 않는 커플이 많아지면서 네덜란드는 1998년부터 결혼하지 않은 파트너도 결혼한 배우자와 동등한 법적 위치를 보장하는 '파트너 등록제(Geregistreerd Partnerschap)'를 시행해왔다. 덕분에 네덜란드의 커플은 행정적인 이유 때문에 결혼할 필요가 없으며, 20~30대 커플 중 결혼하지 않은 커플이 약 절반에 이른다.

PAUL

SECTION ② — 5

네덜란드의 육아관

헤어진 부모의 자녀 키우기

매주 일요일, 암스테르담 동쪽에 있는 힐레Hille의 집은 아침부터 부산스럽다. 올해 8살이 된 힐레의 아들이 옆 동네에 있는 아빠의 집으로 갈 준비에 한창이기 때문이다. 수요일 저녁부터 일요일 아침까지 힐레와 지낸 아들은 일요일 오후부터는 아빠와 함께 보낸다. 그리고 다시 수요일 저녁이 되면 아들은 힐레의 집으로 와서 일요일 아침까지 지낸다. 힐레와 힐레의 전 남자 친구는 네덜란드의 전형적인 공동 양육Co-parenting을 하는 부모다.

연애 시절을 포함해 11년간을 함께한 힐레와 전 남자 친구는 아들이 다섯 살이 된 해에 헤어졌다. 오랜 시간을 함께했던 만큼 이별은 쉽지 않았다. 그동안 둘이 함께했던 추억 때문이기도 했지만 막 다섯 살이 된 아들에게 엄마와 아빠가 헤어진다는 이야기를 어떻게 해야 할지 마지막까지 고민이 많았다. 하지만 함께 있어도 행복하지 않은 부모의 모습을 보여주는 것보다 각자가 행복한 삶을 사는 것이 아들에게도 더 좋을 것이라는 결론을 힘들게 내렸다. 이러한 결정에 이르기까지는 두 사람이 평소에 가지고 있던 교육 철학도 한몫을 했다. 부모가 심하게 싸울 때, 아이들은 자신의 잘못 때문에 부모가 싸운다고 생각해 죄책감을 느끼고 우울해한다. 불행하고 불안정한 생활로 아들이 더 심리적으로 불안해하고 남녀 관계에 대한 부정적인 생각을 갖게 될 수도 있기에 힐레는 오히려 아들을 위해 더 용기를 냈다고 한다.

엄마와 아빠가 이제는 헤어진다는 말을 잠자코 듣던 아들이 가장 먼저 물어본 말은 '엄마 아빠가 한집에 살지 않으면 학교는 어디로 가야 하냐'는 것이었다. 이제 막 학교에 다니면서 친구들을 사귄 아들에게 엄마와 아빠의 이별보다는 이로 인한 일상의 변화가 더 크게 다가올 수밖에 없었던 것이다. 힐레와 전 남자 친구는 아들이 받을 충격과 변화를 최소화하기 위해 아들이 지금 다니고 있는 학교를 계속 다닐 수 있도록 학교에 특별히 부탁을 했다. 그리고 같이 살던 집을 나가게 된 전 남자 친구는 새집을 일부러 힐레의 집 근처에 얻었다. 매주 엄마 집과 아빠 집을 오가야 하는 아들이 새롭고 낯선 환경에 쉽게 적응할 수 있도록 한 것이다.

아들은 엄마와 아빠가 헤어진 후에도 한참을 세 사람이 나란히 한집에 있는 그림을 그리며, 다시 예전 가족의 모습으로 돌아갔으면 하는 소망을 대신 표현하기도 했다. 아들의 그림을 볼 때마다 힐레는 마음이 찢어질 듯했지만, 어렵게 내린 결정을 다시 되돌릴 수는 없었다. 그로부터 3년이 지난 지금, 아들은 오히려 엄마 아빠가 서로 떨어져 있어서 엄마와 아빠 양쪽에서 좋은 것을 더 많이 보고 배울 수 있는 것 같다는 어른스러운 말로 힐레를 놀라게 한다. 남자 친구와 헤어진 후에도 아들이 받을 충격을 가장 걱정했던 힐레에게 아들의 말이 얼마나 큰 위로로 다가왔을까.

힐레의 아들이 이러한 상황을 받아들이기까지는 힐레와 전 남자 친구 두 사람의 노력이 컸다. 네덜란드의 여느 커플처럼 결혼은 하지 않았지만 결혼한 부부와 다름 없었던 두 사람은 헤어진 후에도 하나밖에 없는 아들을 위해 모든 책임을 공동 분담하고 있다. 단지 양육에 필요한 금전적인 부분만을 분담하는 것이 아니다. 아이를 데려다주고 다시 데려오는 시간대와 방법 등 일상적인 부분을 조율하고, 엄마와 아빠가 아이와 시간을 어떻게 보내는지, 또 아이의 양육 방식과 삶에 대한 철학과 가치관에 있어서도 서로 한 치의 어긋남이 없도록 모든 부분을 수시로 공유하고 상의했다. 엄마와 아빠가 함께 살지는 않아도 아이가 일관된 가치관과 태도를 가질 수 있도록 지속적으로 각자의 집에서 아이와 함께 어떤 일을 하고, 또 어떤 일을 할 계획인지 묻고 확인하며 수시로 피드백을 주고받는다.

특히 엄마와 아빠가 공동 양육을 하는 경우 아이들은 본인이 원하는 것을 얻기 위해 엄마 아빠의 행동을 비교하고 경쟁을 시키는 경우도 종종 있다고 한다. 부모 또한 아이에게 측은한 마음이 들어 아이가 원하는 것을 무조건 해주는 경우가 있는데, 이는 아이의 교육에도 좋지 않다. 아들이 응석받이가 되지 않도록 힐레와 전 남자 친구는 아이에게 초콜릿과 사탕과 같은 간식을 언제 줄지, 선물로 어떤 장난감을 사줄지 등과 같은 사소한 부분까지 의견을 공유하고 두 사람이 같이 지켜야 하는 규칙을 만들었다.

여름 휴가를 갈 때도 힐레와 전 남자 친구는 미리 일정을 맞춰서 같은 시기에 휴가를 떠난다. 일 년에 한 번 가는 여름 휴가인 만큼 아들에게 엄마 아빠가 아들과 함께한다는 생각을 심어주기 위해서라고 한다. 둘 다 아직 싱글이지만 서로 다른 파트너가 생기고 또 아들이 이를 충분히 받아들일 때가 오면, 모두 다 같이 휴가를 떠나는 계획도 가지고 있다.

이유가 어떻든 오랜 시간을 함께한 만큼 헤어질 때는 마음속에 감정적인 앙금이 있을 만도 한데, 이와는 별개로 아들의 양육을 위해서는 함께 사는 어느 부모 못지 않게 노력과 정성을 기울인다. 서로에 대한 엄청난 신뢰와 노력이 없으면 불가능한 일이다.

결혼에 대해 유연한 생각을 가진 네덜란드이지만, 자녀 양육에 있어서는 결혼 여부와 관계없이 함께 있을 때나 헤어졌을 때나 부모 모두에게 동등한 책임이 있다. 같은 집에 살지는 않지만 함께 아이를 키우는 네덜란드식 공동 육아제인 셈이다. 어느 한 쪽에 일방적으로 자녀를 맡겨두고 방치하는 일이 거의 없기에 부부의 결별로 자녀 학대와 자녀 방치, 심지어 사망과 같은 비극이 발생할 확률이 낮다.

게다가 가정에서 일어나는 일을 개인의 몫으로 돌리는 한국과 달리, 네덜란드 정부는 부모가 헤어진 후 두 사람이 자녀 양육의 책임을 회피하지 않도록 공동 양육 계획을 잘 실천하는지 모니터링한다. 네덜란드에서는 부부가 이혼하거나 헤어지기로 결심했다면, 공동 양육 계획을 각각 작성해서 바로 법원에 제출해야 한다. 또한 공동 양육이 힘들거나 서툰 경우 정부의 지원 하에 전문가의 도움도 받을 수 있다. 혹은 부모가 다른 사람과 가정을 꾸리는 경우 의붓아빠와 의붓엄마도 모두 이런 공동 양육의 책임을 갖게 된다.

이 모든 것은 부모의 결별이 가족과 가정의 붕괴로 이어지지 않고 가장 큰 충격을 받을 아이를 국가적인 차원에서 보호하기 위한 것이다. 실제 부모의 이혼이나 결별 후 자녀는 우울증과 같은 심리적인 불안 증세를 보이고, 이러한 심리 상태는 낮은 학업성취도, 친구들과의 갈등으로 발현되는 경우가 많다. 현재 네덜란드에서는 1년에 57,000여 명의 아이들이 부모의 이혼 혹은 결별을 겪는데, 이는 상당히 높은 수준에 속한다. 아이 네 명 중

한 명이 부모가 결별한 가정에서 성장하기 때문에 공동 양육을 이렇게 제도화하고 있는지도 모르겠다.

한국도 다른 서구 사회처럼 이혼율이 고공 행진 중이다. 예전처럼 남들의 시선 때문에, 또는 자식 때문에 불행한 결혼 생활을 참고 이어가는 경우가 줄어들고 있는 것이다. 하지만 이혼한 후 자녀의 양육에 대해서는 개인은 물론 사회의 고민이 아직까지는 부족한 게 현실이다. 한국에서는 부부가 이혼하면 부부 중 어느 한쪽이 친권이나 양육권을 갖게 되며, 양육권이 없는 경우에는 한 달에 한 번, 주말에 한 번 정도 아이를 만나는 것으로 조정된다. 심지어 부부가 이혼하면서 아빠나 엄마 둘 중 어느 한쪽은 아예 아이를 못 보게 되는 상황도 벌어진다. 같은 집에서 함께 살던 부모가 헤어진 것도 아이에게는 받아들이기 힘든 일인데, 다른 부모를 제대로 만날 수도 없다는 것이 아이들에게는 이루 말할 수 없는 큰 고통일 수 있다.

공동 양육의 개념이 생소한 한국에서는 이혼한 부모의 공동 양육이 자녀에게 혼선을 준다는 이유로 반대하는 의견도 있다. 그러나 엄마와 아빠가 같이 살 수는 없어도 부모가 어떠한 형태로든 아이와 함께한다는 믿음을 주는 것은 자신이 세상에 내놓은 생명에 대한 가장 기본적인 책무다. 요즘 한국에서는 잊을 만하면 이혼 가정에서의 아동 학대와 아동 살해 사건이 발생해 사람들의 마음을 아프게 한다. 부모의 사랑을 아낌없이 받고 자라도 모자랄 어린 생명들이 방치와 학대로 목숨을 잃는 상황은 비단 한 개인의 비극이 아니라, 사회 전체의 슬픔이다. 공동 양육은 부모의 결별로 심리적으로 불안한 자녀를 보호하고 자녀 방치와 학대와 같은 비극적인 사고를 사전에 막기 위해 사회가 적극적으로 고민해야 하는 제도가 아닌가 싶다.

물론이죠,
여기는
네덜란드입니다

네덜란드 아이들 다섯 명 중 한 명은 헤어진 부모가 함께 공동 육아를 하는 가정의 아이들이다. 네덜란드에서는 부모가 이혼을 해서 함께 살지 않더라도 두 사람 모두 아이를 키울 의무가 있고, 아이에 대해 동등한 책임을 가진다. 부부가 이혼하거나 헤어지게 되면, 공동 양육 계획을 각각 작성해 바로 법원에 제출해야 한다. 네덜란드 정부는 부모가 자녀 양육의 책임을 회피하지 않도록 이를 지속적으로 모니터링한다.

HILLE

SECTION ②

네덜란드의 사회관

6 집 열쇠를 맡아주는 이웃들

지금 내가 살고 있는 집은 암스테르담에서도 여피Yuppie[3]들이 많이 살고 있는 요르단Jordaan이라는 동네에 있다. 네덜란드의 황금기 시절 수많은 이민자들은 유럽의 부자 나라이자 종교와 인종을 초월해 관용을 보인 네덜란드로 종교의 자유와 일자리를 찾아 건너왔는데, 그들이 정착한 곳이 바로 이 요르단 지역이다. 이 지역의 집들은 한 치의 공간도 없이 붙어있는 경우가 많은데, 어떤 집들은 외벽을 서로 공유하는 경우도 있다. 두 개의 집이지만 벽은 하나인 셈이다. 지금 내가 살고 있는 집도 이웃집과 벽을

3 Young(젊은), Urban(도시화), Professional(전문직) 세 단어의 첫 글자를 딴 'YUP'에서 나온 말로, 보통 고등교육을 받고 도시 근교에 살며 전문직에 종사해 소득이 높은 젊은 사람들을 뜻한다.

함께 쓰고 있다.

이렇게 집들이 붙어있다 보니 이웃집에 사는 고양이들이 수시로 옆집으로 마실을 나오곤 한다. 이웃집에서 키우는 고양이 니키Nikkie도 종종 테라스를 통해 우리 집으로 놀러 온다. 회색 털의 얼룩 고양이 니키는 자신이 살고 있는 집의 캣도어를 열고 나와 우리 집 테라스로 폴짝 뛰어 오른다. 이제 한 살 반이 된 어린 고양이지만, 몸무게가 5kg인지라 니키가 점프할 때마다 쿵 소리가 난다. 그 소리를 듣고 테라스로 가보면 창가에 앉아 동그랗고 큰 눈으로 얼른 문을 열어달라는 듯한 눈빛을 보낸다. 나를 보며 '야옹' 하고 인사를 건네는 그 귀여운 모습에 문을 안 열어줄 수가 없다. 이런 니키를 위해 슈퍼마켓에 갈 때마다 고양이용 간식을 사놓는가 하면, 알아서 우리 집 안으로 들어올 수 있게 캣도어를 하나 구입할까 진지하게 고민이 될 정도다.

니키의 주인은 젊은 부부와 어린 두 딸인데, 니키가 수시로 우리 집에 드나드는 게 싫지 않은 눈치다. 심지어 연말에 가족 여행을 갈 때는 니키가 우리 집에서 일주일 정도 지내도 되는지 부탁을 하기도 했다. 그렇게 우리 집에서 일주일을 보내고 난 후 니키는 우리 집에 더 자주 들렀고 머무는 시간도 더 길어졌다. 심지어 우리 집 다락방 침대에서 잠을 청하기도 한다. 니키가 종종 용변을 보고 가기도 해서 아예 고양이 화장실도 구비해뒀다. 니키의 주인도 니키가 안 보이면 당연히 우리 집에 있겠거니 여긴다. 한마디로 니키가 우리의 공동 고양이가 된 셈이다.

이웃집 고양이뿐만이 아니다. 바로 옆집 총각 루카스Lukas도 자신의 하우스 메이트나 친구들과 함께 저녁을 먹거나 와인을 마시러 가끔 우리 집에 들른다. 날이 좋은 여름에는 테라스에서 담배를 태우고 있다가 우리 집 저녁 식탁에 자연스럽게 합석하는 식이다. 미리 오겠다고 약속을 하지 않아도, 이웃이기 때문에 이렇게 자연스럽게 식사하는 일이 많다. 어떤 때는 스페인에 사는 루카스의 친구도 함께 저녁 식사를 하러 오는 경우가 있다. 한국에서도 부모님 세대나 듣던 '이웃사촌'을 유럽의 메트로폴리탄 중 하나인 암스테르담에서 만나게 되리라고는 상상도 하지 못했다. 이곳에서는 생일 파티에 부모님과 친구들은 물론, 이웃을 초청하는 일도 흔하다.

루카스와 같은 건물에 사는 스웨덴에서 온 카트리나Catrina 아주머니는 고향보다 암스테르담이 더 좋아서 아예 이곳에 집을 구하셨다고 한다. 카트리나 아주머니는 스웨덴과 동남아를 오가며 사업을 하기 때문에 암스테르담에 오래

머물지는 못한다. 대신, 암스테르담에 올 때마다 이웃들과 함께 동네 근처에 있는 바에서 파티를 연다. 작년 자신의 생일에는 이웃들을 모두 콘서트에 초청해 암스테르담의 라이브 콘서트홀인 파라디소Paradiso에서 다 함께 술도 마시고, 라이브 음악에 맞춰 춤사위를 벌이기도 했다. 이렇게 이웃들과 함께 모여 즐기다 보면 그냥 옆집에 사는 사람들이 아니라 오래된 친구들 같은 느낌이 든다. 다들 자연스럽게 각자 사는 이야기를 나누면서 서로 조언도 받고, 또 위로도 얻는다. 같은 동네에 사는 사람들을 위한 SNS 커뮤니티 페이지나 한꺼번에 서로에게 연락할 수 있는 단체 메신저 방도 있다. 여기서 누군가 번개 모임을 제안하면 시간되는 사람들끼리 모여 저녁을 먹거나 술을 한잔하는 경우가 있는데, 대부분 동네에 있는 '브라운카페Bruincafé'[4]에서 모이곤 한다. 맥주와 와인, 간단한 칵테일과 식사 등을 즐길 수 있는 브라운카페는 동네 사람들의 사랑방 역할을 톡톡히 한다. 간혹 근처를 지나가던 관광객이 찾기도 하지만, 대부분의 브라운카페는 동네에 살고 있는 사람들이 와서 음료도 마시고 식사도 하면서 사는 이야기를 나누는 공간이다. 네덜란드 사람들은 이곳에서 일하는 직원과 또 이곳을 찾은 다른 이웃들과 안부를 나누고, 세상 돌아가는 이야기에 대한 의견도 나눈다. 동행 없이 혼자 온 사람도

4 일종의 네덜란드식 펍으로, 내부를 온통 갈색빛 나무로 꾸며서 브라운카페라고 불린다.

이곳에서는 스스럼없이 다른 이들과 대화를 할 수 있다. 그곳에는 혼자 가더라도 혼자가 아닌 기분이 들어 마음이 포근해진다.

날씨가 좋을 때는 각자 음식과 음료를 준비해서 이웃들과 길거리 파티를 벌이기도 한다. 이렇게 친척보다 더 살가운 네덜란드 이웃들은 한국의 가족, 친구들과 멀리 떨어져있는 나에게 큰 위안이 되었다. 특히, 한국에서 온 낯선 이방인인 나를 커뮤니티의 일원으로 인정해주고 있다는 사실을 몸소 느끼면서 지금 살고 있는 곳에 더 많은 애착을 갖게 되었음은 물론이다.

네덜란드에서는 새로운 동네에 이사를 가면, 이웃들에게 자신을 소개하고 자신의 집으로 초대해 커피와 와인을 대접하는 것이 하나의 관례다. 그렇게 이웃과의 자연스러운 첫 접촉이 이루어지면 다음에는 그 이웃이 같은 방식으로 커피 타임이나 저녁 시간을 잡아 초대하기도 한다. 두세 번에 걸친 만남을 통해 이웃과 친근한 관계를 형성하고, 이웃의 도움이 필요한 때는 자연스럽게 부탁을 하기도 한다. 특히, 아이가 있는 집은 이웃들이 번갈아 가며 학교에서 아이들을 데려오기도 한다. 아이들이 쓰던 장난감이나 학용품을 서로 교환하는 일도 흔하다. 연말에는 일종의 송년 파티 개념으로 동네에 장소를 정해서 각자 준비해온 음식들을 나누어 먹는 시간을 갖는다.

이렇게 가깝게 지내다 보니, 여행을 갈 때면 집 열쇠를 이웃에게 종종 맡기기도 한다. 비상시를 대비해 이웃이 열쇠를 보관

해주는 것이다. 열쇠를 받은 이웃은 혹시라도 빈집에 수상한 사람은 없는지 수시로 살펴보고 연락을 주기도 한다. 심지어 예전에는 도둑이 들었을 때 뒷집에 살던 아저씨가 이를 알아채고 도둑을 잡아주기도 했다. 집을 비운 동안 집 안에 있는 화분에 물을 대신 주거나 반려동물을 돌봐줄 수 있는지 부탁하는 일도 다반사다. 이웃에 대한 엄청난 신뢰가 뒷받침되지 않으면 불가능한 일이다. 지금 내가 사는 곳만 그런 것이 아니라, 네덜란드의 다른 지역에서도 이웃과 이렇게 스스럼없이 지내는 경우가 많다.

같은 건물에 살아도 인사는커녕 엘리베이터 안에서 마주치면 어색해서 눈길을 피하게 바빴던 나에게 암스테르담의 이웃은 정말 신선한 충격이었다. 이웃과 생활 반경이 너무 겹치다 보니 사생활 침해가 되지 않을까 걱정하기도 했는데, 이는 모두 기우였다. 이들은 범죄 행위나 범법 행위를 하지 않는 한, 서로의 사생활에는 관심이 없고 개인의 사적 영역은 전혀 간섭하지 않는다. 이웃으로서 원하는 때에 도움은 주지만, 개인의 자유와 사생활은 철저히 존중한다.

유럽의 대표 복지 국가인 네덜란드는 사회적 보호가 필요한 이들을 위한 자원봉사자 지원 등 다양한 정책과 제도가 마련되어 있다. 하지만 이것 외에도 이웃들의 자발적인 관심과 보호는 네덜란드 사회의 보이지 않는 든든하고 따뜻한 울타리가 되어준다. 암스테르담시는 정기적으로 지역 사회의 치안과 안전에 대해 정기적인 설문조사를 하는데, 조사 항목에 '이웃들과 가깝게 지내고 자주 왕래하며, 열쇠를 맡길 정도로 신뢰할 수 있는가'라는 문항이 있을 정도다. 네덜란드에서 이웃과 지역 사회를 얼마나 중요하게 인식하고 있는지를 보여주는 대목이다.

밤 늦은 시간까지 회사에 있는 맞벌이 부모 때문에 혼자 밥을 챙겨먹어야 하는 아이나, 자녀가 돌보지 않는 독거 노인 등은 비단 한국뿐 아니라 산업화된 사회 어디에서나 볼 수 있다. 주위를 돌아볼 여유가 없는 이러한 사회에서 개인은 더 외롭고 고독해지며, 혼자라는 생각은 때때로 사람을 극단적인 선택으로 몰고 가기도 한다. 추운 겨울에 혼자 어렵게 끼니를 이어가던 노인분이 난방도 잘 되지 않는 방에서 외롭게 죽음을 맞았다는 기사를 볼 때, 또 부모의 학대로 목숨을 잃은 어린 생명의 슬픈 소식을 접할 때, 이들이 지금 내가 살고 있는 동네에 살았더라도 같은 운명에 처했을까 하는 생각이 든다. 어르신들에게 가끔 얼굴을 보며 일상 이야기를 주고받을 수 있는 이웃이 있었다면, 이웃 사람들이 자신의 아이뿐만 아니라 다른 집의 아이도 조금만 더 관심을 갖고 살펴보았다면, 이렇게 안타까운 일은 생기지 않았을지도 모른다. 네덜란드 사람들이 일상에서 행복하고 편안함을 느끼는 이유 중 하나가 바로 이런 이웃들의 따뜻하고 긍정적인 관심과 이웃과의 끈끈한 교류에 있는 것은 아닐까.

물론이죠, 여기는 네덜란드입니다

네덜란드에도 '멀리 사는 친구보다 가까운 이웃이 낫다'는 속담이 있다. 네덜란드 사람들에게 이웃은 같은 동네에 사는 사람 이상의 의미가 있다. 네덜란드에서는 일 년에 한 번 '이웃의 날(Burendag)'이라는 행사가 열린다. 같은 동네에 사는 사람들이 다른 이웃들을 만나 다과도 즐기며 친목을 다지는 행사다. 비단 이웃의 날이 아니더라도 이웃집에 가서 편하게 차나 커피를 한잔하며 담소를 나누는 것은 네덜란드에서 매우 흔하다.

LUKAS

SECTION ② —

네덜란드의 젠더관

7 정장 차림에 장바구니를 든 남자들

지금 살고 있는 집에서 약 5분 정도 걸어가면 '알버트 하인 Albert Heijn'이라는 네덜란드 최대의 슈퍼마켓 체인이 있다. 아무래도 동네 사람들이 주로 이용하는 곳이다 보니, 퇴근 시간이나 주말이 되면 장을 보러 온 사람들로 늘 붐빈다. 네덜란드는 한국의 집들과 달리 냉장고 크기가 작아 필요한 식재료를 그때그때 사는 편이라, 최소 일주일에 한 번씩은 알버트 하인을 찾게 되는 것 같다. 그런데 이곳에 갈 때마다 항상 각이 살아 있는 남색 정장 차림에 장바구니를 든 남자들과 꼭 마주치게 된다. 네덜란드에서 남색 정장은 가장 격식 있는 옷차림인데, 보아하니 직장에서 퇴근하고 바로 슈퍼마켓으로 온 것 같아 보인다. 한국에서도 주말에 커플이나 부부가 함께 장을 보는 경우는 많다. 하지만 네덜란드에서는 남자들이 혼자 야채, 달걀, 고기 등 다양한 제품을 꼼꼼히 고르며 장바구니에 담는 모습을 참 많이 보게 된다.

처음에는 다들 혼자 사는 싱글 남성들이겠거니 짐작했는데, 같은 동네에 살고 있는 이웃 페데Fedde가 혼자 장을 보고 있는 모습을 보고 깜짝 놀랐다. 투자 회사에서 일하는 페데는 지난해 약혼한 안나와 8년째 함께 살고 있기 때문이다. 슈퍼마켓에서 페데가 혼자 장을 보는 모습은 많이 봤지만, 페데의 약혼녀를 본 적은 별로 없다. 결혼한 지 10년이 넘은 한Han과 이리나Irina 부부도 마찬가지이다. 친구의 소개로 알게 된 한과 이리나 부부는 네덜란드 북쪽의 즈볼러Zwolle라는 도시에 산다. 옆 동네 하더바이크Harderwijk시의 관광마케팅 부서에서 근무하는 이리나는 퇴근 시간이 오후 5시로 늘 일정하다. 반면에 위트레흐트Utrecht에서 디자인 부티크를 운영하는 남편 한은 동업 파트너가 있어 상대적으로 출퇴근 시간이 유동적이다. 이 때문에 한이 이리나가 업무를 보는 동안 슈퍼마켓에서 장을 보거나 딸 클레어를 학교에서 직접 데리고 올 때가 더 많다. 그는 단순히 장만 보는 것만이 아니다. 물론 부인 이리나가 요리를 할 때는 이리나가 요청한 재료들을 그대로 사오기도 하지만, 대개는 본인이 요리할 것을 정해 놓고 필요한 재료들을 사온다. 한번은 한과 이리나 부부의 집에 저녁 초대를 받아 간 적이 있는데, 로스트 치킨과 인도네시아식

볶음밥을 요리해 내놓는 한의 솜씨가 보통이 아니었다. 다른 서유럽과 북유럽처럼 외식 물가가 높은 네덜란드에서는 외식하는 사람들이 많지 않고, 특히나 저녁은 가족과 함께하는 시간으로 집에서 먹는 경우가 많다. 네덜란드 가정에서는 저녁 식사 시간이 되면 앞치마를 두르고 부엌에서 바삐 움직이는 남자들의 모습을 쉽게 볼 수 있다.

유럽에서는 요리를 즐기는 남자들을 꽤 많이 볼 수 있다. 예전에 살았던 프랑스에서도 친구의 아버지가 크리스마스 같은 명절 때면 부엌을 독차지하기도 하셨다. 하지만 네덜란드는 여기서 더 나아가 남자들이 여자 친구나 파트너의 요리를 기다리지 않고 먼저 준비하는 경우가 많다. 혼자 사는 남자들의 경우도 슈퍼마켓의 샐러드나 피자, 테이크 아웃 음식으로 끼니를 때울 때도 있지만, 대부분 간단한 요리 정도는 본인이 직접 해먹는다. 한국에서도 요즘 '요섹남', '개스트로섹슈얼Gastrosexual[5]' 등 요리하는 남자에 대한 관심이 부쩍 높아지긴 했지만, 네덜란드에서는 이러한 매력적인 개스트로섹슈얼을 곳곳에서 볼 수 있다. 이곳 남성들은 특별한 관계로 발전하고 싶은 여성들에게 자신의 집에서 같이 저녁을 먹자는 말로 데이트 신청을 한다. 남자에게는 로맨틱한 분위기에서 평소에 갈고닦은 요리 솜씨로 상대방을 사로잡을 수

5 미식가를 뜻하는 '개스트로놈(gastronome)'과 성적 매력을 의미하는 '섹슈얼(sexual)'의 합성어로, 요리 솜씨로 이성을 매혹시키는 남성을 뜻한다.

있는 절호의 기회이고, 여자 입장에서도 앞으로 함께 살게 될 수도 있는 남자의 요리 능력을 사전에 검증할 수 있는 좋은 자리다.

장을 보고 요리하는 것뿐만이 아니다. 네덜란드에서는 유모차를 끌고 산책하는 아빠, 자전거 앞 좌석이나 박피츠에 아이를 태우고 가는 아빠들의 모습을 흔히 볼 수 있다. 방과 후 아이의 손을 잡고 집으로 가는 아빠도 네덜란드 곳곳에서 일상적으로 보게 된다. 네덜란드에서는 아이가 있는 한국 여성들의 불만 중 하나인 독박 육아를 찾아보기 힘들다.

장보기, 요리하기, 아이 돌보기 등 전통적으로 여자의 몫으로 인식된 일을 하는 남자들이 고정적인 성 역할에 익숙한 사람들에게는 낯설어 보일 수도 있다. 하지만 네덜란드 가정에서는 남자가 해야 할 일, 여자가 해야 할 일이 따로 구분되어 있지 않다. 각자의 상황에 따라 가정 내의 여러 일들을 서로가 효율적으로 나누어 한다. 이 때문에 가사 분담이라는 말 자체도 생소하다. 집안일을 같이 하는 것이 너무 자연스럽게 굳어져, 굳이 가사 분담을 외칠 필요가 없기 때문이다.

우리가 부러워하는 남성과 여성의 고정적인 성 역할 붕괴가 이곳에서도 물론 하루 아침에 이루어진 것이 아니다. 네덜란드 역시 1950년대까지만 해도 전통적인 성 역할이 확고한 사회였다. 남자는 밖에서 돈을 벌어 오고, 여자는 집에서 살림을 하거나 아이를 키우는 것이 일반적이었다. 하지만 1960년대 네덜란드 사회 전반에서 자유와 해방 정신이 꿈틀거리고, 성 해방이 화두가 되면서 사회 분위기가 급변하였다. 게다가 여성의 사회 참여율 또한 높아지면서, 여성과 남성의 전통적인 성 역할 분리는 더 이상 사회에서 설 자리를 잃게 되었다. 여성과 남성 모두 똑같이 사회생활을 하는데 여성이 기존에 했던 것처럼 가사와 양육을 모두 해낼 수는 없기 때문이다. 그러면서 자연스럽게 서로의 업무 시간에 맞추어 책임 분담이 이루어지게 된다. 특히, 파트 타임이 일반화된 네덜란드에서는 주 3일 혹은 4일 근무가 많다. 서로 일하는 시간이 겹치지 않게 조율해 남성이 일할 때는 여성이, 여성이 일할 때는 반대로 남성이 아이를 데리러 가거나 집안일을 맡는다.

그럼 네덜란드 여성들은 어떨까. 네덜란드에서는 일단 '여자라서 이런 일은 못해요'라는 말은 들을 일이 없다. 물론 여성의 지위가 상대적으로 낮은 특정 종교나 문화권은 예외다. 네덜란드에서 즐겨 보는 TV 프로그램 중에 사연을 받아 집을 고쳐주는 프로그램이 있다. 그 프로그램의 여자 진행자는 호리호리한 몸매의 전형적인 네덜란드 미인인데, 벽돌 나르기, 마룻바닥 깔기, 페인트 칠하기, 타일 붙이기 등 집수리에 필요한 모든 작업을 건장한 남자들이 무색할 정도로 척척 해낸다. TV에서뿐 아니라 거리에서도 커다란 가구와 짐을 혼자 손에 든 채 자전거를 타고 가는 여자나 공구를 사용해 무언가를 수리하고 만드는 여자들을 예사로 볼 수 있다.

사실, 네덜란드에 살면서 전형적인 여성, 전형적인 남성은 잘 보지 못한 것 같다. 신체적으로 남성과 여성의 차이는 있지만, 각자가 하는 일을 보면 남성과 여성 모두 전통적인 확고한 성 역할에 국한되지 않는다. 네덜란드 사람들은 어릴 때부터 장보고 요리하는 아빠, 집수리하는 엄마 등을 보고 자라서인지, 남성성과 여성성이 균형을 이룬 양성성을 갖추고 있다. 많은 심리학자들은 모든 개인이 남성과 여성의 특성을 동시에 가지고 있다고 말한다. 100% 남성 혹은 100% 여성은 허구에 불과한 것이며 바람직하지도 않다. 실제 2016년 국내의 한 방송사가 진행한 조사에 따르면, 양성적인 사람들이 고정 관념화된 성 역할에서 자유롭기 때문에 더 창의적이고 정신적으로 건강하다고 한다. 또한, 양성성이 행복한 삶의 모델로 언급되면서 아이에게 양성성을 길러주는 교육 방식도 주목을 받고 있다.

두 딸과 아들 하나를 키우고 있는 카린Karin도 아이들의 양성성을 길러주기 위해 어렸을 때부터 아이들에게 특정 성별을 고려한 장난감을 사주지 않았다고 한다. 인형이나 자동차 등 아이들이 좋아할 만한 장난감들을 한곳에 놓고 아이들이 자유롭게 본인이 원하는 것을 골라 가지고 놀게 했다. 여자는 인형, 남자는 자동차 등 성별에 고정된 놀이 문화에서 아이들이 벗어날 수 있도록 말이다. 청소, 설거지 등과 같은 집안일도 두 딸에게만

시키는 것이 아니라 세 자녀가 돌아가며 골고루 할 수 있도록 했다. 그 때문일까. 이제 대학생이 된 카린의 아들 플로리스Floris는 가족 모임이 있을 때 접시를 부엌에 모두 가져다 놓는다거나 설거지까지 도맡아 한다. 반면 플로리스의 여자 친구인 엘레나Elena는 한국 시각으로 보면 털털하고 남성스러운 면이 많다. 어린 시절부터 인형과 같은 여성스러운 장난감보다는 자동차, 로봇 등을 가지고 노는 게 더 좋았다고 한다. 어쩌면 그래서 플로리스와 엘레나가 커플이 된 것이 아닐까 싶기도 하다. 양성성이 잘 조화된 귀여운 커플을 보면서 이제 3살 된 딸이 있는 동생 부부에게 양성성에 대한 이야기를 꼭 해줘야겠다고 마음 먹었다.

한국에서도 '집에서 살림만 하는 엄마, 밖에서 돈 벌어 오는 아빠'와 같은 인식은 점점 없어지고 있다. 하지만 아직도 기존의 성 역할을 고수하는 풍조와 성 인식은 여전하다. '남자다운 남자', 혹은 '여자다운 여자'라는 고정된 성 인식은 개인에 대한 기대일 뿐만 아니라, 남성과 여성이라는 기준을 떠나 개인의 가치와 경쟁력에 장애가 될 수도 있다. 개인 하나하나가 '나는 남자니까, 혹은 여자니까'라는 기존의 성 구분을 고수하지 말고 성 역할의 고정 관념에서 벗어나 보면 어떨까. 사회가 미리 정해놓은 남성스러움과 여성스러움을 당연시하지 않고 각 개인 안에 있는 양성성을 발견한다면, 우리 모두 행복과 자유에 한 발자국 더 다가서게 될지도 모른다.

물론이죠,
여기는
네덜란드입니다

네덜란드는 유럽에서도 남녀평등 지수가 높은 나라에 속한다. 여성의 노동시장 참여율도 74%로, OECD 평균보다 높다. 네덜란드에는 '남자다운 남자' 혹은 '여자다운 여자'라는 말 자체가 없고, 남자가 하는 일, 여자가 하는 일이 따로 구분되어 있지 않다. 2018년부터는 17세 이상의 여성도 남성과 똑같이 군대 징병 대상에 포함하기로 했다. 병역에서도 남녀를 구분할 의미가 없다는 사회적 분위기가 조성된 것이다.

FEDDE

SECTION ② — 8

네덜란드의 사회관

‘상사병’이 없는 나라

몇 년 전 한국을 찾은 네덜란드 마르크 뤼터Mark Rutte 총리가 한때 화제가 된 적이 있다. 한 해 동안 한국을 찾는 국빈이 한두 명이 아닌데, 그중에서도 뤼터 총리가 이슈가 된 것은 바로 한국의 대학생을 대상으로 한 강연 내용 때문이다. ‘네덜란드에는 위계질서가 없으며, 창업 생태계와 노동 시장이 열려있다. 한국 청년들이 많이 왔으면 좋겠다’는 총리의 강연 내용이 국내 언론과 SNS를 통해 확산되면서 그의 이름이 실시간 검색어 1위에 오르기도 했다. 마르크 뤼터 총리도 자신의 말 한마디가 이렇게 화제가 될 줄은 몰랐을 것이다.

체감 실업률이 34%에 이르는 청년 실업률을 뚫고 대학 입시는 저리 가라 할 만큼 혹독한 취업 준비 과정을 거쳐 일자리를 구했다 하더라도 눈앞에는 또 수많은 난관들이 기다리고 있다. 개인보다 조직이 우선시되고, 층층시하 조직의 위계질서에서 말단 사원은 상사 때문에 앓는 소위 '상사병'에 시달린다. 온라인 게시판에 고충을 털어놓으며 동병상련을 겪는 또래 사원들에게서 그나마 조금의 위안을 얻는다. 가슴속에 늘 사표 한 장을 품고 산다는 한국의 직장인들에게 마르크 뤼터 총리는 마치 이제 막 냉동실에서 꺼낸 얼음을 가득 넣은 사이다 한 잔을 건넨 셈이다. 실제 총리의 발언 이후 네덜란드 취업 이민을 진지하게 고려하는 사람들이 많아졌다고 한다. 내가 운영하는 블로그를 통해서도 네덜란드 이민에 대해 묻는 사람들이 전보다 훨씬 많아졌다. 총리의 말이 사실인지, 네덜란드 국가 브랜드 관리를 위해 만든 세련된 메시지는 아닌지 궁금해하는 사람도 있을 것이다. 그런데 지금까지 직간접적으로 지켜본 결과 총리의 말은 '정말'이다.

얼마 전 네덜란드 대표 친환경 기업인 도퍼Dopper의 기업 행사에 간 적이 있다. 5년 전 네덜란드에서 스타트업으로 출발한 도퍼는 플라스틱 생수병 사용을 줄이기 위한 아이디어로 시작한 회사인데, 네덜란드에서 가장 성공을 거둔 사회적 기업 중 하나로, 현재 유럽은 물론, 미국, 아시아 등 전 세계 20개국에 진출해 있는 글로벌 브랜드이다. 행사에 초대된 강연자들의 발표에 앞서 잠시 장내를 정돈하는 시간이 필요했는데, 행사 장소에 비치

된 책상이 부족해 다른 곳에서 책상을 더 가져와야 하는 상황이 벌어졌다. 대개 외부 손님들이 오는 기업 행사에서 이런 업무는 한국에서라면 보통 말단 사원에게 돌아간다. 번거롭고 남들이 알아주지 않는 힘쓰는 잡무이기 때문이다. 그런데 밖에서 책상을 혼자 힘차게 들고 오는 사람이 있었으니 바로 도퍼의 대표이자 창립자였다. 더 놀라웠던 것은 주변에 직원들이 아무도 대표를 도와주려 나서지 않고, 각자 하던 일을 하고 있었다. 지금까지 보았던 기업의 대표나 중역들은 회사 행사가 있으면 여러 사람들의 의전을 받으며 가장 나중에 행사장에 도착했던 것 같은데, 도퍼의 대표는 영락없는 한국의 신입 사원의 모습이었다.

이런 일을 본 게 한두 번이 아니다. 가끔 예쁜 디자인의 신발을 저렴한 가격으로 구매할 수 있는 네흔 스트라트Negen Straatjes[6]의 가게를 찾곤 하는데, 이곳의 사장님은 백발이 성성한 할머니다. 가게에서 파는 물건들이 많기도 하고, 창고에서 신발을 꺼내와야 해서 대개 사장님 외에 두 명의 직원이 상주하고 있다. 한번은 물건을 고르고 결제를 기다리고 있는데, 다른 손님이 직원에게 다른 신발 한쪽을 찾아달라고 했다. 그러자 나를 담당하던 직원은 — 이제 갓 패션 학교를 마친 후 여기에서 파트타임으로 일하고 있는 — 사장 할머니에게 "내가 지금 이 고객 결제를 도

6 암스테르담의 가장 유명한 쇼핑 구역의 하나로, 총 9개의 거리로 이루어져 있어 네덜란드어로 '9'를 뜻하는 '네흔(Negen)'이 이름의 앞에 붙는다.

와주고 있으니, 당신이 다른 고객 응대 좀 해줄 수 있겠냐"고 아무렇지도 않게 말을 한다. 백발의 사장 할머니도 "응, 알았어. 내가 신발 찾아올게" 하며 선뜻 계단을 내려가 창고로 향한다. 노인 경로 사상 때문이라도 어르신을 창고까지 가시라고는 못 할 것 같은데, 자신에게 월급을 주는 사장에게 주저 없이 일을 분담시키는 것도, 또 자신의 손녀뻘 되는 직원이 요청하는데도 별말 없이 순순히 응하는 것도 사실 충격적이긴 했다. 그런데 네덜란드 사람들의 사고방식을 들여다보면 이러한 에피소드도 쉽게 이해된다. 이들에게 중요한 것은 업무의 효율성이지 위계질서나 의전 따위가 아닌 것이다.

실제 업무를 할 때에도 네덜란드 특유의 위계질서 파괴는 여러 곳에서 볼 수 있다. 이곳에서의 일은 모두 상호 간의 합의에 의해 진행된다. 상사라고, 임원이라고, 또 사장이라고 해서 일방적인 지시와 상명 하달 방식은 통하지 않는다. 네덜란드에서 일반 직원들이 회사의 대표나 최고 책임자에게 스스럼없이 의견을 표하는 것은 매우 자연스러운 일이다. 위계질서 때문에 하고 싶은 말을 못 하거나 본인의 의사에 반하는 일을 하는 경우는 거의 없다.

이곳에서는 속된 말로 '위에서 내리찍는다'고 아랫사람들이 이유를 불문하고 어떤 일이든 하는 분위기는 찾아볼 수 없다. 만약 상사가 아래 직원에게 일방적으로 업무를 지시하면 직원들

의 반발을 받게 되고, 급기야는 직원들의 도움 없이 혼자 일을 모두 해야 하는 상황이 벌어질 수도 있다. 네덜란드 회사에서는 모든 일에 있어서 왜 이렇게 일을 해야 하는지에 대한 명분이 가장 중요하다. 또, 지위 고하를 막론하고 서로의 의견을 구하며, 아무리 시간이 걸리더라도 다 함께 의견을 모으고 이를 반영하는 방향으로 일이 진행된다. 상명 하달 방식으로 진행될 때의 폐단을 너무나 잘 알기 때문이다. 어찌 보면 비효율적으로 보일 수도 있겠지만, 네덜란드에서는 이런 과정을 통해 각자의 프로젝트에서 책임을 다할 수 있도록 유도하는 것이 리더의 아주 중요한 자질 중 하나다.

비단 같은 조직 내에서만 그런 것이 아니다. 사람은 누구나 평등하다는 의식이 강한 네덜란드에서는 흔히 말하는 '갑질'을 구경하기 힘들다. 직함에 따라 사람을 함부로 대했다가는 큰코 다치는 곳이 바로 네덜란드다. 자신이 비용을 주고 고용한 업체의 직원일지라도 기본적인 예의를 갖추어 부탁해야 원하는 결과를 얻을 수 있다. 갑을 관계가 아닌, 서로가 대등한 파트너 관계로 움직이는 사회이기 때문에 일방적으로 요구하고 강요하는 행위는 용납되지 않는다.

위계질서가 없는 네덜란드의 문화는 오랜 역사를 가지고 있다. 네덜란드 건국의 아버지인 오라녜 왕자는 다른 유럽의 왕족과 다르게 일반인들과 스스럼없이 잘 어울리고, 펍과 같은 곳을 찾아 술잔을 기울였다고 한다. 이 때문인지 그의 후손들도 다른 나라와 달리 특권 의식이 거의 없는 편이다. 심지어 네덜란드 왕족과 결혼한 러시아 황제의 딸은 이런 사회 분위기에 한동안 적응을 못해 부부 관계까지 안 좋아졌을 정도라고 전해진다. 현재 네덜란드 빌럼Willem 국왕과 막시마Maxima 여왕 사이에서 태어난 세 명의 공주도 모두 자전거를 타고 일반 학교에 다닌다. 네덜란드의 마르크 뤼터 총리도 출근할 때는 정장 차림으로 자전거를 타고 다닌다. 사회 전반으로 허세나 권위를 부리는 분위기가 아니다 보니 정치인에 대한 풍자는 물론이고 왕족들을 희화화하는 내용도 어렵지 않게 볼 수 있다. 네덜란드인들에게 가장 인기가 많은 왕족인 빌럼 국왕과 막시마 여왕이 단골 대상이다. 킹스데이를 맞아 국왕이 거리에서 막춤을 추는 영상이나 막시마 여왕이 네덜란드 슈퍼마켓인 알버트 하인에서 할인 판매되는 꽃다발을 받고 즐거워하는 모습 등이 언론에 여과없이 그대로 노출된다. 하지만 이는 이들을 조롱하는 것이 아니라 이들도 일반 사람과 똑같은 평범한 사람이라는 네덜란드 사람들의 뿌리 깊은 평등 의식이 담겨있는 것이다.

네덜란드가 해상 무역의 정점에 이르렀던 18세기에 있었던 에피소드 하나를 전해볼까 한다. 한 외국인이 배의 선장을 만날 일이 있어 한참을 찾았는데 도무지 선장의 모습은 보이지 않았다. 혹시나 해서 어부들에게 선장이 어디 있는지를 물으니 항구에서 어부들이랑 같이 그물을 정리하고 있으니 그리로 가보라는 답변을 듣고 깜짝 놀랐다는 이야기가 있다. 대항해 시절 선장은 선원의 생사여탈권生死與奪權을 가진 최고 권력자인데 이런 사람도 일반 선원들과 함께 그물을 손질했던 것이다. 이런 에피소드들이 다른 나라에 알려지면서 그때부터 네덜란드는 위계질서 없는 평등한 나라라는 명성을 얻게 된다.

'낮은Nether 땅Land'이라는 나라 이름처럼, 네덜란드는 국토의 4분의 1이 해수면보다 낮다. 이 때문에 오래 전부터 네덜란드 사람들은 매년 바닷물의 범람으로 땅이 물 속에 잠기는 열악한 자연 환경과 사투를 벌어야 했다. 집과 가축 등 힘들게 이뤄놓은 모든 것을 한번에 삼켜버릴 수 있는 물과 사투를 벌이기 위해서는 혼자만의 힘으로 불가능했다. 많은 사람들이 함께 힘을 모아야 공동의 목적을 이룰 수 있었다. 이러한 역사적 특수성 때문에 네덜란드 사람들은 한 사람의 일방적인 지시와 명령보다는 모두의 협력과 참여가 중요하다는 것을 이미 오래 전에 체득할 수밖에 없었던 것이다.

상명 하달 방식에 익숙한 사람들에게는 지위에 관계없이 누구나 자유롭게 의견을 표하는 방식이 비효율적으로 보일 수도 있다. 하지만 일의 결과에 주목할 것이 아니라, 일에 참여하는 사람들 모두가 진심으로 일의 목표와 방향에 공감하며 함께 힘을 모으는 것. 어쩌면 그 자체가 일의 성패보다 더 중요할지도 모른다. 상명 하달의 위계질서가 없는 문화는 궁극적으로 조직이나 국가의 인재 확보에도 긍정적인 영향을 줄 수 있다. 위계질서가 없다는 네덜란드 총리의 말 한마디에 열광하며 이민까지 진지하게 고려하는 한국의 젊은이들을 볼 때, 어떤 조직과 사회가 더 좋은 인재를 끌어올 수 있는지는 자명해 보인다.

SECTION ② — 9

네덜란드의 결혼관

시댁에 가면 손님이 되는 며느리

'애미야~ 어서 와라. 올해 설거지는 시아버지가 다 해주마!'

지난해 어느 명절 때인가 SNS에 올라온 이러한 내용의 현수막을 보고 박장대소를 했던 기억이 있다. 한국에서 며느리의 삶을 살아본 적은 없지만 친구들의 이야기나 뉴스, 드라마를 통해서 익히 들어온 며느리들의 명절 하소연이 떠올랐기 때문이다. 명절 때마다 꽉 막힌 도로에서 한참을 시달리다가 시댁에 도착하면 아침부터 저녁까지 음식 준비에 설거지, 어르신들 시중까지 허리 펼 새도 없이 일이 쏟아진다. 명절 스트레스 때문에 시댁에 가기 싫은 며느리에게 저런 현수막까지 걸며 오라고 애걸하는 시아버지의 바람도 참 안타깝다.

이곳에서 이런저런 기회로 네덜란드 사람들과 결혼한 한국인 여성들을 많이 만나게 되었다. 네덜란드와 한국의 상황이 여러모로 많이 다르다 보니 절대적인 비교는 힘들겠지만, 이곳에서 아들의 아내 혹은 파트너는 '며느리'라는 하나의 단어로 묶이는 그룹의 개념이 아니다. 이들은 아들의 파트너이기에 앞서 고유하고 독자적인 정체성을 지닌 한 개인으로 인정받는다. 시어머니이기 때문에, 시누이기 때문에 온갖 일에 간섭하고 아들 배우자의 노력과 수고를 당연시하지도 않는다.

가족을 중요시하는 네덜란드의 문화 성격상 종종 가족 모임을 하게 되는 경우가 있다. 가족 중 누군가가 생일을 맞거나 또 크리스마스 같은 명절, 혹은 특별한 일이 없어도 모이곤 하는데 대개 주말에 하루는 시댁 식구들과 식사를 한다. 이들에게 시댁은 우리가 알고 있는 시댁이 아니다. 남녀 가사 분담률이 높은 이곳에서 종종 식사는 시아버지가 준비하거나, 시부모님 두 분이 함께 준비를 하신다. 시댁에 도착하면 시어른이 내어주시는 커피나 차, 혹은 와인과 같은 음료를 편안하게 앉아 즐기며 가볍게 이야기를 나눈다. 이후 저녁 시간이 되면 두 분이 준비한 식사를 맛있게 먹는 것으로 모임이 마무리된다. 식사 후 정리를 도와드리기는 하지만, 정리라고 해봤자 사용한 그릇을 식기세척기에 넣고 테이블을 한 번 쓱 닦는 정도다. 설거지와 같은 부수적인 일도 없고 하려고 해도 시부모님들이 그냥 편히 앉아있으라고 못하게 막으신다. 며느리 혹은 여자 친구는 이곳에 아들과 함께 온 손님이기 때문이다.

이와는 반대로 시댁 어른들이 아들의 집을 찾는 경우, 이번에는 그들이 아들과 며느리의 손님이 된다. 아들 내외는 시댁 어른들이 하셨던 것처럼 음식을 준비하고, 정성껏 식사 대접을 한다. 아들 내외의 집에 와서도 시댁 어른들은 어디까지나 손님이기 때문에 살림이 어떻다는 둥 간섭하지 않는다. 두 사람 모두 부모의 곁을 떠나 독립된 인격체로 그들만의 인생을 사는 것이니, 제아무리 시부모라고 해도 참견하거나 간섭하지 않고 그들의 삶을 그대로 존중하는 것이다.

네덜란드에서는 진학과 취업, 배우자 선택 등 인생의 중요한 결정은 본인이 직접 한다. 부모가 여기에 의견을 덧붙일 수는 있지만, 최종 결정은 본인의 몫이다. 특별한 경우가 아닌 한, 자녀가 함께 살 파트너를 데려왔는데 부모가 반대해서 관계가 어그러지는 경우는 거의 없다. 어릴 적부터 진학과 진로 등 중요한 의사 결정은 본인이 직접 내리고, 취업과 동시에 독립을 하고, 본인이 선택한 파트너와 함께 사는 네덜란드 젊은이들에게는 한국의 흔한 시집살이가 끼어들 틈이 없다.

신혼집을 남자가 마련하는 것이 일반적인 한국 사회의 결혼 풍토에서는 시집을 온 여자들이 신혼집의 실질적인 구매자인 시댁에서 자유로울 수 없다. 시댁들의 참견은 신혼집이 비싼 동네에 있을수록, 집 평수가 클수록, 그 강도가 더 심해진다. 아들의 집은 시댁 어른들이 관리하고 감시해야 할 또 하나의 집인 셈이다. 결혼부터 부모의 도움에 의존하기 때문에 결혼과 함께 남녀 모두 실질적인 독립을 이루지 못하고, 계속 부모의 간섭과 통제 아래에 머무는 것이다.

네덜란드에서는 자녀가 장성하면 집을 떠나 독립을 하는 것이 당연하기 때문에, 그때부터 정신적으로나 경제적으로 완벽한 독립이 이루어진다. 스스로 모은 돈으로 집을 구하고 — 대부분 월세로 살림을 시작하지만 — 부모에게 손을 벌리지 않는다. 부모의 눈치를 볼 필요도, 간섭을 받을 필요도 없는 완전한 독립적인 주체가 되어 본인이 원하는 독립적이고 새로운 삶을 시작한다.

남성과 여성의 성 역할이 정해져 있지 않은 네덜란드에서는 가정 내에서도 남자가 할 일, 여자가 할 일이 따로 없다. 그러니 당연히 여성들이 오롯이 명절과 같은 집안 행사에서 상차림을 도맡아 하는 경우는 없다. 크리스마스와 같은 명절, 대가족이 모이는 날에는 각 가정에서 명절 음식을 한두 가지씩 준비해오는 경우가 대부분이고, 이런 음식들도 남녀가 함께 준비해 여성에게만 일이 몰리는 경우는 거의 없다. 명절 모임이 이렇다면 매월 가족들이 모여도 전혀 부담이 안 될 것 같다. 나중에 한국에서 설날이나 추석에 가족 모임을 하게 되면 우리 가족도 이번에는 이렇게 각자 가정에서 음식을 해오면 어떨지 제안하고 싶을 정도다. 그렇게 된다면 일과 살림, 육아까지 병행하는 우리 올케의 시댁행 발걸음도 더 가벼워지지 않을까.

요즘은 시대가 많이 달라져 시집살이가 아니라 며느리살이를 한다는 어른들도 있다. 하지만 여전히 한국 사회에서 며느리는 시댁에서 '을'의 위치에 머무는 때가 더 많은 것 같다. 명절마다 시댁에 갈 때 스트레스를 받아야 하는 며느리들을 위해 설거지를 대신해주겠다는 임시방편이 아니라, 아들의 배우자를 보는 시선이 근본적으로 달라져야 하는 때가 되지 않았나 싶다. 사실 아들의 부인은 며느리이기 이전에 다른 가정에서 사랑을 받고 자란 그 자체로 귀하고 고유한 인격체다. 또한 자녀가 부모의 기대와 욕망을 대리 실현해주는 존재가 결코 아니라는 인식이 필요하다. 자녀들 또한 자기 인생의 주인으로 본인이 내린 결정에 책임을 지고, 가정을 이룸과 동시에 부모에게 심리적으로도 경제적으로도 완전한 독립을 이룰 수 있는 준비가 되어야 한다. 아무리 부모와 자녀가 물리적으로는 멀리 떨어져 있다고 해도, 자녀가 경제적으로, 정신적으로 부모에게 의존하는 한 여성들의 시댁 스트레스는 세대가 바뀌어도 늘 현재형으로 남을 것이다.

SECTION ②

네덜란드의 사회관

10 스펙보다 코드를 따지는 회사들

'청년 실업률 9.8%'

'청년 인구 중 100만 명이 실업자'

가끔 미디어에서 이런 헤드라인을 볼 때면 마음이 무겁게 내려앉는다. 사회에 첫발을 내딛는 때가 왔을 때 취업에 대한 고민을 해보지 않은 사람이 있을까. 초등학교부터 고등학교까지 좋은 성적을 받기 위해 스트레스와 중압감에 시달리며 겨우 대학에 들어간다. 대학에 들어간 해방감을 맛보기도 잠시, 대학 입시와는 비교가 안 되는 치열한 취업 전쟁이 또 젊은이들을 기다리고 있다. 밝은 미래를 꿈꾸며 사회에 첫발을 내디뎌도 모자랄 판인데, 졸업과 동시에 실업자가 된다니 생각만 해도 끔찍하지 않은

가. 현실이 이러니 젊은이들 입에서 '흙수저', '헬조선'이라는 냉소와 절망으로 가득한 말이 나올 수밖에 없겠다는 생각이 든다.

한국에 있을 때 오랫동안 외국계 회사에서 직장 생활을 한 적이 있는데, 이 회사에도 대학을 갓 마치고 인턴으로 사회 경험을 쌓는 친구들이 많았다. 국내 유수의 대학은 물론이고, 해외에서도 손꼽히는 명문 대학의 졸업장을 가진 인재들인데 취업이 되지 않아 인턴만 내리 2년을 하고 있는 친구들도 있었다. 어떻게든 지금 일하는 곳에서 인턴 생활을 끝내고 정규직으로 채용되었으면 하는 기대로 정직원 못지 않은 업무와 야근을 불사하며 한 달에 100만 원도 채 안 되는 열정 페이를 감내해낸다. 그나마 남부럽지 않은 스펙을 쌓은 경우도 이런 힘든 생활을 통과의례처럼 거쳐야 하니 소위 말해 스펙이 부족하다고 생각하는 젊은이들의 고충은 이보다 더할 것이다.

한 사회가 얼마나 건설적이고 희망적인지를 알 수 있는 방법 중 하나는 사회에 대한 젊은이들의 생각을 들어보는 것이다. 아직은 순수한 젊은이들이 그 사회에 대해 가장 정확하고 날카로운 의견을 줄 수 있기 때문이다. 이곳에서 나는 온라인 편집숍 상품기획 업무를 진행하면서 또 개인적인 친분을 통해 네덜란드의 젊은이들을 종종 만날 수 있었다. 그들을 만나면 나는 항상 네덜란드 사회에서 자신의 미래를 어떻게 생각하는지를 물어본다. 내가 보는 네덜란드는 여러 면에서 좋은 점이 많은데 실제 이곳에서 태어나고 자란 젊은이들의 생각은 어떤지 궁금하기 때문이다. 물론 내가 만난 젊은이들이 네덜란드 젊은이들의 전체는 아니지만, 놀랍게도 네덜란드 사회와 자신의 미래를 부정적으로 말하는 친구들은 아주 드물었다.

이는 네덜란드의 경제 상황이 좋기 때문이라고 생각할 수도 있지만, 그렇지도 않다. 네덜란드의 청년 실업률은 평균 11% 정도인데, 다른 유럽 국가들에 비해 월등히 낮지만 한국에 비하면 딱히 낮은 편도 아니다. 이곳의 젊은이들도 부모 세대에 비해 좋은 일자리는 사라졌고 집을 사기는 더욱 힘들어졌다는 사실을 알고 있다. 이런 점 때문에 네덜란드 젊은이들도 사회에 대한 불만이 적지 않다. 그런데도 이들은 하나같이 자신의 미래를 긍정적으로 바라보고 있었다. 네덜란드의 대학교 1년 평균 학비는 약 2,000유로(한화 약 270만 원)로 한국보다는 훨씬 저렴하지만, 다른 유럽 국가들에 비해서는 높은 편에 속한다. 하지만 학생들을 위한 정부의 지원 정책은 타의 추종을 불허한다. 학생들은 부모의 소득 수준에 따라 차등적으로 주택보조금을 신청할 수 있는데, 평균 360유로(한화 약 50만 원) 정도를 받게 된다. 이뿐만이 아니다. 학생들이 학업에만 전념할 수 있도록 매월 약 270유로(한화 약 35만 원) 정도의 학습 지원금도 제공하고, 학생들이 버스와 트램, 기차 등을 주중에는 무료로 탈 수 있는 대학생 전용 교통 카드 혜택도 있다. 이렇게 촘촘하고 다양한 정책이 있지만 그래도 등록금이 부담스러운 경우 학자금 대출을 신청할 수 있는데, 놀랍게도 학자금 대출 금리는 0%이다. 대출금도 바로 갚을 필요가 없고 30년에 걸쳐 상환하면 된다. 그 이후에는 대출금 자체가 전액 면제된다. 상황이 이러하니, 네덜란드 대학생들은 학비를 마련하기 위해 학교를 다니며 여러 파트타임을 전전할 필요도 없다. 말 그대로 학생일 때는 공부에만 집중할 수 있도록 하는 것이다. 게다가 학자금 대출 상환 기간이 넉넉하기 때문에 졸업 후 학자금 대출을 갚기 위해 초조해할 필요도 없다. 학교 공부는 힘들지만, 일단 취직이 되면 어떤 일을 하건 최저 임금이 보장되고 심지어 국가 보조금도 받을 수 있다. 또한 본인의 역량에 따라 준비만 잘하면 좋은 곳에서 일할 수 있다는 자신감도 있다. 이 때문인지 미래에 대한 두려움과 절망은 이들

에게서 찾아보기 힘들었다.

한번은 친구의 조카 생일 파티에서 올해 스무 살인 마르텐Marten과 잠시 이야기를 나눌 기회가 있었다. 마르텐은 지난해 MBO[7]를 마치고 회사에서 회계 업무를 하고 있다. 이 회사에 입사하기 전에 여러 회사의 면접을 봤는데, 운 좋게 현재 회사에 취업해서 일한 지 1년이 되어 간다. 회사에서 마르텐을 좋게 보았는지 MBO 상위 과정인 HBO[8]을 밟을 수 있도록 지원도 해주고 있다. 한국식으로 보면 사실 평범한 스펙인데, 정규직으로 취업도 하고 회사의 지원으로 교육까지 받는다니 참 부럽기만 하다.

네덜란드에서는 소위 말하는 좋은 학교를 나오고 인기 있는 학과를 나온다고 취직이 잘 되는 것이 아니기 때문에 네덜란드의 젊은이들은 과도한 스펙 쌓기에 매진하지 않는다. 한국과 달리 네덜란드에는 대규모 신규 채용 기간이 따로 없기 때문에, 대부분의 네덜란드 대학 졸업생들은 인턴을 먼저 하거나 대학 졸업생을 뽑는 회사에 지원해 회사 생활을 시작한다. 신입 사원을 뽑는 회사에 지원할 때도 이력서와 지원동기서 정도만 제출하면 되고, 이력서에 학업 성적이나 공인 영어 점수 등을 적을 필요도 없다. 영어야 네덜란드에서 고등교육을 마치면 대부분 일

7 직업 교육을 전문으로 하는 네덜란드의 중등 교육 과정을 말한다.
8 직업과 실무 중심의 대학 학부 과정에 해당하는 교육 과정을 말한다.

정 정도의 수준을 구사하기 때문에 굳이 시험 점수를 요청하지 않는다. 또한 학교 시험 성적과 직장에서의 업무 성과가 비례한다고 보지 않기 때문에 학점 정보 등도 꼭 제출해야 하는 필수 항목이 아니다. 학점은 후보자를 좁히는 과정에서 부가적인 기준은 될 수 있지만, 가장 중요시되는 부분은 아니다.

그럼 네덜란드에서 스펙보다 더 중요하게 보는 것은 무엇일까? 관련 분야의 업무 경험을 기본 전제로 한다면, 바로 '회사와 코드가 맞느냐'이다. 회사의 분위기나 문화, 그리고 함께 일하는 다른 직원들과 얼마나 잘 화합할 수 있는지가 중요한 채용 기준이 된다. 직장인에게 회사는 집 다음으로 시간을 많이 보내는 곳이다. 이곳에 있는 시간이 본인은 물론, 남에게도 괴롭다면 어떻게 일할 맛이 나겠는가. 이 때문에 네덜란드 회사에서는 상사는 물론, 동료와 심지어 본인에게 보고를 해야 하는 아래 직원이 함께 면접을 볼 때가 있다. 한 팀으로 일하게 되는 새로운 사람과의 궁합을 모두가 볼 필요가 있기 때문이다.

한국인 지인 중 한 명은 네덜란드에서 유학을 하고 이곳의 회사에 지원한 적이 있다. 안타깝게도 채용되지는 못했는데, 인터뷰 당시 "당신과의 인터뷰가 흥미롭지 않았고, 우리와는 코드가 잘 맞지 않는다는 느낌이 들었다"는 피드백을 받았다고 한다. 네덜란드 사람들이 얼마나 코드를 중요하게 생각하는지를 알 수 있는 대목이다. 역으로 코드가 잘 맞으면 회사 입사가 수

월해지는 경우도 있다. 이렇게 코드가 중요하기 때문에 구직자들에게도 연봉보다는 회사 분위기와 기업 문화가 직장을 고르는 데 중요한 조건이 된다.

'코드'가 입사에 중요한 조건이 된다는 것은 달리 말하면 조직 내에서 얼마나 팀워크를 발휘할 수 있는지를 본다는 것이다. 네덜란드는 해수면보다 낮은 환경 때문에 수시로 범람하는 물과 사투를 벌여야 했고, 역사적으로는 스페인이나 독일과 같은 유럽의 강국을 상대해야 했기 때문에, 그 무엇보다도 공동의 목표를 향해 함께 움직이는 팀워크가 가장 중요했다. 마찬가지로 네덜란드에서 직장을 구하거나 일을 할 때도 자신의 팀워크 능력을 최대한 발휘하는 것이 주요 경쟁력이 된다.

사실 스펙 쌓기는 다른 사람보다 자신을 더 돋보이게 하려는 경쟁 심리에 기인한다. 학점, 외국어 점수, 자원봉사활동은 물론, 심지어 유럽 배낭 여행도 스펙 리스트에 포함되어, 개인을 판단하는 절대적인 기준으로 자리잡고 있다. 이런 스펙의 면면을 들여다보면, 사실 본인의 능력보다는 부모의 경제적 능력이 뒷받침되지 않고서는 꿈도 꿀 수 없는 것들도 있다. 부유한 가정의 학생들은 부모의 지원 아래 손쉽게 스펙을 쌓는 데 반해, 이보다 덜 부유한 가정의 학생들은 두세 개의 아르바이트를 하면서 학비 내기에도 벅찬 캠퍼스 생활을 한다. 이런 상황에서 스펙이 개인의 잠재력과 역량을 제대로 검증해줄 수 있을까. 오히려 진정한 실력이 아니라 겉보기 스펙만 갖춘 인재를 채용하게 되는 실수를 범할 가능성이 더 높다. 그런데도 기업들이 여전히 스펙으로 채용을 결정한다면 스펙을 쌓기 위한 경쟁은 더 치열해지고, 취업 시장의 불평등은 더욱 심화될 것이다.

학점과 점수 등으로 상징되는 스펙보다는 코드를 중요시하는 네덜란드의 채용 기준을 우리에게 적용하기는 어렵겠지만, 좀 더 다양한 기준으로 직장을 구하고 직원을 찾아보는 것은 어떨까. 기업은 기업대로 기업의 문화와 코드에 맞는 사람을 직원으로 뽑아 인재 채용으로 인한 시행 착오를 피할 수 있고, 구직자 또한 좀 더 여유롭고 장기적인 계획을 가지고 경력을 설계할 수 있지 않을까.

물론이죠,
여기는
네덜란드입니다

the Netherlands

네덜란드의 대학생들은 다른 나라와 비교되지 않을 정도로 정부의 많은 지원을 받는다. 부모 소득에 따라 차등적으로 지급되는 주택보조금, 학생들이 공부에만 집중할 수 있도록 제공하는 학습 지원금 등이 그 예다. 여기에 대중 교통을 무료로 이용할 수 있는 대학생 전용 교통 카드 혜택도 있다. 말 그대로 학생들이 공부 그 자체에만 집중할 수 있도록 하는 것이다.

MARTEN

SECTION ②

네덜란드의 사회관

11 에라스무스 예찬

네덜란드 제2의 도시이자, 유럽 물류 교역의 중심 도시인 로테르담Rotterdam은 한국인에게도 매우 잘 알려진 도시다. 2차 세계대전 때 독일군의 폭격으로 도시 전체가 초토화되었던 이곳은 대대적인 도시 재건으로 오늘날 현대 건축의 살아있는 교과서가 되었다. 지금도 디자인과 건축에 관심이 있는 사람들은 네덜란드 여행 중에서 로테르담을 빠트리지 않는다. 로테르담에는 도시의 남과 북을 하나로 연결하는 '에라스무스 다리Erasmus Bridge'라는 이름의 다리가 있다. 마치 물 위에 떠있는 백조의 형상으로, 일명 '백조의 다리'라는 애칭으로도 불리는 이 다리는 이곳 사람들이 가장 사랑하는 로테르담의 아이콘이다. 심지어 에라스무스 다리를 몸에 문신으로 새긴 네덜란드 사람도 있을 정도다. 에라스무스는 네덜란드 로테르담에서 태어난 인문주의 철학자 데시데리우스 에라스무스Desiderius Erasmus의 이름에서 따온 것이다.

『우신예찬』이라는 책으로도 우리에게도 잘 알려진 에라스무스는 바로 이곳 로테르담에서 가톨릭 성직자의 사생아로 태어났다. 문법학교와 수도원에서 고전학과 신학을 공부한 후 프랑스 파리대학교에서 신학을 공부한 그는 그리스와 로마 고전에 담긴 자유로운 인간의 이상과 기독교 정신이 융합된 책을 많이 저술했다. 특히 그는 농부가 밭을 갈면서도 성경을 읽을 수 있어야 한다는 철학으로, 누구나 이해할 수 있는 쉬운 성경을 만들기 위해 그리스어 복음서를 라틴어로 옮기고 주석을 달기도 했다. 또한 에라스무스는 '어리석은 신에 대한 예찬'이라는 뜻의 『우신예찬』으로 북유럽의 종교개혁에 불을 지피기도 했다. 아버지인 '부유한 신'과 어머니 '청춘의 신' 사이에서 태어나 '도취'와 '무지'의 유모 손에 키워진 바보의 신 '우신'은 '추종의 신', '게으름의 신', '향락의 신', '무분별의 신', '방탕의 신', '미식과 수면의 신' 등 여러 친구들이 있다. 에라스무스는 이러한 어리석은 신들을 통해 당시 교회의 추악한 권력과 부패 관행을 통렬하게 비판했다.

"만일 교황이 기독교의 대리자라면, 그리스도처럼 불행한 생애를 보내야 할 것이 아닌가. 그러나 지금의 교황은 영화와 행복

속에 있다"[9]라는 칼날 같은 비판을 서슴지 않던 그는 초기 기독교의 소박한 신앙심과 자유로운 인간상의 회복을 주장했다. 그의 사상은 전 유럽으로 퍼져 나가 유럽의 종교개혁 운동에 불을 지폈는데, 특히 마틴 루터Martin Luther의 교회개혁에 깊은 영향을 주기도 했다. 하지만 그는 루터와 같은 급진적인 종교개혁과는 여러 면에서 달랐다. 당시에 만연한 교회의 부패와 적폐를 하루아침에 없애는 것은 불가능하고, 이를 개혁하기 위해서는 유혈 사태가 벌어질 수밖에 없다고 생각했기 때문이다. 그는 성당과 종교개혁자들 모두 광신에 빠졌다고 비판하면서, 신교와 구교의 양자택일 시대에서 중립적이고 신중한 태도를 보였다. 그러나 이런 애매모호한 태도 때문에 도리어 신교와 구교 양측에서 공격을 받는 설움을 당했다. 가톨릭 교회는 파괴적인 인물이라는 이유로, 개신교는 현실 도피적 인물이라는 이유로 그를 배척했다.

유럽 내의 종교개혁 요구가 강해지면서 에라스무스와 루터의 갈등 또한 절정에 달한다. 인문주의자였던 에라스무스는 구원의 과정에서도 인간의 자유의지를 강조했다. 신의 전능만이 능사가 아니라, 인간의 자유의지로 영원한 구원을 얻을 수 있다는 것이다. 반면에 루터는 인간의 구원은 오직 신이 선택할 수 있으며, 노예 상태인 인간의 의지로는 구원에 이를 수 없다고 주

9 김희보, 『세계문학사 작은사전』(가람기획, 2002)

장했다. 인간의 구원과 인간 존체 자체에 대해 상반된 태도를 보였던 두 종교개혁자의 갈등은 결국 루터의 완승으로 끝난다.

결국 루터의 반박문을 계기로 유럽은 가톨릭과 개신교, 유럽은 남과 북으로 나뉜다. 여기에 정치가와 상공인들까지 가세하면서 전운은 유럽의 곳곳에서 걷잡을 수 없이 빠르게 번져나간다. 에라스무스는 전쟁을 막기 위해 백방으로 나섰지만 그의 노력은 수포로 돌아간다. 죽는 날까지 평화를 호소하는 글을 썼던 그는 가난과 고독으로 고통받다가 스위스 바젤Basel에서 병으로 눈을 감는다. 하지만 관용과 평화를 주장했던 그의 비극적인 예감은 적중했다. 이후 100년간 유럽은 신교와 구교의 피비린내 나는 전쟁을 치르며 만신창이가 된다. 신의 이름으로 서로가 서로를 증오하고 죽이면서 유럽은 정신적으로도 물질적으로 황폐해진다. 그렇게 엄청난 희생을 겪은 후에야 유럽은 아무리 좋은 사상이라도 다른 이에게 억지로 강요할 수 없다는 뼈아픈 교훈을 얻게 된다. 결국 서로 다름을 인정하는 에라스무스의 철학은 유럽의 가치가 되었다.

에라스무스의 관용과 평화 사상은 그가 태어난 네덜란드에 가장 깊은 뿌리를 남겼다. 1579년 네덜란드는 종교적 관용과 다원주의를 명문화했다. 특히, 가톨릭, 개신교, 유대교, 이슬람교 등 종교에 관계없이 이민자를 받아들이면서 이베리아 반도의 종교적 박해를 피해 네덜란드로 이주하는 사람들의 발길이 이어졌다. 이 안에는 무신론으로 유명한 스피노자Spinoza 가족과 자본과 기술력을 갖춘 유대인, 그리고 당시 유럽의 앙트레프레너Entrepreneur[10]인 위그노족들도 있었다. 네덜란드는 이들의 다양한 가치와 사상은 물론 자본과 기술을 흡수하면서 골든 에이지로 불리는 번영의 기틀을 마련했다. 또한 에라스무스의 사상은 네덜란드식 관용적 사상의 기틀이 되기도 했다. 이를 바탕으로 네덜란드는 중세 이후 '헤도헌Gedogen'이라는 네덜란드 특유의 관용 문화를 발달시켰다.

동성애, 안락사, 성매매, 연성 마약 등 사회적으로 민감한 이슈가 네덜란드에서는 합법이라는 점 때문에 네덜란드 전체가 자유롭다고 보는 사람들도 많다. 하지만 사실 네덜란드는 인종, 종교, 이념에 따라 가톨릭, 개신교, 사회주의, 보수주의, 자유주의로 나뉘어 있으며, 이들의 의견을 대변하는 정당, 언론, 은행, 스포츠 클럽까지 따로 있을 정도다. 나치Nazi가 네덜란드를 점령하던 시기에는 레지스탕스Résistance 운동[11]도 따로 벌였을 정도라고 하니, 집단마다 철학과 주장이 얼마나 다른지를 알 수 있다. 하지만 네덜란드에서는 각자의 신념과 가치 차이에 따른 극단적인 갈등 상황을 보기 힘들다. 서로 가치관이 다를 수 있다는

---

10 변화를 연구하고 변화에 대응하며, 변화를 기회로 이용하는 혁신적인 사업가 혹은 아이디어를 내는 사람을 뜻한다.

11 프랑스어로 '저항'을 뜻하는 말로, 나치 점령 시기에 프랑스를 비롯해 유럽에서 진행된 나치에 대한 저항 운동을 의미한다.

전제 하에 갈등의 소지가 될 부분을 줄이고, 남의 일에 간섭하지 않는 전통을 만들어 왔기 때문이다. 이런 네덜란드 사회를 마치 각자가 기둥처럼 서로 부딪히지 않고 천장에서만 서로 연결된다는 의미에서 '병립화 사회'라고 부르기도 한다. 정부는 천장이 되어 개인과 조직의 갈등을 중재하고, 개인은 각자의 차이를 인정하는 관용의 태도로 서로를 인정하며 필요한 순간에는 협력하는 것이다.

현재 네덜란드에는 80여 개의 정당이 있다. 지난 2017년 3월에 치러진 하원 선거에는 약 28개의 정당이 참여했는데, 모두 직접선거를 통한 비례대표제로 150명의 의원이 선출되고, 선거 결과에 따라 정당별로 득표에 따른 의석을 갖는다. 이러한 제도 때문에 동물 복지 향상을 위한 정당 등 일반적인 정당의 정책에는 반영되지 못한 주장을 펼치는 정당도 국민의 지지 여부에 따라 의석을 배정받을 수 있다. 네덜란드 선거 시스템의 또 하나의 특징은 단일 정당이 과반수 의석을 갖기가 원칙적으로 힘들다는 것이다. 이 때문에 가장 많은 의석수를 가진 정당도 다른 정당과 반드시 연정을 해야 한다. 이 과정에서 자신의 정당과 이념이나 주장이 다른 정당과도 손을 잡는 합의제 민주주의가 기본이 된다. 유명 정치인 한 명의 카리스마와 리더십에 의존하는 정치보다는 각기 다른 의견을 가진 집단과의 대화와 타협을 통한 합의 정치가 발달할 수밖에 없다.

지난 우리의 현대 역사를 돌이켜보면 비극적인 순간들이 참 많았다. 민주주의와 공산주의라는 두 개의 선택 중 단 하나만 고를 것을 강요받았고, 그 과정에서 수많은 사람들이 무고하게 희생되었다. 그리고 여전히 이러한 이념 논쟁은 우리 사회에 뿌리 깊이 남아, 우리 자신뿐만 아니라 나와 다른 생각을 지닌 상대방도 옭아매고 있다. 하지만 우리는 서로에게 적이 되어서는 안 된다. 우리가 지지하는 가치와 사상에 앞서, 우리는 모두 같은 시대를 살아가며 함께 동시대의 역사를 써나가는 동반자가 아닌가.

이런 생각을 하면 나와 다른 상대를 증오하고, 나와 같은 생각을 갖도록 설득할 필요가 없다. 함께 귀와 마음을 열고 서로의 주장을 들어주고 서로가 만족할 만한 최상의 합의점을 찾으면 되는 것이다. 극단적인 사회 갈등은 어느 누구에게도 결코 도움이 되지 않는다는 것을 우리는 유럽의 종교 전쟁에서, 세계대전에서 그리고 한국의 근현대사에서도 익히 봐왔다. 550년 전, 에라스무스가 반목과 대립으로 치달았던 유럽인들에게 보낸 평화와 화합의 메세지는 지금의 우리에게도 유효하다.

물론이죠, 여기는 네덜란드입니다

네덜란드는 동성애, 안락사, 성매매, 연성 마약 등이 모두 합법이기 때문에 사회 전체가 자유롭다고 생각할 수 있지만 절대 그렇지 않다. 네덜란드에도 보수적인 가치관을 가진 사람들이 많다. 하지만 네덜란드에서는 각자의 신념과 가치 차이에 따른 극단적인 갈등 상황을 보기 힘들다. 서로 가치관이 다르기 때문에 갈등의 소지가 될 논란을 줄이고 각자가 서로의 차이를 인정하는 관용의 태도를 보이는 것이다.

DESIDERIUS ERASMUS

SECTION

③

우리 (Wij)

SECTION ③

1

네덜란드의 사회관

무엇이든 반대할 수 있는 권리

네덜란드에 온 후로 이전에는 해보지 않았던 참 다양한 일들을 하고 있다. 글을 쓰는 작가, 유럽과 한국 회사들의 마케팅 커뮤니케이션 활동을 진행하는 프리랜서 홍보 전문가, 네덜란드 라이프스타일을 소개하는 블로거, '마이 암스테르담'이라는 온라인 편집숍을 통해 네덜란드 디자인 아이템을 소개하는 상품 기획자로 살고 있다. 열 손가락 깨물어 아프지 않은 손가락이 없듯 지금 하는 모든 일에 애정이 가지만, 그중에서도 특별히 더 애착이 가는 일은 바로 편집숍 상품기획 업무다. 디자이너의 근사한 철학이 담긴 아름다운 디자인 아이템을 지겨울 때까지 보고 다닐 수 있기 때문이다. 브랜드 입점을 추진할 때는 종종 디자이너와 미팅을 하기도 하는데, 상품기획자가 아니면 만날 수 없는 디자이너를 개인적으로 만나는 것도 상품기획자로서 일하는 좋은 점 중의 하나다. 사물을 늘 새롭고 다른 관점으로 보는 디자이너들을 만나면 그들의 창의적이고 순수한 열정이 내게도 고스란히 전해지는 느낌이다. 이 때문에 디자이너와의 미팅은 복잡한 셈이 오가는 비즈니스 미팅이 아니라, 취향과 코드가 잘 맞는 친구와 한판 수다를 떠는 생각이 든다.

아르헨티나에서 온 섬유 디자이너인 루실라Lucila와의 만남도 그랬다. 인스타그램을 통해 루실라의 브랜드를 처음 알게 됐는데, 말로는 쉽게 표현할 수 없는 깊고 오묘한 색감을 가진 스카프와 숄을 보고 한눈에 반해버렸다. 루실라가 디자인한 스카프는 단순한 스카프가 아니라, 마치 원단 위에 자연을 소재로 그림을 그린 듯 풍부한 색으로 가득했다. 그녀가 직접 작업한 아이템들을 보고 싶기도 하고 어떤 디자이너인지 만나서 이야기해보고 싶기도 해서 스튜디오 위치를 물어보니 우리 집에서 걸어서 10분 정도 걸리는 할레머포르트Haarlemmerpoort에 있었다. 마치 개선문을 연상시키는 할레머포르트는 종종 피크닉이나 운동을 하러 베스터파크Westerpark에 갈 때마다 보았던 곳이다. 집이나 사무실처럼 보이지는 않는데, 가끔 사람들의 모습이 보여 무슨 건물인지 늘 궁금했었다. 그런데 바로 그곳에 루실라가 살고 있다고 하니 루실라와 그녀의 작품도 보고 싶었지만 할레머포르트 내부

가 더 궁금해 오래 기다릴 수가 없었다.

할레머포르트는 원래 1840년대에 암스테르담에서 할렘Haarlem으로 가는 배들을 위해 지어진 문이었다. 그 후 암스테르담 중앙역이 생기면서 기차로 할렘을 가는 사람들이 많아지자, 사용자가 줄어 한때는 경찰서로 사용되기도 했다. 한동안 방치되어 있던 할레머포르트는 1986년 빈 건물이나 빈집을 무단으로 점유해 거주하는 스쿼트Squat족이 이곳에 정착하면서 공공 주택으로 바뀌었다. 당시 네덜란드에서는 이렇게 아무도 이용하지 않는 건물에 무단으로 들어가 사는 것이 허용되었다. 종종 건물주들이 집값을 올리려고 일부러 다른 사람에게 임대도 하지 않고 본인이 살지도 않는 경우가 있어서다. 이렇게 되면 집이 부족해지면서 집값이 올라 정작 집이 필요한 사람들이 불편을 겪게 된다. 빈집은 남아 도는데 비싼 임대료 때문에 집을 구하지 못하는 사람들이 많아지니 국가에서 아예 무단 점유를 — 대단히 사회주의적인 발상이지만 — 허용해준 것이다. 하지만 이러한 무단 점유Squatting는 2010년에 법적으로 전면 금지되었다.

현재 할레머포르트에는 루실라를 포함해 약 12가구가 입주해있는데, 루실라는 이곳을 자택 겸 스튜디오로 활용하고 있었다. 지은 지 170년이 넘은 건물이라 낡기는 했어도, 암스테르담에서 예쁜 공원으로 손꼽히는 베스터파크를 한눈에 조망할 수 있는 환상적인 곳이다. 또 어찌나 꼼꼼하고 정교하게 설계했는지, 대로를 마주하고 있지만 창문을 닫으면 주변 소음이 완벽하게 차단된다. 디자인 작업을 할 때 고도의 집중이 필요한 루실라에게 이곳은 완벽한 스튜디오다. 게다가 공공 주택이라 집세도 다른 곳보다 반 이상은 저렴해 루실라는 치열한 경쟁을 뚫고 이곳 할레머포르트에 입주할 수 있었다. 할레머포르트에 입주하기 위해 지원서를 낸 것은 물론, 기존 세입자의 인터뷰까지 통과해야 했다.

그런데 이렇게 어렵게 입주한 집에 문제가 생겼다. 할레머포르트의 원래 소유자는 암스테르담 시립 주택 법인이었는데, 이곳이 '이미르[Ymere]'라는 네덜란드에서 가장 큰 주택 조합에 인수되면서, 할레머포르트를 공공 주택이 아니라 수익성이 높은 호텔과 레스토랑으로 용도 변경을 결정한 것이다. 건물 용

도가 소유주 계획대로 변경되면, 할레머포르트에 사는 사람들은 모두 떠나야 한다. 루실라를 비롯, 이곳에 사는 다른 입주인들과 예술가들의 걱정이 이만저만이 아니었다. 임대료가 천정부지로 오르고 있는 암스테르담에서 이곳만 한 입지와 가격을 갖춘 공간을 찾는 것은 거의 불가능에 가깝기 때문이다. 그들은 'Red de Poort(포트를 구하라)'라는 구호를 내걸고, 할레머포르트의 상업적 용도 변경을 반대하는 캠페인을 진행했다. 상업적으로 건물의 용도를 변경하지 않고도 지금과 같은 구조에서 공공 비즈니스를 통해 충분한 수익을 창출할 수 있다는 것이다. 이들의 의견을 들은 건물 소유 회사 이미르는 일단 용도 변경 계획을 보류하고, 입주인들의 계획을 받아보기로 했다. 더욱 놀라운 것은, 이미르는 입주인들이 제대로 된 계획을 세울 수 있도록 건축가와 부동산 개발업자 등에게 컨설팅을 받을 수 있는 비용까지 지원해주었다는 점이다. 이미르가 용도 변경 계획을 발표한 것이 10년 전인데, 아직까지도 입주인들과 논의 중으로 최종 결정은 나지 않았다.

루실라의 이야기를 들으면서 마치 다른 세상에 있는 듯한 생각이 들었다. 우리가 알고 있는 건물주는 건물을 팔든 허물고 새로 짓든 건물에 대해 절대적인 권한을 가진 사람 혹은 조직이다. 그런데 입주인들이 반대 의견을 냈다고 건물주가 용도 변경 추진을 보류하고 입주인들이 제대로 된 계획을 세울 수 있도록 지원까지 해준다니 정말 믿기지 않았다.

그런데 이것은 루실라만의 이야기가 아니다. 네덜란드에는 '비즈바르 마큰Bezwaar maken'이라는 권리가 있다. 한국어로 옮기면 '반대 혹은 불복할 수 있는 권리'인데 이곳에 사는 사람이면 누구나 이 권리를 행사할 수 있다. 정부나 시에서 추진하는 정책과 같은 공적 영역은 물론, 이웃집의 집 보수나 재건축 등과 같은 영역에서도 반대 의견이 있을 경우 누구나 이의를 제기할 수 있다. 이의를 제기하는 절차에서 발생하는 비용은 모두 정부 지원으로 무료이다.

이러한 불복 권리는 개인의 생활권이나 부당함을 호소하는 경우에만 행사할 수 있는 것이 아니다. 정부의 제도나 결정이 자신의 철학이나 신념에 반하는 경우에도 이를 행사할 수 있다. 심지어 지방자치 정부가 공원의 나무를 베는 것을 개인이 반대한 사례도 있다. 나무에 둥지를 튼 새들의 서식지가 피해를 입을 수 있다는 이유에서다. 이런 반대 의견이 접수되면 해당 계획은 무조건 보류되고, 최대 6주가 걸리는 심사 시간 동안 어떤 활동도 추진할 수 없다. 이의를 신청한 사람이 나온 결과에 만족하지 못하면 다시 또 이의를 신청할 수 있다. 이렇다 보니 정부에서 추진하는 사업이 어떤 때는 십 년도 넘게 걸리기도 한다. 사안이 클수록 다른 의견이 내는 사람들이 많기 때문이다.

이렇게 사람들의 불만이나 이의를 다 들어주면 어떻게 일이 진행될까 걱정이 될 법도 한데, 이곳 사람들의 생각은 다르다.

때로는 불필요한 결정들도 있기 마련인데 이러한 과정을 통해 새로운 정책이나 결정이 정말 필요한 것인지를 다시 한번 원점에서 점검할 수 있다는 것이다. 새로운 사안에 대해 다양한 의견들을 들어보고 정책을 추진하는 사람들이 생각해보지 못했던 다른 문제를 발견하는 데 도움도 얻을 수 있다는 의견이다. 그러고 보니, 얼마나 많은 정책과 활동들이 세심한 검토 없이 정부가 생색내기에 급급해서, 또는 남는 예산을 주어진 시간 안에 털기 위해 불필요하게 진행되었던가. 이를 반대하는 국민들의 의견은 묵살되기 일쑤였다. 그러다 보니 국민들의 목소리에는 귀를 막은 비효율적인 행정이 반복될 수밖에 없었던 것이다.

누구나 반대할 수 있는 권리는 단순히 '반대를 위한 반대'를 의미하는 것이 아니다. 누구나 어떠한 사안이건 자신의 목소리를 낼 수 있고, 또 누군가는 이를 들어야 한다는 것을 의미한다. 반대하는 이의 지위나 위치, 상황에 관계없이 이들의 의견은 존중되어야 한다. 이런 방법은 시간은 좀 더 걸리더라도, 가능한 많은 사람들의 의견을 모아 다양한 관점에서 사업을 다시 한번 검토할 수 있기에 사람들이 정말로 만족할 수 있는 최선의 방안을 찾게 할지도 모른다. 그렇기 때문에 누구나 반대할 수 있는 권리는 장기적인 관점에서 오히려 더 합리적인 방안일 수 있다. 특히, 많은 사람들의 삶에 영향을 줄 수 있는 공적인 영역의 일이라면 더 말할 나위가 없을 것이다.

물론이죠, 여기는 네덜란드입니다

네덜란드에 사는 사람은 누구나 '비즈바르 마큰(Bezwaar maken)'이라는 '반대 혹은 불복할 권리'를 행사할 수 있다. 말 그대로 어떤 사안에 대해 반대 의견이 있는 경우 누구나 이의를 제기할 수 있는 권리이다. 누군가가 특정 정책 등에 대해 반대하는 의견을 접수하면, 의견이 접수된 6주 동안은 아무 것도 진행할 수 없다. 이의 신청 절차는 모두 무료며, 정부가 이의 신청에 공식적인 답변을 주기로 한 날까지 답변을 주지 못하면 정부가 벌금을 내야 한다.

LUCILA

SECTION ③

2

네덜란드의 사회관

왕도, 귀족도 아닌 시민의 나라

암스테르담에서 집값 비싸기로 유명한 동네에 있는 '암스테르담 국립박물관Rijks museum'은 네덜란드에서 가장 비싼 예술 작품들이 한자리에 모인 곳이다. 매년 약 200만 명이 다녀가는 이곳은 런던의 영국 박물관British Museum이나 파리의 루브르 박물관Louvre Museum에 비해 규모는 작지만, 서양 미술사의 한 장을 장식한 거장들의 작품들로 가득하다. 그중에서도 모든 방문객들이 그 앞에서 발을 쉽게 떼지 못하는 것은 렘브란트Rembrandt의 〈야경The Nightwatch〉[1]이다. 학창 시절 미술 교과서에도 등장했던 〈야경〉은

1 〈야간 순찰〉로도 불리는 렘브란트의 1642년도 작품으로, 부제목은 '바닝 코크 대장의 민병대'이다.

야경, 하르먼스 판 레인 렘브란트, 1642

렘브란트의 주특기인 빛과 그림자의 신비로운 조화와 드라마틱한 구도로 서양 미술의 역사를 바꾼 세기의 명작 중 하나로 꼽힌다. 그만큼 이 작품에 대한 사람들의 애정은 각별한데, 그 인기만큼이나 광적인 팬도 많아 수난을 여러 번 겪었다. 두 번은 칼에 찢기고, 90년대에는 염산 세례를 받기도 했다. 다행히 복원 전문가들의 꼼꼼한 작업으로 다시 원래의 모습을 되찾았다.

렘브란트의 화풍이 정점에 달했을 때 완성된 이 그림은 네덜란드 암스테르담의 민병대 대장 프란스 바닝 코크Frans Banning Cocq와 그의 대원들의 주문으로 진행된 단체 초상화다. 유럽 미술에서는 이런 단체 초상화를 보기 힘들고, 더군다나 왕족과 귀족이 아닌 사람들이 대형 작품의 주인공이 되는 것은 쉽지 않았다. 이 때문에 〈야경〉은 서양 미술사의 한 획을 그은 기념비적인 작품으로 평가된다.

암스테르담 국립박물관에서 이 작품을 볼 때마다 고등학교 시절 이 작품에 대해 설명해주시던 미술 선생님의 말씀이 지금도 떠오른다. 그림 속의 민병대원들은 모두 돈을 각출해서 렘브란트에게 작품을 의뢰했고, 그들은 당연히 자신들의 모습이 작품에 똑같이 잘 나올 것이라고 기대했다. 그런데 그림자 때문에 얼굴이 제대로 안 나온 고객들의 불만이 터져나오면서 렘브란트에게 작업을 맡기는 사람들이 점점 줄어들었고, 결국 나중에 렘브란트는 파산을 하고 아내까지 잃게 되었다는 비극적인 이야기다.

렘브란트가 암스테르담 사수협회에서 이 작품을 의뢰받았을 당시, 네덜란드는 스페인의 지배에서 이제 막 벗어나고 있던 중이었다. 특히, 산업과 무역을 기반으로 독자적인 세력을 가진 암스테르담은 네덜란드의 강력한 신흥 도시였다. 스페인과의 오랜 전쟁도 막을 내리고, 유럽의 무역 중심지로 전 세계의 부를 끌어모으고 있던 암스테르담의 시민들은 자신감으로 가득 찼다. 그들은 자신의 생명과 재산을 왕이나 귀족, 성직자와 같은 봉건 질서의 지배자들에게 맡기지 않았다. 대신, 자신들의 재산과 생명은 직접 지킨다는 신념으로 민병대를 결성했다.

네덜란드에서는 이들을 슈터라이Schutterij라고 부르는데, 일종의 자발적인 민병대 혹은 시민 대원이다. 이들은 종종 무장을 하고 도시의 성벽이나 교회 등에서 외부의 공격에 대항해 도시를 수비하는 역할을 담당했다. 렘브란트의 〈야경〉 속 민병대들도 칼과 총으로 무장을 하고 출격을 앞두고 있다. 신비로운 빛 사이로 보이는 그들의 얼굴에는 '우리의 도시, 암스테르담은 우리가 지킨다'는 결의와 자부심이 가득하다. 렘브란트는 왕도 귀족도 아닌 시민의 도시 암스테르담을 이들의 모습을 통해 담아낸 것이다.

당시 네덜란드는 서유럽 중에서도 가장 먼저 근대적 시민 개념이 형성된 곳이었다. 네덜란드와 여러 부문에서 교류를 했던 프랑스나 영국 사람들은 하나같이 '대체 이 나라 사람들은 왜 이런지 이해가 안 된다'고 머리를 절레절레 흔들었다고 한다. 왕과 귀족이 사회를 지배하고 출생 신분에 따라 사람의 미래와 직업이 정해지는 나라에서 온 사람들은 나라에 세금을 내는 시민이 주인인 네덜란드를 보고 엄청난 충격을 받았을 것이다.

네덜란드의 역사와 함께하고 있는 시민 의식은 지금도 네덜란드 사회 곳곳에 뿌리 깊게 자리하고 있다. 네덜란드의 시민 참여는 다른 유럽 국가와 비교해도 단연 선두를 차지한다. 어린 시절 자원봉사활동을 하는 부모의 손을 잡고 시민 사회에 첫발을 내딛는 네덜란드 사람들은 자라면서 사회, 문화, 정치 활동, 여성, 동물 복지 등 자신의 관심사에 따라 다양한 시민 활동에 참

여한다. 한마디로 생애 주기 맞춤형 시민 활동을 하는 것이다. 어린 시절부터 자연스럽게 해온 자원봉사활동을 통해 사회의 일원으로 기부, 봉사, 관용과 배려와 같은 사회적 가치를 익히게 되는데, 이는 결국 사회에 대한 신뢰로 이어진다.

이 책을 준비하면서 종종 글을 쓰러 암스테르담 동부의 미파르트Meevaart라는 곳을 가곤 했다. 한국의 주민 센터와 같은 곳인데, 지자체의 지원이나 관리를 받는 커뮤니티 센터가 아니라 이곳의 주민들이 100% 자체적으로 운영하는 조직이다. 보통은 암스테르담 동부에 거주하는 시민들이 많이 찾지만, 이곳 주민이 아니더라도 누구나 여기에서 차나 커피를 마시고, 강의를 듣고, 요가와 필라테스와 같은 운동도 할 수 있다. 가끔 저녁 준비가 귀찮을 때는 이곳에서 밥을 먹기도 한다. 커피와 차 값은 단돈 1유로(한화 약 1,300원), 식사는 3~5유로(한화 약 4,000원 ~ 6,500원) 정도에 불과하다. 과연 이 돈으로 어떻게 운영이 될까 싶었는데, 이곳에서 일하는 사람들 모두가 이 지역의 자원봉사자이기 때문에 가능하다고 한다.

자원봉사자들의 국적도 다양하다. 전형적인 백인 네덜란드인도 있

는가 하면, 중동, 아프리카에서 네덜란드로 건너온 이민자도 있고, 이제 막 네덜란드 사회에 발을 내디딘 네덜란드어가 서툰 사람들도 자원봉사자로 일하고 있다. 이곳에서 매주 목요일에 '아미드의 키친'이라는 워크숍을 진행하는 아미드Amid는 네덜란드로 이민을 온 아랍에미리트 출신의 셰프이다. 아미드는 네덜란드에서 호텔 셰프로 일하는 것이 꿈인데, 그 꿈을 위해 이곳에서 요리 자원봉사를 하며 고객을 즐겁게 하는 메뉴를 개발하고 요리 실력을 쌓아가고 있다.

10대 때부터 지속적으로 자원봉사활동을 했던 한스Hans는 5년 전 심각한 심장 질환으로 쓰러져 생사의 갈림길에 놓인 적이 있었다. 그때 한스는 언제든 자신의 생명이 다할 수 있다는 생각을 하게 되었고, 그 이후로 회사를 그만두고 호스피스로 자원봉사를 하고 있다. 임종을 앞둔 사람들의 말동무가 되어주면서 자신에게도 마지막이 어느 순간 다가올 수 있다는 것을 인지하고, 남은 시간을 헛되이 보내지 않으려는 다짐을 한다.

아직 완전히 건강이 회복되지 않아 절대적인 휴식이 필요할 법도 한데, 그는 여전히 자원봉사를 하고 있다. 자원봉사만큼 자신의 인생에 대한 관점과 견해를 넓힐 수 있는 일이 없었기 때문이라고 한다. 네덜란드의 유명 기업의 중역으로 일했던 한스는 늘 어떠한 형태로든 사회에 기여하고 싶었는데, 자원봉사야말로 그가 생각했던 소명을 가장 잘 이룰 수 있는 일이라는 생각이 들었다고 한다. 자원봉사를 하면서 평소에는 만날 수 없던 사람들과 교류할 수 있는 것도 그가 봉사를 계속하는 이유다. 이곳에서 지금 한창 사랑을 키워가고 있는 여자 친구를 만났다고 수줍게 말한다. 언어와 피부색은 각기 다르지만, 미파르트의 자원봉사자들과 한스에게서 렘브란트의 〈야경〉 속의 민병대의 모습을 떠올리는 것은 지나친 상상일까.

현재 네덜란드에서는 성인 인구의 절반 정도가 정기적으로 자원봉사활동에 참여하고 있다. 연령대도 다양하다. 고등학생인 10대는 물론이고, 75세 이상 시니어 인구의 약 30%도 자원봉사활동을 하고 있다. 네덜란드 정부도 이런 자원봉사자들을 위해, 'Landelijke Regeling Onkostenvergoeding Vrijwilligers'라는 일종의 자원봉사자 정부 지원제도를 운영하는데, 이를 통해 연간 최대 약 1,500유로(한화 약 200만 원)의 비용까지 세금을 면제해주고 있다. 또한 자원봉사를 통해 얻은 소득은 월간 150유로, 연간 1,500유로까지 세금이 적용되지 않아, 상대적으로 높은 세금을 징수하는 네덜란드에서 자원봉사자들은 실질적인 혜택까지 받게 된다.

네덜란드 사람들이 시민 의식과 참여를 중요하게 생각하는 것은 시민들 하나하나가 사회의 '주인'이기 때문이다. 주인이기 때문에 정부나 정치가, 기업들보다 앞서 누구보다 먼저 사회의 문제를 인식하고 주도적으로 이를 직접 바꾸려고 하는 것이다. 시민들이 먼저 목소리를 내면, 정부와 기업들은 이러한 문제를 해결할 수 있는 구체적인 해법을 제시하게 된다. 일반적으로 우리는 정치인이나 혹은 기업에 우리 사회가 나아갈 방향을 맡겨 놓은 부분이 적지 않다. 우리가 낸 세금으로 정치인들과 공무원들이 월급을 받고, 우리가 물건을 팔아준 덕에 기업들이 돈을 버는 것이니, 알아서 시민들을 위한 정책과 제도를 만들 것이라고 기대하기도 했다. 하지만, 우리 사회에서 그동안 발생한 여러 문제들을 돌이켜보면, 그들의 생각은 우리 생각과 많은 부분에서 온도차가 있었던 것 같다. 정치가도 기업도 아닌, 우리 시민들이 만들어 갈 사회의 모습, 그 한 장면을 네덜란드에서 잠시 본 듯한 느낌이 든다.

물론이죠, 여기는 네덜란드입니다

네덜란드는 오래 전부터 다른 서유럽 국가와 다르게 시민 사회의 성격을 갖고 있다. 이런 네덜란드의 시민 사회 특성을 나타내는 것이 '슈터라이(Schutterij)'다. 슈터라이는 시민들이 외부 공격에 대항해 도시를 지키고자 자발적으로 결성한 민병대다. 특히, 여러 명의 대원으로 구성된 민병대는 렘브란트의 〈야경〉을 비롯, 네덜란드 골든 에이지 시기에 완성된 단체 초상화의 주요 소재로 활용되기도 했다.

HANS

SECTION ③

네덜란드의 사회관

3 집 부자, 땅 부자가 없는 나라

이제 마흔이 되다 보니 내 이름 앞으로 된 집 한 채는 있어야 하지 않나 은근 걱정이 될 때가 있다. 더 일찍 집을 마련한 사람들도 있어 이미 늦은 것은 아닌가 싶기도 하고, 한국의 부동산이 새 정부가 들어설 때마다 요동치는 모습을 보면 가끔 조바심이 생기고 불안해지기도 한다. 앞으로 계속 네덜란드에 살게 될지, 다시 한국으로 돌아가게 될지 앞일을 예측할 수 없어 더 애매하다. 또 한국에 집을 사게 된다면 투자 목적보다 거주 목적이기 때문에 집 근처에 공원이나 문화 시설이 있는지 등 여러 가지 조건을 따져봐야 하는 터라 결정을 내리기가 더 힘들어지는 것 같다.

가끔 한국의 지인들과 메신저 단체방에서 안부 인사를 주고받다가 한국의 부동산 이야기를 듣게 될 때가 있다. 강남이나 마포, 용산 등 집값이 고공 행진을 하는 지역의 집을 샀는데, 집값이 몇 달 만에 몇 억이 올라 기분이 너무 좋다는 내용의 메시지를 볼 때면 부럽기도 하고, 또 가끔은 소외감이 들기도 한다.

부동산은 네덜란드에서도 큰 이슈다. 2017년 3월에 있던 하원 의원 총선에서도 선거에 출마한 모든 정당이 집값 안정을 공약으로 들고 나왔다. 파리나 런던과 같은 유럽의 다른 대도시에 비해서 암스테르담은 집값이 그나마 안정되어 있다. 하지만 몇 년 전부터 암스테르담에 집을 사고 싶어하는 사람이 점점 많아지면서 집값이 최대 27%까지 치솟는 등 큰 사회 문제가 되고 있다. 특히, 사회에 첫발을 내딛는 젊은이들이 월급으로 살 수 있는 집의 매물이 확연히 줄면서 이에 대한 젊은 층의 불만도 많아지고 있는 상황이다.

그럼에도 이곳에서는 부동산 투기로 큰돈을 벌었다는 사람을 만나 보지 못했다. 네덜란드에서는 집을 투자 목적보다는 실제 거주 목적으로 인식한다. 이 때문에 집을 살 때도 최소한 몇십 년은 이곳에서 살 생각으로 앞으로의 라이프스타일 등을 고려해 꼼꼼히 집을 고른다. 거주 목적이 아니고 투자 목적이라면, 본인의 철학이나 생각보다는 이 집을 빌리거나 사고 싶어하는 사람들의 취향을 고려하기 때문에 이러한 고민은 적을 것이다. 네덜란드 사람들에게 집은 자신의 역사이자 삶의 일부이다. 부모님에게서 물려받은 집도 자신이 태어난 곳이자 어렸을 때 심은 나무가 지금도 자라고 있는, 또 함께 유년 시절을 보낸 강아지와 고양이가 잠들어 있는 추억의 공간이다. 이 때문에 그들은 집을 매매할 때도 단순히 이윤 하나만을 보고 거래하지 않는다.

네덜란드의 집값이 상대적으로 다른 국가에 비해 안정적인 또 하나의 이유는 정부가 집값을 엄격하게 규제하고 있기 때문이다. 네덜란드에서 집 투기나 땅 투기로 큰돈을 만져보겠다고 생각한다면 큰 오산이다. 오히려 이로 인해 금전적인 피해를 보게 될 수도 있다. 네덜란드에서는 소득에 관계없이 누구나 집에서 거주할 권리를 인정하고 있다. 최저 임금을 받는 사람도 인간의 기본적인 권리인 의식주에서 '주住'의 권리를 최대한 보장해주는 것이다. 이 때문에, 네덜란드는 다른 그 어떤 나라보다도 소셜 하우징Social Housing[2]의 비율이 높은데, 네덜란드 임대 주택의 약 75%가 바로 이 소셜 하우징이다. 소셜 하우징은 한국의 장기 임대 주택에 해당하는데, 소셜 하우징은 가족의 연간 소득이 34,000유로(한화 약 4,500만 원) 이하인 사람들만 거주할 수 있다. 소득이 그 이상인 경우에는 소셜 하우징이 아닌 일반 개인 소유의 주택을 임대해야 한다. 소셜 하우징이 보편적이다 보니, 소셜 하우징에 산다고 해도 주위 사람들이 무시하거나 괄시하는 일도 없다.

---

2 일반 주택보다 저렴한 가격에 임대하거나 구입할 수 있는 공공지원주택을 말한다.

일반 개인 소유 주택의 임대료는 소셜 하우징에 비해 매우 높은 편으로, 보통 네덜란드로 건너온 주재원들이나 고소득자들이 거주한다. 그런데 재미있는 것은, 만약 이곳에 거주하고 있는 임차인들이 임대인이 책정한 임대료에 불만이 있을 경우 법원에 소송을 제기할 수 있다는 점이다. 임차인이 자신의 소득 등 여러 개인적인 여건으로 판단할 때 임대료가 비싸다고 생각하면 이에 대한 소송을 제기할 수 있고, 소송을 통해 본인이 원하는 수준으로 임대료를 낮출 수도 있다. 그리고 대부분의 경우 네덜란드의 법원은 임대인에 비해 사회적 약자인 임차인의 손을 들어줘 가장 낮은 주택 임대료를 기준으로 임대료를 다시 책정하도록 한다. 그뿐만이 아니다. 임대인은 계약 기간에 관계없이 임대료 인상 등을 이유로 지금 살고 있는 임차인을 내보낼 수도 없다.

같은 동네에 살고 있는 유디트Judith가 바로 그런 경우이다. 40대 후반의 변호사로 고양이와 단 둘이 살고 있는 유디트는 약 20년 가까이 같은 집에서 살고 있다. 대학을 졸업한 이후부터 계속 이곳에 거주하고 있는 것이다. 한 층을 전부 사용하고 방이 2개나 되는 집인데, 유디트가 한 달에 내는 임대료는 놀랍게도 고작 200유로(한화 약 26만 원)에 불과하다. 20년 전에 내던 임대료에서 조금도 오르지 않은 금액이다. 이제 더 이상 학생도 아니고 모아놓은 돈도 있어 집주인이 임대료를 올릴 만도 한데, 임차인과 논의 없이 임대료를 인상하는 것이 원천적으로 불가능하기에 집주인도 울며 겨자 먹기로 한 달에 200유로를 받을 수밖에 없는 것이다. 그렇다고 현재 집주인이 유디트를 내보낼 수도 없다. 네덜란드에서 임차인의 권리는 엄격하게 보호되기 때문이다. 이것 하나만 보아도 네덜란드에서 얼마나 임차인을 중요하게 생각하는지를 알 수 있다. 다른 나라의 관행과 비교해볼 때, 다분히 사회주의적 발상에 입각한 네덜란드의 주택 정책은 임대인 입장에서 보면 복장이 터질 일이지만, 임차인 입장에서 보면 이보다 더 좋은 시스템은 없을 것이다.

이런 상황에서 투자용으로 집을 여러 채 구입하는 사람이 있다고 생각해보자. 임차인들이 유디트처럼 낮은 임대료를 내거나 집세를 깎기 위해 소송까지 한다면 집을 사려고 받은 모기지Mortgage[3] 이자조차 내기 빠듯해질 것이다. 게다가 소송을 하려면 변호사를 고용해야 하는데 이 비용도 만만치 않다. 이렇다 보니 투자 목적보다는 실수요 기반으로 주택 거래가 이루어질 수밖에 없고, 부동산 투기 광풍은 꿈도 꿀 수 없다. 집값과 땅값이 올라 벼락부자가 된 사람들을 보기도 쉽지 않다.

물론, 네덜란드에도 집을 여러 채 소유하고 있는 부자들이 있다. 그러나 이들 대부분은 투자용으로 집을 구매한 것이 아니라, 조부모나 부모에게 상속받은 주택 재산을 갖고 있는 것이다. 임

3 주택을 구매할 때 금융 회사에서 부동산을 담보로 주택저당증권(MBS: Mortgage Backed Securities)을 발행하여 주택구매자에게 장기주택자금을 대출해주는 제도를 말한다.

대 수익을 위해 집을 두세 채씩 투자용으로 구매하는 경우가 적기 때문에 누구나 안정적인 직장만 있으면 집값에 상응하는 모기지를 받아 큰 부담 없이 집을 살 수 있다. 비록 평생에 걸쳐 모기지 이자를 갚아야 할 수는 있지만, 집값 폭락에 대한 우려와 미래에 대한 걱정 없이 안정적인 삶을 사는 것이 가능하다.

한국에서 부동산 정책에 대한 기사가 나올 때마다 네덜란드의 부동산 정책과 어쩔 수 없이 비교를 하게 된다. 인간의 기본적인 권리인 거주의 권한이 투기 세력의 손에서 놀아나다 보면, 정말 집이 필요한 사람들이 어떤 면에서든 피해를 볼 수밖에 없다. 집 한 채가 부동산 투자자에게는 단순히 재산에 불과할 수 있지만, 그 집이 꼭 필요한 사람에게는 나와 가족이 사는 간절한 보금자리일 수 있다. 다리 뻗고 쉴 수 있는 집 한 채를 살 수 있는 여유가 없어진 사회를 어떻게 낙관적으로 볼 수 있겠는가. 한국에서 많은 젊은이들이 자신의 미래를 어둡게 전망하는 요인들 중에서 집에 대한 부담이 큰 비중을 차지하는 것을 보아도, 집이 반드시 물리적 공간이 아니라 사람들의 기본적인 생존권과 행복권을 의미한다는 것을 알 수 있다. 그런데도 아직도 집을 개인의 이익을 극대화하기 위한 수단으로만 보는 탐욕적인 사람들이 많다는 것이 참 안타깝다. 집이 단순히 이윤을 내기 위한 투기의 수단이 아니라, 우리 모두가 인간다운 삶을 살 수 있는 기본적인 행복권으로 인식되는 때가 우리에게도 곧 오기를 기대해본다.

SECTION ③

네덜란드의 사회관

4 암스테르담의 매력 동네, 요르단

내가 살고 있는 요르단은 암스테르담에서도 가장 암스테르담다운 곳으로 불리는 곳이다. 헤렌흐라흐트Herengracht나 카이제르흐라흐트Keizergracht처럼 미리 만들어놓은 계획에 따라 정교하고 질서정연하게 개발된 다른 운하 지역들과 달리, 시간의 흐름과 함께 자연스럽게 조성된 요르단의 매력은 한마디로 정의하기가 참 힘들다. 진한 화장 없이 그 자체로 빛나는 아름다운 여성의 맑은 미소를 보는 듯하달까. 요르단은 다듬어지지 않은 불완전한 아름다움을 보여준다. 마치 미로처럼 엉켜있는 요르단의 골목길은 몇백 년 동안 이 길을 걸었던 사람들의 발길로 만질만질해진 자갈돌로 빼곡히 채워져있다. 거리를 걷는 사람들과 어깨가 닿을 듯 말 듯한 좁은 자갈길을 조용히 걷다 보면 가끔은 이곳에 살았던 사람들의 삶과 목소리가 귓가에 생생하게 들리는 듯하다.

요르단은 네덜란드를 대표하는 유명 인사들이 많이 거주한 곳이기도 하다. 암스테르담을 대표하는 공원인 폰델파크Vondelpark에 이름을 남긴 17세기 네덜란드 시인이자 작가 요스트 판 덴 폰델Joost van den Vondel 또한 이곳에 살았다. 그리고 골든 에이지 최고의 화가였지만 종국에는 파산 선고를 받고 아내와 아들까지 잃은 렘브란트가 쓸쓸하게 마지막까지 붓을 들고 그림을 그렸던 곳도 바로 요르단의 로젠흐라흐트Rozengracht에 있던 스튜디오였다. 전 세계가 벤치마킹 모델로 삼고 있는 네덜란드의 현재 교육 시스템을 완성한 사회주의 교육가 테오 타이슨Theo Thijssen도 바로 이곳 요르단에서 태어났다.

지금의 요르단은 암스테르담의 여피들이 많이 거주하는 곳으로 트렌디한 카페와 콘셉트 스토어를 쉽게 찾아볼 수 있다. 또한 세련되고 독특한 제품을 암스테르담의 그 어느 곳보다 가장 먼저 만나볼 수 있는 곳이기도 하다. 날씨가 좋은 날에는 운하를 마주한 브라운카페 테라스에 앉아 햇볕을 온몸으로 느끼며 느긋하게 커피나 맥주 한잔을 즐길 수 있는 요르단은 암스테르담 사람들이 가장 사랑하는 동네로 꼽힌다. 지금은 이렇게 생기로 가득 넘치는 곳이지만, 요르단은 원래 가난한 이민자들이 모여 살던 암

스테르담의 게토Ghetto[4]였다.

17세기 유럽이 종교 전쟁으로 홍역을 치를 때, 네덜란드는 유럽 국가들 중 유일하게 종교의 자유를 찾아 고국을 떠난 이민자들을 받아들인 나라였다. 프랑스의 위그노, 스페인과 포르투갈의 유태인 등은 생명의 위협을 피해 네덜란드의 암스테르담에 정착했는데, 골든 에이지 시절 무역과 상업으로 번성하던 암스테르담은 유럽에서도 손꼽히는 부자 도시였다. 그러다 보니 다른 도시에 비해 일거리가 많아 굶주림에 고향을 떠난 가난한 이민자들도 새로운 삶을 꿈꾸며 암스테르담으로 향했다. 이렇게 다양한 국적과 종교, 가치관을 가진 이민자들이 암스테르담에서 가장 처음으로 정착한 곳이 바로 이 요르단이었다. 그 때문에 요르단은 암스테르담의 그 어느 곳보다도 역동적이고 독특한 분위기를 갖게 되었다.

하지만 인프라가 준비되지 않은 상태에서 갑자기 많은 이민자들이 몰려들다 보니 거주 환경은 이루 말할 수 없이 열악했다. 당시 요르단의 집을 재현한 곳을 보면 어떻게 사람이 그 안에서 살 수 있을까 하는 생각이 들 정도로 끔찍하다. 두세 평 정도 될 듯한 갑갑한 공간에서 무려 6명의 가족이 생활을 했다고 한다. 무역과 사업으로 어마어마하게 돈을 번 암스테르담의 부유한 상인 계층과 시민들은 아름다운 운하를 마주하고 있는 캐널 하우스의 넓은 지상층에서 햇빛과 맑은 공기를 마음껏 누리며 살았고, 이민자들은 6명의 가족이 숨만 겨우 쉴 수 있을 정도로 비좁은 집의 지하에서 비참한 삶을 살았다. 이들이 살던 좁은 집에서 나온 온갖 오물과 쓰레기는 암스테르담의 운하에 그대로 버려져 무시무시한 전염병이 창궐하는 등 심각한 사회 문제가 되었다. 이를 보다 못한 암스테르담의 시민들은 자발적으로 뜻을 모아 요르단의 주거 환경 개선을 위해 소셜 하우징을 제안하고, 시에서 이 제안을 받아들이면서 요르단에 살던 많은 사람들은 다른 지역으로 이주하게 된다. 그래도 여전히 본래 요르단 출신의 사람들은 이곳에 머물면서 요르단의 과거와 현재를 연결하는 다리가 되고 있다.

주류 사회에서 비껴나간 이민자들이 많이 거주했던 탓일까. 요르단에서는 암스테르담의 어느 동네보다 더 급진적이고 혁명적인 사건들이 많이 발생했다. 그중의 하나가 노르데르케르크Noorderkerk

4 유럽에서 유대인들을 강제로 격리시킨 유대인 거주지역에서 비롯된 말로, 주로 특정 인종이나 종족, 종교의 사람들을 외부와 격리시켜 살도록 한 거주지역을 말한다. 20세기 이후에는 소수민족들이 모여 사는 도시의 특정 지역을 지칭하기도 하며, 종종 슬럼(Slum)과 같은 의미로도 사용된다.

앞에서 열린 반나치Anti-Nazi 시위다. 1600년대 요르단에 거주하던 가난한 사람들을 위해 지어진 교회 노르데르케르크는 네덜란드의 현대사에서 빠지지 않는 중요한 장소다. 2차 세계대전 중 유럽에서 많은 유태인 인구가 거주했던 네덜란드는 나치의 광기를 가장 극심하게 경험했던 나라 중 하나였다. 『안네의 일기』로 유명한 안네 프랑크Anne Frank의 가족도 바로 이 요르단 인근에 거주했다. 네덜란드를 점령한 나치가 눈에 불을 켜고, 암스테르담의 유태인들을 색출해가던 1941년 2월의 어느 날, 암스테르담의 커뮤니스트 멤버들은 노르데르케르크에서 나치에 대항해 목숨을 걸고 시위를 벌인다. 유럽에서 전무후무한 반나치 시위를 일으켰던 그들의 저항은 잔인하게 진압당했지만, 인류애를 위해 싸웠던 그들의 고귀한 용기는 노르데르케르크 앞의 동상으로 기록되어 여전히 사람들의 기억 속에 남아있다.

한동안 사람들의 기억 속으로 사라졌던 요르단은 1970년대 또 한 번 유럽의 역사에 재등장한다. 당시 암스테르담시 정부는 도시 계획의 일환으로 요르단에 있는 오래된 건물들을 모두 헐어버리고 새로 지으려는 계획을 발표했다. 오랫동안 이곳에 살던 요르단 사람들에게 이곳은 단순한 거주 지역 이상의 의미를 가지고 있었다. 이곳에 첫발을 디딘 조상의 역사이자, 또 자신의 삶이었던 것이다. 또한 요르단 지역이 재개발되면 다시 이곳에 돌아올 수 없을 것이라는 생각에 이들은 요르단 철거 계획에 필사적으로 저항했다.

생각지 못했던 사람들의 격렬한 반대에 당황한 경찰은 더 강경한 방법으로 이들의 시위를 진압하기 시작한다. 그 과정에서 의도치 않게 무력 충돌이 발생하고 시위에 참가한 민간인이 사망하는 일까지 생기자 요르단 문제는 네덜란드 사회 전체에 큰 이슈가 된다. 이로 인해 요르단 문제에 무관심했던 사람들도 점점 관심을 갖게 되었고, 그들까지 요르단 사람들의 저항에 동조하는 상황이 벌어진다. 시민들의 압력으로 결국 시 정부는 요르단 철거 계획을 원점에서 검토하고, 전면 중단하기로 결정한다. 덕분에 요르단의 많은 옛 건물들은 무자비하게 헐리지 않고 원래의 모습을 지킬 수 있게 되었다. 또한 요르단 지역의 사회 운동 이후, 암스테르담시 정부는 무분별한 도시 개발 계획을 재검토하고, 도시의 옛 건물들을 지키려는 움직임도 확산된다. 이후, 요르단의 고유한 역사와 건물, 상대적으로 저렴한 집값 때문에 많은 예술가들이 하나둘씩 이곳에 정착하기 시작했고 암스테르담의 여피들까지 이곳에 몰려들면서 지금의 독특하고 개성 넘치는 요르단의 이미지가 형성되었다.

시간이 지나면서 요르단에 살던 사람들은 암스테르담 외곽으로 이주하거나 또 실버 하우스로 옮겨, 이제는 원래 요르단에 살던 사람들을 이곳에서 쉽게 만나볼 수는 없다. 하지만 가끔 요르단 골목에 있는 브라운카페에서 혼자 술잔을 기울이거나, 마치 우리의 트로트 선율처럼 구성진 요르단 특유의 노래를 부르는 머리가 희끗희끗한 노인분들을 만나게 될지도 모른다. 비록 지금은 다른 곳에 살아도 그들에게 요르단은 마음속의 영원한 고향으로 남아있는 것이다.

우리에게도 이렇게 요르단처럼 추억과 역사가 담긴 길과 장소들이 참 많았을 것이다. 이런 과거의 공간들이 개발이라는 이름 아래 포크레인으로 밀리면서, 그곳에 살던 사람들의 이야기와 삶도 함께 무너지고 사라져버렸다. 그렇기에 요르단을 지켰던 사람들과 이들을 지지했던 암스테르담의 시민들에게 큰 고마움을 느끼게 된다. 지금도 여전히 요르단에 옹기종기 모여있는 좁고 긴 집들, 조그만 문을 열고 들어가면 볼 수 있는 아기자기한 안뜰과 정원을 어슬렁거리는 귀여운 고양이들은 이들이 아니었다면 우리가 결코 경험할 수 없었을 요르단의 매력이기 때문이다.

SECTION ③

네덜란드의 기업관

5 착한 기업이 성공하는 나라

'사람이 너무 착하기만 하면 손해 본다', '법대로만 살면 손해다'. 어디선가 많이 들어본 말들인 것 같다. 참 이상하지 않은가. 착하게 살면 하늘이 감동해서 복을 내리고 더 좋은 일이 생겨야 하는데 왜 손해를 보는 것일까. 하지만 다른 한편으로는 일리가 있는 말이기도 하다. 사회의 시스템이 비합리적일수록 다른 사람의 처지는 아랑곳하지 않은 이기적인 사람들이 더 많아진다. 이런 사람이 많아질수록 법대로 살거나 남을 배려하고 정도를 지키며 사는 사람들은 오히려 더 피해를 입게 된다. 이렇게 악순환이 반복되면 사회에 대한 사람들의 불신은 더 커지고, 불합리한 사회 시스템이 고착화될 수밖에 없다.

얼마 안 되는 돈을 아끼려고 사람들의 생명을 앗아갈 수 있는 고약한 원료를 사용하고, 회사에서 일하는 노동자를 학대하거나 정당한 대가를 지불하지 않는 기업들을 지금까지 참 많이 봐왔다. 자신의 지위를 남용하여 사람들을 우롱하는 정치가와 기업인들이 온갖 악행에도 불구하고 보란 듯이 너무나 잘사는 모습을 많이 본 탓일까. 나 또한 착하게 살면 결국에는 나만 손해라는 생각을 은연중에 했던 것 같다. 그런데 네덜란드에 온 후 그러한 생각을 다시 돌아보게 됐다. 이곳에 있으면서 직간접적으로 사회적 기업들을 많이 만났다. 사회적 기업은 기업 본연의 목적인 이윤을 추구하면서도 환경 보호나 사회적 취약 계층의 고용 등 사회적 순기능을 극대화하는 기업을 의미한다. 단순히 기업의 일시적인 기부나 사회 환원을 넘어 사회 구성원 모두의 이익을 가장 최우선으로 두는 이들의 행보는 전 세계적으로 관심을 모으고 있다.

올해 스물여섯 살인 동갑내기 공동 창업자 야스퍼Jasper와 멜빈Melvin을 만난 곳은 우리에게는 헤이그 특사로 잘 알려진 네덜란드의 도시 덴 하흐Den Haag였다. 고등학교 동창이었던 두 사람은 로테르담에 있는 에라스무스 대학교에서 경영학 석사 과정을 준비하고 있었다. 어느 날 네팔에 대한 TV 다큐멘터리를 보던 두 사람은 네팔 사람들이 비누를 사용하지 않고 '사핀두스 무코로Sapindus mukorossi[5]'라는 나무의 씨를 사용해 빨래를 하는 장면을 보고 새로운 세계를 발견하게 된다. 평소 환경 문제에 관심이

많았던 두 사람은 사핀두스 무코로씨를 이용해 환경을 오염시키지 않는 세탁 제품을 만드는 아이디어를 생각했다. 새로운 사업 아이디어를 바로 실현하고 싶은 생각에 두 사람은 대학원 입학을 연기하고 곧바로 네팔행 비행기 표를 끊는다. 대학원에 다니기 위해 신청한 학자금 대출은 고스란히 초기 사업 자금이 되었다. 네팔에 도착한 두 사람은 사핀두스 무코로를 기르는 농장을 직접 찾아가 농장을 꼼꼼히 살펴본 후 그곳의 농부들이 일한 만큼 정당한 대가를 받을 수 있는 계약 조건을 제시했다. 네팔에서 가져온 사핀두스 무코로씨를 가공해 세제로 만드는 작업은 시자 재단Stichting Siza[6]에 소속된 장애인들이 맡도록 했다. 일반적인 고용 환경에서 소외된 사람들에게 일거리를 제공함으로써 사회에 기여하려는 취지였다. 네덜란드에서는 이렇게 많은 기업들이 직간접적으로 사회적 약자를 고용하

5 낙엽활엽교목 중 하나로, 이 나무를 심으면 자식에게 화가 미치지 않는다고 하여 '무환자(無患者)나무'라고도 불린다. 이 나무의 열매껍질과 줄기, 가지의 속껍질에는 사포닌이라는 일종의 표면 활성제를 함유하고 있어, 인도와 네팔 지역에서는 우리나라의 잿물처럼 사용하기도 했다.

6 네덜란드 아른헴(Arnhem) 지역의 장애인 지원 단체로, 신체적 혹은 정신적 장애가 있는 사람들에게 일거리를 찾아주는 등 장애인들이 새로운 삶을 살 수 있도록 지원하고 있다.

는 정책이 매우 활성화되어 있다.

셀 수도 없이 많은 시도 끝에 시장에 내놓을 만한 수준의 제품을 만들게 된 야스퍼와 멜빈은 2014년 친환경 세제 '제이피예Seepje'라는 브랜드를 출시했다. 그들의 제품은 출시와 함께 네덜란드 시장에서 폭발적인 관심을 얻으며, 네덜란드 최대의 슈퍼마켓 체인 중 하나인 알버트 하인까지 진출했다. 한국도 마찬가지지만 네덜란드에서도 출시한 지 2년이 갓 넘은 신규 브랜드가 알버트 하인과 같은 유통 채널을 뚫는 것은 결코 쉬운 일이 아니다.

제이피예는 시장에 성공적으로 안착하면서 외부 투자도 받고 사업 구조도 더 탄탄해졌다. 3년 동안 제이피예를 성공적으로 키워온 야스퍼와 멜빈에게 앞으로의 계획을 물어봤다. 젊은 사업가이니 앞으로 브랜드를 더 키워 해외 시장에도 진출하겠다는 말을 할 줄 알았는데, 이들에게 가장 중요한 목표는 제이피예와 함께 일하는 네팔의 노동자들이 더 많은 돈을 버는 것이란다. 그리고 제이피예 제품이 많이 판매되면 좋겠지만, 그보다도 친환경 방식의 세탁에 더 많은 사람들이 관심을 가졌으면 좋겠다고 한다. 그게 바로 이들이 장기적으로 제이피예를 통해 이루고 싶은 목표라며 말이다.

사업의 목표를 최대 이윤 추구라는 관점에서 본다면, 이 들의 생각은 일반 기업들의 생각과는 참 다르다. 그런데 신기한 것은 이들이 이윤을 가장 큰 목표로 삼고 있지 않는데도 네덜란드

시장에서 비약적인 성장을 이루고 있고 앞으로도 사업성이 좋을 것이라는 데 있다. 현재 제이피예는 네덜란드 시장에 이미 성공적으로 자리를 잡았고, 이웃 나라인 벨기에와 독일에도 진출했다. 야스퍼와 멜빈의 바람처럼 친환경 세제를 사용하는 소비자나 이 제품을 만드는 네팔 노동자들 모두가 만족하게 될 날도 그리 멀지 않아 보인다.

선한 의도로 사업을 해서 성공한 것은 제이피예뿐만이 아니다. 네덜란드를 찾는 사람들의 인기 선물 리스트 중 하나인 초콜릿 브랜드 '토니즈 초코론리Tony's Chocolonely'도 착한 사업으로 대성공을 거둔 네덜란드 기업이다. 토니즈 초코론리의 창업자인 토니 판 드 쿠켄Tony van de Keuken은 원래 탐사 전문 기자였다. 토니는 카카오 농장에서 일어나는 노동자 착취에 대한 고발성 프로그램을 준비하며 농장을 취재하다가 노예처럼 일하는 노동자들, 특히 어린이 노동자의 모습을 보고 큰 충격을 받는다. 슈퍼마켓에 산더미처럼 쌓인 달콤한 초콜릿에는 아프리카 농장에서 노예처럼 일하는 어린아이들의 땀과 눈물이 담겨있던 것이다. 이런 현실을 보고만 있을 수 없다는 생각에 토니는 노동자들에게 정당한 임금을 주고 아동 노동자를 고용하지 않는 카카오 농장을 찾았고, 마침내 100% 노예 노동이 없는100% Slave-free 초콜릿 브랜드 토니즈 초코론리를 출시한다. 출시 10년 만에 토니즈 초코론리는 네덜란드 초코바 시장에서 12%의 점유율을 차지하는 등 성장을 거듭하고 있다. 토니즈 초코론리는 이제 네덜란드를 대표하는 국영 항공사 KLM의 기내 면세품으로도 입점하면서 전 세계 소비자들을 만나고 있다.

해양 오염의 주범 중 하나인 일회용 플라스틱 생수병의 사용을 줄이려는 의도에서 시작된 네덜란드의 물병 브랜드 '도퍼Dopper'도 대표적 사회적 기업 중 하나다. 도퍼는 친환경적 기업 철학과 와인잔을 연상시키는 독특한 디자인으로 네덜란드는 물론, 다른 유럽 국가와 미국, 아시아 시장까지 진출하며 스타트업 사회적 기업이 아니라 명실상부 글로벌 기업으로 성장했다.

좋은 의도에서 시작된 착한 브랜드, 그리고 이러한 브랜드들이 사회적으로 긍정적인 영향을 끼친다는 사실은 누구나 공감할 것이다. 그러나 창업자의 착한 의도 하나만으로 사업이 성공할 수는 없다. 이들 기업의 철학과 신념에 공감하고 이를 지지하는 소비자가 있어야 가능하다. 네덜란드 사회적 기업들의 성공은 이들 기업의 취지에 공감하고 이들을 지지하는 일반 소비자들 또한 많다는 것을 의미한다. 실제 네덜란드에서 사회적 기업은 기존 기업

보다 더 많은 성과를 내고 있고 고용 창출에도 이바지하며 네덜란드 경제에 활력을 불어넣고 있다. 착한 일을 하는데 이윤도 많이 나니 이보다 더 좋은 것이 또 있을까 싶다.

제이피예, 토니즈 초코론리와 같은 사회적 기업의 제품을 판매하는 것으로 유명한 슈퍼마켓 브랜드 '마르크트Markt'는 네덜란드 대도시 곳곳에 체인이 있는 사회적 기업 중 하나다. 우연히 이 회사의 홈페이지를 들어가봤는데, 거기서 본 한 문구가 가슴에 깊이 꽂혔다.

'우리는 모두에게 이로운 착한 쇼핑을 할 수 있다고 생각합니다. 이는 여러분이 정말 중요한 것을 고를 수 있을 때 가능합니다. 농부들은 스스로 자랑스러워할 만한 농산품을 재배할 수 있고, 환경에 도움이 되고, 우리가 먹는 동물들에게도 예의를 갖추는 것이지요. 하지만 저희 혼자 힘으로는 안됩니다. 여러분이 필요합니다. 우리가 함께 힘을 합쳐야 올바른 선택을 할 수 있습니다. 매일 좋은 물건에 정당한 비용을 지불하면서 말입니다. 저희와 함께하시겠어요?'

이 얼마나 아름다운 비즈니스 철학인가. 기업들의 기술력과 마케팅 능력이 비슷해지면서 이제 소비자들에게는 기업의 진실성이 가장 중요해졌다. 이제는 상품을 잘 만들고 스토리를 잘 풀어내고 그럴싸한 마케팅을 하는 기업보다, 그 기업이 어떤 기업인지에 대해 더 관심을 갖는다. 기업을 사람으로 바꾸어 생각해

봐도 똑같다. 상대를 속이고 이용하려고만 하는 이기적인 사람은 결국 외면받을 수밖에 없다.

기업과 브랜드에 대한 모든 정보가 투명하게 공유되는 현 사회에서 소비자를 우롱하는 기업은 언제고 들통이 나기 마련이다. 사람들은 정직하지 못한 기업의 민낯에 실망하고 등을 돌리게 될 것이다. 그렇게 무너진 신뢰를 회복하는 데는 그동안 들였던 노력보다 더 많은 정성과 시간이 필요하다. 특히 소비자의 의식이 높아질수록 나쁜 기업에게는 소비자들이 지갑을 열지 않을 것이다. 어쩌면 이제 나쁜 기업들은 단기적인 이윤 감소가 아니라 기업의 생존을 걱정해야 할 때가 얼마 남지 않은 것 같기도 하다. 착하게 사업을 하는 것이 더 이상 손해 보는 것이 아님을 네덜란드의 많은 기업들이 보여주고 있다.

물론이죠, 여기는 네덜란드입니다

사회적 기업은 사회 취약 계층에 일자리를 제공하는 등 사회의 이슈에 대응해 공익적 목적을 추구하면서 이윤까지 만들어내는 기업을 말한다. 현재 네덜란드에는 5천여 개의 사회적 기업이 활발하게 활동하고 있는 것으로 추산된다. 사회적 기업에 고용된 인력만 해도 약 7만 명에 이른다. 사회적 기업이 활성화되면서 젊은 층의 일자리 창출에도 기여하고 있는 것이다.

TONY

SECTION ③

네덜란드의 기업관

6 네덜란드의 대기업들

보통 6개월에 한 번씩은 개인적인 일이나 출장이 생겨 한국을 방문하게 된다. 이상하게도 한국에 갈 시간이 다가오면 한국 생각이 더욱 간절해지곤 한다. 짭조름한 젓갈과 매운 고춧가루가 듬뿍 들어간 어머니의 김치가 한없이 그리워지고, 가족과 친구들, 한국에서 길렀던 고양이도 너무나 보고 싶어진다. 한국행 비행기를 타고 인천 공항에 도착해 차를 타고 집으로 향할 때면 창밖으로 보이는 거리를 눈에 담듯 찬찬히 훑어본다. 그 사이에 새로운 건물 하나가, 못 보던 아파트 하나가 또 들어섰다. 예전에 살았던 서울의 이태원이나 직장이 있던 을지로는 내가 알던 그곳이 맞나 싶을 정도로 이전과는 너무 다르다. 한국에서는 강산이 10년이 아니라 이제는 6개월마다 바뀌는 듯하다.

오랜만에 한국에서 친구나 옛 동료를 만나면 그동안 쌓인 이야기들은 아무리 풀어도 쉽게 끝나지 않는다. 밥을 먹고 수다를 이어가기 위해 레스토랑을 나선다. 해외 브랜드 커피 체인부터 한국 브랜드 커피 체인까지 골목마다 카페가 있어 대체 어디로 가야 할지 결정 장애가 온다. 이렇게 카페가 많은데 신기하게도 카페마다 사람들이 빼곡하다. 이러니 회사를 그만두고 카페를 하고 싶다는 사람들이 많을 수밖에 없겠다 싶다. 눈에 들어오는 카페 간판을 하나씩 찬찬히 살펴본다. 초록색의 그리스 신화에 나온 사이렌 여신이 있는 로고, 미국 샌프란시스코의 디자인 업체가 담당했다는 우아한 서체의 로고가 보인다. 그 옆에는 많은 여성들의 로망인 샤넬과 사르코지 전 프랑스 대통령의 부인의 성을 섞어놓은 듯한 브랜드, 에스프레소의 고향 이탈리아에서 왔다는 커피 브랜드까지 참 다양하다. 매장의 콘셉트와 브랜드 스토리, 음료의 종류는 조금씩 달라도 참 신기하게 마치 미리 짠 듯 음료 가격의 앞자리와 뒷자리 숫자가 같다. 게다가 거대 기업이 운영하는 프랜차이즈라는 점도 똑같다.

가급적이면 이미 돈을 벌 만큼 많이 번 재벌이나 프랜차이즈 카페보다 작은 카페의 매상을 올려주고 싶은데 그런 카페를 찾기가 여간 쉽지 않다. 영세한 사업자들은 임대료가 비싼, 목 좋은 곳에 가게를 구할 수 없기 때문이다. 이들이 운영하는 작고

소박한 카페는 대부분 도심에서 떨어진 곳에 덩그러니 자리하고 있다. 갑자기 이 지역이 소위 뜨는 지역이 되면, 카페 주인은 또 짐 쌀 채비를 해야 한다. 사람들의 발길과 함께 프랜차이즈의 눈길과 손길도 함께 따라오기 때문이다.

비단 카페 하나뿐일까. 아침에 일어나 사용하는 비누와 치약부터 출근할 때 타는 자동차, 점심을 먹는 곳, 쇼핑하러 가는 곳 등 우리의 일상에서 거대 기업의 제품과 서비스를 피해가기는 낙타가 바늘 구멍을 지나가는 것만큼이나 어렵다. 예전에 '메이드 인 차이나Made in China 없이 살아보기'라는 다큐멘터리가 화제가 된 적이 있는데, '한국에서 대기업 브랜드 없이 살아 보기'라는 프로그램을 제작한다면 '메이드 인 차이나 없이 살아보기'보다 더한 결론이 나지 않을까 싶다. 그래서 많은 젊은이들이 대기업에 들어가기 위해 기를 쓰고 앞만 보며 달리는 것인지도 모르겠다.

지금 살고 있는 동네 요르단에는 올해로 30년이 넘은 브라운카페가 있다. 30년이 넘는 세월 동안 이 동네에 사는 사람들은 대부분 바뀌었지만, 브라운카페의 인테리어나 간판, 심지어 주인도 그대로다. 다른 동네로 이사한 사람들도 이곳의 분위기를 잊지 못해 종종 다시 찾아와 옛날 동네 이웃들과 만나곤 한다. 이렇게 한곳에서 오래 장사를 하다 보니 자주 찾는 단골들이 많아, 이들을 위해 신년 초에는 감사 행사까지 진행한다. 요르단에서 여전한 건 이곳뿐만이 아니다. 종종 스테이크를 먹으러 가는 호텔도, 다리 하나를 건너면 있는 인테리어가 멋진 카페도 평균 15~20년간 이 지역의 역사를 지켜본 터줏대감들이다. 클래식한 느낌의 차와 커피를 파는 대로변의 가게들도 이곳에서 영업을 한 지 20년이 넘어간다.

암스테르담 요르단은 굳이 비교하자면 서울의 이태원 혹은 한남동과 같은 트렌디한 동네다. 원래는 게토였지만, 80~90년대를 거치면서 고소득층 여피들이 모여 사는 암스테르담의 매력 동네로 자리 잡았다. 대개 동네가 유명해지면 임대료가 폭등하면서 원래 이곳에 살던 사람들과 이곳에서 생계를 이어가던 사람들이 떠나는 경우가 흔하다. 이른바 젠트리피케이션Gentrification이 발생하게 되는 것이다. 젠트리피케이션은 도시의 분위기와 지형도까지 바꿔버리는 자본주의의 병폐로도 종종 언급된다. 하지만 이 요르단의 프린센흐라흐트와 같은 관광객이 몰려드는 곳을 제외하면, 여전히 주인장의 취향과 개성을 간직한 가게들이 가득하다. 서울이라면 진작에 거대 자본이 운영하는 프랜차이즈가 점령했을 테지만, 지금도 여전히 남아있는 작고 개성 있는 가게들이 요르단에 생기와 활력을 더해준다.

네덜란드에서 극단적인 젠트리피케이션이 발생하지 않는 것은 정부가 주도적으로 사회적 약자를 보호하는 방향으로 지역 개발을 추진하기 때문이다. 정부 기관과 소셜 하우징 관리 업체들이 보조를 맞추어, 원래 이곳에 살던 사람들이 개발 과정에서 소외되지 않도록 하고, 개발 호재를 이용해서 돈을 벌려는 기업들의 탐욕은 철저히 감시한다.

여기에 네덜란드 기업들의 경영 철학도 한몫을 한다. 네덜란드를 대표하는 다국적 기업으로 필립스Philips를 꼽을 수 있다. 굳이 비교하자면 한국의 삼성과도 같은 필립스는 우리에게는 박지성 선수가 활약했던 축구팀 PSV 아인트호벤의 스폰서로도 유명하다. 올해로 창립 126주년이 된 필립스는 전구를 생산하는 기업에서 출발해 우리의 삶을 바꾸는 다양한 혁신적인 제품을 선보였다. 회사의 첫 제품이었던 전구는 물론, 엑스레이, TV, 라디오, 트랜지스터, CD, 집적 회로, 광통신 시스템 등 다양한 혁신 기술을 개발했던 필립스는 90년대 대대적인 구조 조정 프로그램을 실시한다. 기업 구조를 단순화하고 비즈니스 영역을 축소하며 필립스의 핵심 비즈니스 영역에 집중하기로 한 것이다. 현재는 '의미 있는 혁신을 통해 삶의 질을 향상시킨다'는 신조로, 헬스케어, 조명, 소비자 라이프스타일 부분에서 혁신적인 제품을 선보이고 있다. 필립스 정도의 기업 규모라면 필립스의 기본 사업 영역을 넘어 새로운 분야에 진출해도 그동안 쌓은 기술력과 노하우, 네트워크를 통해 시장을 평정할 수 있었을 것이다. 하지만 한국에서 일반적으로 볼 수 있는 기업 경영 관행과는 반대로, 필립스는 오히려 IT 서비스와 같은 비사업 영역을 네덜란드의 다른 중소기업에 팔기까지 했다. 필립스가 기업의 핵심 역량과 비전에 관계없이 보험, 건설, 중공업, 요식 등의 부가 사업에 기웃거리며 문어발식 확장을 했다면, 유럽에서 가장 많은 특허를 내고 네덜란드 국민의 존경을 받는 필립스가 될 수 있었을까.

네덜란드에서 가장 큰 슈퍼마켓 체인인 알버트 하인 또한 마찬가지다. 알버트 하인은 네덜란드 전역에 약 959개의 매장이 있는 거대 유통 체인 중 하나다. 이곳에서 일을 하던 네 명의 젊은이 프레케Freke, 바트Bart, 미렐Merel, 셀마Selma는 슈퍼마켓에서 팔리지 않아 버려지는 엄청난 식재료들을 매일 보게 된다. 쓰레기통으로 가는 재료들이 큰 문제가 있는 것도 아니었다. 유통 기한이 임박했거나, 생김새 때문에 아무도 찾지 않아 버려지는 것이다. '아깝게 버려지는 식재료를 구할 방법은 없을까'를 고민하던 네 사람은 버려질 운명에 처한 식재료를 사용해 요리를 만드는 레스토랑을 생각해냈다. 이들의 아이디어는 알버트 하인의 내부에서 큰 호응을 얻었고, 알버트 하인이 이들의 계획을 적극적으로 후원하면서 본격적인 사업이 시작됐다.

2016년 암스테르담 베스트하스파브릭Westergasfabriek에서 이들의

아이디어로 탄생한 첫 팝업스토어가 큰 성공을 거두자, 자신감을 얻은 이들은 본격적으로 레스토랑 '인스톡INSTOCK'을 연다. 현재 인스톡은 암스테르담은 물론, 덴 하흐와 위트레흐트에도 분점을 열었다. 당연히 이들 레스토랑에 사용하는 식재료는 알버트 하인이 후원한다. 매일 아침 각 지역에 있는 알버트 하인에서 버려질 뻔한 식재료들을 받아서 인스톡 셰프들은 맛있고 의미가 가득 담긴 요리를 만들어낸다. 이 레스토랑을 찾은 고객들에게 맛은 물론 멋진 의미까지 선사하는 것이다. 거대 기업인 알버트 하인과 스타트업 레스토랑 인스톡의 파트너십은 거대 기업이 작은 기업과 공생하며, 어떻게 사회에 긍정적인 변화를 만들어낼 수 있는지를 보여준다.

네덜란드를 대표하는 기업인 필립스와 알버트 하인은 작은 기업이 하는 일을 탐내지 않고, 장기적이고 큰 시각으로 기업의 역할을 새롭게 정의하고 있다. 기업의 규모와 역량에 따라 대기업이 마땅히 해야 하는 일이 있고, 중소기업에 양보해야 하는 사업이 있다. 이제 우리의 기업들도 작은 기업들이 잘할 수 있는 사업에 기웃거리지 않고, 기업의 규모와 역량에 맞는 큰 그림을 그릴 때가 오지 않았나 싶다. 기업 대표와 주주의 이익에만 관심을 쏟는 것이 아닌, 기업과 관련이 있는 여러 이해관계자들을 넉넉하게 보듬어주는 기업의 여유 있고 따뜻한 모습을 보고 싶다.

SECTION ③

7

네덜란드의 사회관

네덜란드 사람들의 여행법

가끔 한국에서의 생활을 돌이켜보면, 일 년에 며칠 안 되는 휴가를 쪼개서 여기저기 여행을 참 많이 다녔던 것 같다. 나는 주로 인기 있는 여행지보다는 많이 알려지지 않은 여행지를 선호하는 탓에 여행을 갈 때마다 대체 거기는 왜 가냐는 말을 종종 듣곤 했다. 그때 다닌 여행은 업무와 사람에 치여 자신을 제대로 돌보지 못했던 나에게 주는 하나의 선물과도 같았다. 다른 사람의 방해 없이 온전히 혼자일 수 있는 시간이었기에 평소에는 쉽게 갈 수 없는 더 멀고 더 이국적인 곳을 찾아 헤매었는지도 모르겠다. 여행 중에 돈도 꽤 많이 썼다. 그동안 힘들었던 자신에게 하는 선물이니 좋은 호텔에서 맛있는 음식도 마음껏 먹고 또 향긋한 오일향의 마사지를 받는 호사도 누리며 그동안 받은 스트레스를 풀어보자는 심정이었던 것 같다. 사실 그렇게 쓴 돈은 별로 아깝지도 않았다. 면세점에서 한 쇼핑과 여행비가 한꺼번에 카드 청구서에 찍혀 올 때도, 후회가 되는 것은 별 필요 없이 산 쇼핑 목록들이었다. 이렇게 여행을 다니다 보니, 어느 순간 여행이 자랑거리가 되었다. 남들이 가보지 못한 곳을 간다는 자부심도 생겼고, 항공사 마일리지가 쌓이고 여권에 스탬프가 찍힌 페이지가 늘어날수록 뿌듯함이 더해갔다.

그러던 어느 날 2013년 겨울, 그 해 마지막 휴가로 스리랑카 여행을 갔을 때였다. 스리랑카 여행의 하이라이트였던 바위 위의 성 시기리야[Sigiriya]를 보고 캔디[Kandy]로 돌아와 저녁을 먹은 후 숙소로 돌아가는 길이었다. 계속 내린 비로 축축해져 미끄러운 바위 계단을 거의 기다시피 오르느라 긴장한 몸이 지칠 대로 지쳐서 그날은 평소 잘 타지 않는 현지 교통 수단인 툭툭[Tuktuk]을 탔다. 툭툭은 동남 아시아에서 흔히 볼 수 있는 일종의 삼륜 택시로, 현지인들뿐만 아니라 관광객들도 많이 이용한다. 툭툭의 뒷자리에 앉아 돌길을 구르는 바퀴 소리와 살랑살랑 얼굴을 어루만지는 저녁 바람을 느끼며 잠시 휴식을 취하던 찰나였다. 갑자기 툭툭 운전기사가 영어로 질문을 던진다.

"여행을 좋아하나요?"

"네, 그럼요. 그래서 지금 스리랑카에 있죠."

내 대답을 듣자마자 운전기사는 다시 또 물어본다.

"그럼, 지금까지 얼마나 많은 곳을 여행하셨나요?"

그의 질문을 듣고 한번 곰곰이 생각해보니 못해도 한 서른 곳은 여행을 다녀온 것 같았다.

"한 서른 곳쯤 여행을 가본 것 같아요."

"참 부럽네요. 저는 한 번도 제가 사는 동네를 벗어나 여행을 가본 적이 없어요."

운전기사는 담담하게 이야기했다.

그 순간, 여권에 찍힌 스리랑카 입국 스탬프를 보며, 스리랑카에서 여기저기 신기하고 독특한 곳들의 사진을 찍어 SNS에 올리며, 저렴하게 면세 쇼핑을 했다고 자랑하던 내가 얼마나 부끄러워졌는지 모른다. 이 사람들에게는 여행이 꿈이자 사치구나. 여행이 이들에게는 특권이 될 수 있다는 사실을 그때 깊이 깨달았다. 그리고 그동안 생각해보지 못했던 여행 기회의 불평등에 눈을 뜨는 계기가 되었다.

네덜란드 사람들도 여행을 참 좋아한다. 비행기, 기차, 캠핑카 등 다양한 이동 수단으로 여행을 잘 다니는 편이다. 한번은 차로 발칸 반도를 여행할 때, 한 캠핑장에 머문 적이 있는데 그곳에 있는 여행객들의 차가 약속이라도 한 듯 모두 네덜란드 자동차 번호판이어서 깜짝 놀란 적이 있었다.

스리랑카, 아르메니아Armenia, 조지아Georgia, 라트비아Latvia와 같

은 곳을 여행했을 때도 호스텔이나 식당 등 어디서건 네덜란드 사람들을 꼭 한 번 만나게 된다. 네덜란드에도 여러 볼거리가 많지만, 산이나 정글, 사막 등 네덜란드에 없는 것을 보고 싶기 때문이란다. 네덜란드 사람들도 본인들이 여행을 많이 다니는 것을 아는지 '네덜란드 사람들은 어디에나 있다'는 말을 농담 반 진담 반으로 한다. 이들이 이렇게 여행에 열광하는 것은 대항해 시대에 신항로 개척과 무역으로 부를 축적했던 조상들의 DNA를 물려받아서일 수도 있다. 사는 지역에 따라 다르지만, 새로운 곳에 대한 이야기를 할 때면 이들의 눈은 더 반짝인다. 휴가 계획을 세울 때도 얼마나 들떠있는지 모른다. 휴가를 어디로 갈 것인지부터 시작해서 휴가지에서 생긴 에피소드들까지 한번 여행 이야기를 꺼내면 끝이 없다.

네덜란드 사람들과 여행 이야기를 나누다 보면, 참 다양하게 여행을 즐긴다는 느낌을 받게 된다. 몇 년 전 갑자기 생긴 심장 질환으로 생사의 갈림길에 있었던 단Daan은 지난 겨울 홀로 네팔을 찾았다. 건강한 사람도 힘들 수 있는 네팔을 단이 의사에게 경고까지 들으면서도 간 이유는 자원봉사를 하기 위해서였다. 단은 부인과 이혼한 후 자원봉사에 매진하면서 해외 자원봉사활동도 자주 다녔었는데, 건강상의 이유로 봉사를 중단할 수 없었다고 한다. 여행과 자원봉사를 겸한 볼런투어Volun-tour는 단이 가장 좋아하는 여행 중 하나다. 여행이 특권이 되는 나라에 있다 보면 자신이 얼마나 많은 특권을 누리고 있는지 알게 되고 또 겸손해진다고 한다. 또한 이곳 사람들의 자족하는 모습을 보면서 더 많은 것을 얻으려 했던 자신의 삶을 다시 한번 돌아보며 마음을 다 잡게 된다는 것이다. 단에게 여행은 단순히 스트레스 해소를 위한 것이 아니라, 자아 성찰을 할 수 있는 기회이자 사회의 일원으로서 공동체에 기여하는 행위이다.

여행을 통해 사회적 기업에 대한 창업 아이디어를 얻는 경우도 봤다. 네덜란드와 벨기에의 디자인을 소개하는 암스테르담 패션위크에 취재차 방문했을 때였다. 현지에서 가장 인기 있는 캣워크Catwalk[7] 프로그램 중 하나인 '제로 웨이스트Zero Waste 컬렉션'이라는 쇼였다. 네덜란드 출신인 두 명의 신진 디자이너 야스미나 아즈빌로우Yasmina Ajbilou와 린 케이트 로스도르프Lynn Kate Rosdorff의

---

7 패션쇼에서 모델이 걷는 무대를 말한다.

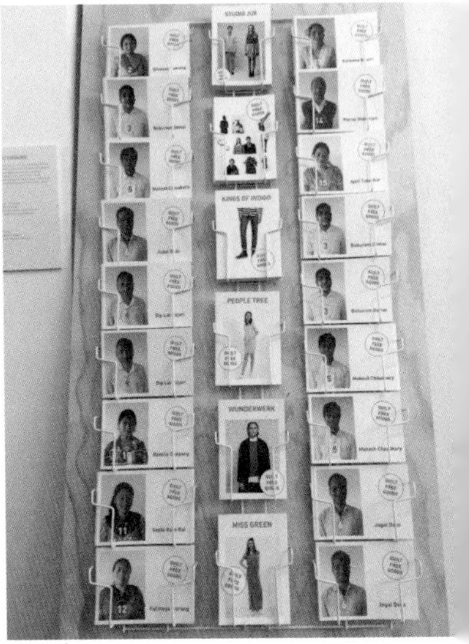

공동 작업으로 선보인 제로 웨이스트 컬렉션은 글자 그대로 자투리 옷감이나 이미 사용했던 옷감으로 만든 의상들로 꾸며졌다. 두 디자이너는 옷감을 염색할 때도 합성 염료가 아닌, 음식물을 이용한 천연 방식을 택했다. 이런 획기적인 컬렉션 아이디어는 디자이너 린 케이트의 3년 전 인도 여행에서 시작됐다고 한다. 큰 프로젝트를 마치고 인도로 휴가를 떠난 린 케이트는 우연히 섬유 공장 지역을 방문하게 된다. 그곳에서 그녀는 사람들이 제대로 앉아 쉴 시간도 없이 노예처럼 일하는 모습을 보고 깊은 충격을 받아, 패션 디자이너로서 그들의 삶을 개선해야 한다는 책임감을 느꼈다. 제로 웨이스트 컬렉션은 그녀가 패션 디자이너로서 성취하고 싶은 목표 중 하나이다.

네덜란드 디자이너 이스케 룬드흐렌스Jistke Lundgrens가 런칭한 브랜드인 '스튜디오 육스Studio Jux'도 빼놓을 수 없다. 독일어로 '장난'을 의미하는 이름을 가진 스튜디오 육스는 '죄책감이 없는' 브랜드를 표방하고 있다. 패션 학도였던 이스케의 삶을 바꾼 것 또한 몇 년 전 다녀온 인도 여행이다. 골목에서 길을 잘못 들었던 그녀는 우연히 한 인도인 염색공을 보게 된다. 옷감을 염색하기 위해 보라색 물감에 담가져있던 그의 손은 물론이거니와 몸 전체가 보라색이었다고 한다. 싸구려 염료와 오랜 시간의 노동 때문에 몸 색깔도 보라색으로 바뀌어버린 것이다.

충격을 받은 그녀는 옷을 입는 사람도, 만드는 사람도 모두 행복할 수 있는 패션 브랜드를 선보일 계획을 세운다. 다시 네덜란드로 돌아온 그녀는 본인이 잠시 거주했던 네팔에서 노동자들에게 안전하고 안락한 작업 환경을 제공하는 농장을 수소문해서 찾았고, 그 농장에서 모두가 행복한 옷을 만들기 시작한다. 그녀가 디자인한 모든 옷들의 라벨에는 '핸드쉐이크Handshake'라는 단어가 적혀있다. 핸드쉐이크는 원래 '악수'의 뜻이지만, 스튜디오 육스 브랜드에서는 옷을 만든 노동자와 옷을 구매하는 소비자의 첫 만남을 의미한다. 스튜디오 육스의 모든 옷에 달려있는 핸드쉐이크 태그에는 네팔에서 이 옷을 만든 사람들의 이야기가 하나하나 담겨 있다. 그중에는 더 나은 삶을 찾아 시골에서 네팔의 수도 카트만두Kathmandu로 상경한 이도 있고, 이곳에서 열심히 돈을 모아 대학

에 가고 싶어하는 여학생도 있다. 모두 스튜디오 육스의 공장에서 일하며 하루하루 꿈을 키워가는 사람들의 실제 이야기다. 옷을 만드는 것부터 사는 것까지 그 누구도 소외되지 않고, 거대 패션 브랜드 대표의 배만 불려주는 것이 아니라, 모두가 행복하고 즐거운 패션 브랜드의 탄생은 이렇게 시작됐다.

지금도 수많은 패션 브랜드들은 엄청난 속도로 신제품을 쏟아내고 있고, 정신이 혼미해지는 화려한 마케팅으로 사람들을 유혹한다. 럭셔리 패션 하우스나 패스트 패션 브랜드 모두 하나같이 디자이너에게 더 많은 작업물을 내놓도록 강요한다. 이러한 과정에서 불필요할 정도로 많은 옷들이 만들어지고 또 버려져 환경 오염의 주범이 되고 있다. 패스트 패션의 경우는 이보다 부작용이 더 심각하다. 저렴한 가격으로 최대한 짧은 시간에 많은 옷을 생산해내야 하는 탓에 제3세계 노동자들은 비인간적인 대우를 받으며 쉼 없이 재봉틀을 돌려야 한다.

우리가 사는 옷들에는 옷이 만들어진 장소만 표시되어 있을 뿐 만든 사람이 누구인지는 전혀 알 수 없다. 이 중에는 인도와 방글라데시의 어린이도 있을 것이다. 당장이라도 화재가 나면 무너질 듯한 공장에서 눈물을 흘리며 재봉틀을 돌리고 단추를 달며 뜨개질을 하는 노동자가 있을 것이라는 생각도 든다.

여행에서 영감을 얻은 디자이너와 자원봉사 여행이 취미인 단을 보니, 이들에게 여행은 단순히 여행이 아니었다. 자신들이 속한 작은 사회와 국가를 넘어 글로벌 시민으로서 자신의 역할과 책임을 인식하고, 더 나은 세상을 위해 각자의 영역에서 무엇을 더 할 수 있을지를 고민하는 것이다. 여행은 전 세계 인구 중 극소수만 할 수 있는 특권인 만큼, 여행자 혼자만이 아닌 여행을 통해 만나고 교류하는 사람들 모두가 함께 행복해지는 여행이 늘어난다면, 우리가 사는 세상도 더 풍요로워지지 않을까.

물론이죠,
여기는
네덜란드입니다

'전 세계 어디에 가도 네덜란드 사람들을 볼 수 있다'는 말처럼 네덜란드 사람들의 여행 사랑은 유별나다. 이들이 이렇게 여행에 열중하는 데는 여러 이유가 있다. 나라가 작기 때문에 차로 200km만 달려도 네덜란드 국경을 넘게 되니 다른 나라로의 여행이 상대적으로 쉽고, 비자가 없어도 전 세계 155개국을 자유롭게 출입할 수 있는 네덜란드 여권의 힘도 무시할 수 없다.

DANN

SECTION ③

네덜란드의 사회관

8 네덜란드의 인종 차별

한국을 떠나 다른 나라에서 살면 항상 걱정되는 것 중 하나가 인종 차별이다. 가끔 네덜란드에서 인종 차별은 없는지에 대한 질문을 받는다. 아무래도 다른 나라에서 피부색이 다른 이방인이 사는 것에 대한 호기심이 아닐까 싶다. 네덜란드에는 인종 차별이 없다고 대답하고 싶은데, 솔직하게 말하면 여기도 인종 차별이 있다. 그런데 내가 네덜란드에서 태어난 것이 아니지 않는가. 모국에서도 성별, 학벌, 사는 지역에 따라 어느 정도의 차별이 있는데, 내 나라가 아닌 곳에서 불편하고 서글픈 순간이 없을 수가 없다. 한국에서 왔다고 하면 하나같이 제일 먼저 '북한인지 남한인지'를 묻고, 대한민국에서 왔다고 하면 '북한이 아니어서 다행이네'라는 농담 반 진담 반 하는 말을 들을 때는 가끔 기분이 나쁘기도 하다. 워낙 네덜란드 사람들이 블랙 유머를 잘 구사해서 농담인 것은 알고 있지만 말이다. 네덜란드 사람들에게 아시아라고 하면 옛날 네덜란드의 식민지였던 인도네시아, 중국, 일본 정도를 가장 먼저 떠올리는 터라, 한국이 동남아시아 어딘가에 있는 나라로 아는 사람도 많다. 하지만 이는 한국을 무시해서라기보다는 사실 무지의 소산이다.

네덜란드에 있는 한국인은 2,000명 남짓한데, 대부분 유학생이거나 주재원 혹은 이곳에서 현지 취업을 하거나 배우자 혹은 파트너와 함께 네덜란드에 정착한 사람들이다. 프랑스나 독일, 영국과 같은 다른 유럽 나라들에 비해 수적으로 많지는 않다. 또 네덜란드에 있는 한국인들이 사회에서 큰 물의를 일으키지 않기 때문에 네덜란드 사람들의 한국인에 대한 인식도 호의적이다. 더욱이 한국인 특유의 성실성과 책임감은 이곳 사람들도 혀를 내두를 정도다.

지난해 네덜란드의 출입국이민청인 IND[Immigratie- en Naturalisatiedienst]에서 비자를 받을 때의 일이다. IND는 네덜란드로의 이민과 귀화를 담당하는 정부 기관으로, 네덜란드 정착을 위한 첫 관문과도 같은 곳이다. 이상하게 어느 나라건 대사관이나 이민청을 갈 때면 나쁜 짓을 한 것도 아닌데 살짝 주눅이 들곤 한다. 내가 이 나라에 있을 수 있는지가 전적으로 이들의 결정에 달렸기 때문이다. 예전에 프랑스 유학 시절, 체류증 하나를 받기 위해 추운 겨울날 건물 밖에서 몇 시간을 대기했던 기억도 있다. 추위에 덜덜 떨다가 안에 들어가도 잠재적인 불법체류자 취급을 당하는 것 같아 솔직히 불쾌했던 적이 한두 번이 아니었다. 네덜란드도 특별히 다를 게 없겠거니 하고 전혀 기대하지 않고 갔는데, 네덜란드 IND는 정말 많은 부분이 달랐다. IND 미팅은 사전에 담당자와 방문 약속을 잡아야 하기 때문에 프랑스처럼 무작정 가서 기다릴 필요도 없었다. 혹시나 약속 시간에 늦을까 싶어 서두르다 보니, 미팅 장소에 30분이나 일찍 도착했다. 근처 카페에서 기다릴 생각으로 리셉션 직원에게 방문 시간을 다시 한 번 확인하고 근처에 카페가 있는지 물어보니, 안에 커피를 마실 수 있는 공간이 있으니 그곳에서 기다리라고 한다. 커피는 물론 무료인데, 중간에 설탕이 떨어졌다고 하니 직원용 탕비실에서 직접 설탕을 넣어 커피를 배달해주기까지 했다. 드디어 약속 시간이 되어 다시 리셉션에서 예약 번호를 확인하고 잠시 대기한 후 차례가 되니 은행 창구처럼 독립된 창구로 안내를 받았다. 준비한 서류를 받은 담당자가 나를 극존칭으로 부르며 악수를 권하고 친절하게 환영 인사를 건넨다. 가끔 본인도 모르게 네덜란드어로 설명을 하다가 다시 영어로 하면서 미안하다는 말까지 놓치지 않는다. 준비한 서류를 꼼꼼하게 확인하고, 중간중간 궁금한 것은 언제든지 물어볼 수 있어 상담 시간만 한 시간 정도 걸린 것 같다. 정식 등록을 위한 사진과 지문을 남기는 공간으로 이동할 때도 직원들이 정말 친절해서 존중받는 느낌이 절로 들었다. 이민국이 아니라 은행의 VIP 데스크나 병원에서 상담받는 기분이라고 할까.

그동안 내가 알았던 공공 서비스와는 확연히 달라 원래 IND 직원들이 이렇게 친절하냐고 물어보니, IND 모토가 '친절과 존중(Be friendly, be respectful)'이라면서 이곳에 오는 사람들이 불편함과 부당한 대우를 받지 않도록 모든 직원이 지속적으로 교육을 받는단다. 네덜란드에 발을 내딛는 외국인이 처음으로 네덜란드의 공공 서비스를 접할 수 있는 곳이 바로 IND인데, 이렇게 한 사람 한 사람을 정성으로 대한다면 네덜란드에 대한 인식이 좋을 수밖에 없겠구나 싶었다. 나 역시 이때 네덜란드에 대한 호감이 훨씬 더 커졌다. 이후 정식 비자를 받으러 암스테르담 IND에 갔을 때도 놀라움은 이어졌다. 담당 직원이 나를 자신의 마지막 클라이언트라고 부르는가 하면, 비자를 건네줄 때도 '네덜란드에서 즐거운 시간 보내세요(Enjoy your stay in the Netherlands)'라고 상냥한 작별 인사를 해서 IND 직원이 아니라 흡사 여행사 직원 같았다.

사람들마다 국가에 대한 경험이 다르니, IND에서의 내 경험이 일반화될 수는 없을 것이다. 하지만 다른 유럽 국가 비교해 볼 때, 네덜란드의 인종 차별은 그리 심하지 않다. 네덜란드는 골든 에이지 시절 개척한 신항로를 통해 후추와 같은 값비싼 향신료와 커피 등을 유럽에 팔며 막대한 부를 축적한 나라이다. 지금의 다국적 기업처럼 전 세계 사람들을 대상으로 장사를 했던 민족의 후예여서인지 네덜란드 사람들은 상업에 능하다. 사업을 해본 사람은 알겠지만, 고객이 어떤 사람이건 비위를 잘 맞추는 것이 중요하다. 자신과 종교와 문화가 다르다고 해서 먼저 선을 긋고 거리를 둔다면 비즈니스는 절대 이루어질 수 없다. 이런 역사적 배경 덕분에 네덜란드 사람들은 다른 유럽 사람들에 비해 유연하고 다른 문화에 대한 관심과 이해도가 높은 편이다.

물론, 이러한 성향은 네덜란드 지역별로 조금 다르게 나타난다. 예전부터 무역이 활발했던 홀란드 지역의 사람들은 다른 지역에 비해 훨씬 더 개방적이다. 반면에 벨기에 등 서유럽과 가까운 네덜란드 남부 지역 사람들은 북쪽보다는 조금 더 폐쇄적인 성향을 보인다. 특히 남부 지역은 네덜란드 이민자들에 대해 배타적인 보수 정당의 지지도가 높은 편이다. 하지만 이런 지역적인 차이에도 불구, 네덜란드에서 대놓고 인종 차별을 당하는 경우는 그렇게 많지 않다. 네덜란드에서 '인종 차별주의자'라는 말은 가장 모욕적인 말 중의 하나다. 성장 배경이나 사는 지역에 관계없이 인종 차별주의자는 교양이 없는 사람으로 인식되기 때문이다. 이들은 자칫 인종 차별로 비춰질 수 있는 작은 행동이나 말 한마디도 아주 조심스러워한다.

그렇다고 해서 네덜란드에서 인종 차별이 전혀 없는 것은 아니다. 매년 11월에는 네덜란드 아이들이 손꼽아 기다리는 명절인 신타클라스 데이Sinterklaas Day가 있다. 우리가 알고 있는 산타클로스와 비슷한 외모의 할아버지가 스페인 마드리드에서 배를 타고 아이들에게 선물을 주러 네덜란드로 온다. 많은 아이들에게 일일이 선물을 주는 것이 쉽지 않기에 약 600명의 조수들이 같이 오는데, 이들을 즈바르트 피트Zwarte Piet라고 한다. 즈바르트 피트는 굴뚝을 오가며 아이들이 걸어놓은 양말에 아이들의 이니셜 초콜릿과 생강맛이 나는 과자인 페퍼노튼Pepernoten을 넣어주는데 이들의 외모가 범상치 않다. 검은 얼굴에 붉은 입술, 곱슬 머리에 금속 귀걸이를 하고 모자를 쓴 피트의 모습은 언뜻 봐도 아프리카의 흑인이나 수리남 사람을 연상시킨다. 이는 네덜란드의 흑역사인 노예제도와 관련이 있다. 세계 최초의 거대한 국제 상사였던 네덜란드 동인도회사VOC는 저렴한 노동력 확보를 위해 노예 무역을 시작해 아프리카와 남미, 아시아의 많은 사람들을 노예로 만들었다. 노예제로 인해 남미의 수리남, 인도, 인도네시아인들이 고되고 힘든 일을 도맡아왔다.

보통 이 피트는 네덜란드인들이 얼굴에 검은 화장을 하고 연기를 하는데, 이상한 네덜란드어로 말을 하거나 말썽을 피우기도 한다. 즈바르트 피트는 유럽의 아프리카와 무슬림 인구 등 유색인종 노예화의 흔적이라는 설 때문에, 네덜란드의 이민자들에게

비판을 받기도 한다. 하지만 이에 대한 네덜란드 사람들의 입장은 단호하다. 즈바르트 피트는 네덜란드의 오랜 전통에 불과할 뿐, 이 안에 어떠한 인종 차별적인 의도가 없다는 것이다. 피트의 얼굴이 검은 이유는 선물을 주기 위해 굴뚝을 왔다 갔다 해서 얼굴에 재가 묻었기 때문이라고 설명한다. 하지만 신타클라스 데이가 되면 즈바르트 피트에 항의하는 시위가 종종 열려, 행사 전에 경찰을 배치하는 등 삼엄한 경비가 이루어진다. 네덜란드는 이러한 논쟁을 피하기 위해 다양한 인종의 즈바르트 피트 자원봉사자를 뽑는 등 특정 인종에 국한된 즈바르트 피트 이미지에서 벗어나려는 노력을 벌이고 있다. 기업들도 광고 등 프로모션에서 즈바르트 피트를 제외하거나 즈바르트 피트의 피부색을 금색으로 바꾸는 등 즈바르트 피터 논쟁 해소에 적극 나서고 있다.

인종 차별과 관련된 또 다른 이슈는 네덜란드뿐 아니라 서유럽 전체에서 논란이 되고 있는 모로코 이민자들이다. 네덜란드로 건너온 모로코 이민 1세대는 대부분 60~70년대 네덜란드의 인력난 해소를 위해 초청된 게스트 노동자Guest worker들이다. 문제는 이들이 모로코의 대도시가 아니라 폐쇄적이고 보수적인 사고를 가진 산간 오지에서 올라온 사람들이라는 것이다. 상대적으로 보수적이고 폐쇄적인 이슬람권에서 온 이들이 당시 유럽에서 가장 자유롭고 진보적인 나라로 꼽히는 네덜란드에 처음 왔을 때 받았을 충격은 상상을 초월했을 것이다.

특히 모로코 이민자들은 대부분 남성들이었는데, 이들 대부분은 네덜란드 여성을 배우자로 맞을 수 없었다. 네덜란드의 여성은 이들이 성장한 곳의 문화와 가치관이 판이하게 달랐기 때문이다. 자연스럽게 이들은 본인의 고향에서 온 여성들과 결혼해 가정을 꾸렸고, 이들 사이에서 태어난 자녀들은 가정에서 모로코식 교육을 받으며 자란다. 모로코 가정은 일반 네덜란드 가정과 사고방식이 상당히 다르기 때문에, 모로코 가정의 아이들은 네덜란드 가정에서 자란 아이들과 쉽게 어울리기 힘들다. 이 때문에 모로코 아이들은 유사한 가정 환경에서 자란 모로코 아이들끼리 친하게 지내면서 어릴 때부터 집단 문화를 형성한다. 이들 모로코 이민자의 자녀들 중에는 네덜란드어를 제대로 발음하지 못하거나, 심지어 글을 못 읽는 경우도 상당하다. 이렇다 보니 이들은 네덜란드에서 제대로 된 일자리를 구하기가 어렵고, 고용 시장에서도 소외될 수밖에 없다. 네덜란드 통계청 조사에 따르면, 모로코 이민자 2세대의 실업률은 약 22%로 다른 이민자 집단에 비해서도 높다. 사회에 첫발을 내딛는 순간부터 다른 대우를 받으니, 이들 몇몇은 피해 의식으로 똘똘 뭉쳐 집단 범죄에 쉽게 가담하게 된다.[8]

네덜란드에서 무슬림 인구가 급증하면서 자유와 관용이라는 네덜란드의 기본 의식이 훼손되지 않을까 우려하는 사람이 많다. 실제 젊은 모로코인들이 암스테르담 대로 한복판에서 손을 잡고 걷는 게이 커플을 공격하는 일이 발생해 사람들을 경악게 하기도 했다. 또한 젊은 모로코인들이 네덜란드에 사는 다른 소수 민족 여성들이나 약자들을 길거리에서 희롱하거나 위협하는 일도 종종 발생해 네덜란드 사람들의 위기 의식도 커지고 있다. 상황이 이렇다 보니, 모로코 이민자들에 대한 부정적인 인식이 늘어나면서 모로코 이민자들이 사회에 별다른 기여는 안 하면서 혜택만을 누린다고 생각하는 사람들도 많아졌다. 네덜란드의 세율은 최고 52%에 이를 정도로 높은데, 네덜란드 사람들이 내는 세금이 아무런 노동 활동도 하지 않은 모로코 이민자들에게 사용되면서 이에 대한 불만이 쌓인 것이다. 복지 혜택을 받는 모로코인의 수는 일반 네덜란드 사람들에 비해 최대 8배에 달한다. 노동의 가치를 중요시하는 청교도 문화에 기반하고 있는 네덜란드에서 사회에 대한 기여가 없는 것은 지탄 받을 일이다.

8 네덜란드 통계청 조사에 따르면, 네덜란드의 이민자 집단 중에서 무슬림 2세대의 범죄율이 가장 높다.

이러한 모로코인에 대한 부정적인 인식을 정치적으로 이용하는 집단도 있다. 바로 '네덜란드의 트럼프'로 불리는 극우 정당 자유당PVV의 당수 헤이르트 빌더르스Geert Wilders가 대표적이다. 종종 이슬람 모욕죄로 고소를 당하기도 하는 그는 '모로코인들은 쓰레기다'라는 말까지 서슴지 않으며, 네덜란드 내에서 이슬람 사원 폐쇄, 모로코인 추방을 공약으로 내세우기까지 했다. 네덜란드에서 무슬림 혐오 인식이 거세지면서 빌더르스의 지지율은 한때 급증하기도 했다. 그러나 대부분의 네덜란드 사람들은 모로코 이민자로 인한 사회적 문제는 공감하지만 빌더르스의 극단적인 인종 차별에는 반대하기 때문에 그에게 몰표를 던지지 않았다. 또한, 제2당에 머문 빌더르스의 자유당과 연정을 추진하려는 당도 없어서 그의 정치적 영향력은 크게 제한되었다.

네덜란드 사람들은 모로코 이민자들이 네덜란드의 가치에 반하는 행동은 싫어하지만, 모로코 이민자 자체를 싫어하는 것이 아니다. 실제 네덜란드의 제2도시인 로테르담의 시장은 모로코 출신으로 15살 때 네덜란드로 이민 온 아흐메드 아부탈레브Ahmed Aboutaleb이다. 이 때문에 아부탈레브는 네덜란드 사회의 이민자에 대한 관용과 포용의 상징으로 여겨지기도 했다. 유럽 곳곳에서 발생하는 무슬림 테러 공격으로 무슬림 이민자에 대해 예민한 사람도 있지만, 오히려 네덜란드 사회에 정착한 이민자 집단들이 네덜란드 사회에 무리 없이 적응할 수 있도록 제도를 보강해야 한다는 목소리가 더 크다.

몇 년 전부터 서유럽의 많은 나라들이 잠잠할 만하면 발생하는 무슬림 극단주의의 크고 작은 테러로 공포에 시달리고 있다. 네덜란드 내에도 꽤 많은 무슬림 인구가 거주하는 탓에 이웃 나라에서 테러가 발생하면 네덜란드도 초긴장 상태가 된다. 현재까지는 다행히도 프랑스나 벨기에서와 같은 불특정 다수를 겨냥한 테러가 네덜란드에서 일어나지는 않았다. 이는 네덜란드 정부의 뛰어난 정보력이나 경찰의 민첩한 대응뿐만 아니라, 네덜란드인들의 무슬림인들에 대한 이성적이고 합리적인 태도와도 관련이 없지 않아 보인다.

한국에서도 취업과 결혼 등으로 다양한 문화권의 이민자들이 정착하면서 단일 민족 국가라는 정체성도 서서히 바뀌고 있다. 한국 문화와 가치관이 다른 이민자들이 한국 사회에 잘 적응할 수 있도록 정부는 물론 민간 차원에서도 많은 고민이 필요한 때가 되었다. 네덜란드의 이민자 동화 정책이 100% 성공했다고 볼 수는 없지만, 이민자에 대한 열린 시선과 합리적인 태도는 앞으로 다양한 문화와 가치관을 가진 사람들을 한국인으로 받아들여야 하는 우리에게도 많은 시사점을 주고 있다.

SECTION ③

네덜란드의 사회관

9 네덜란드에서 난민으로 살아간다는 것

암스테르담에서 기차로 30분 정도면 도착하는 도시 위트레흐트는 암스테르담과 함께 골든 에이지 시절 번영을 누렸던 곳이다. 도시와 오랜 시간을 함께해온 고풍스러운 교회와 운하를 주변으로 지어진 캐널 하우스의 아름다운 광경이 사람들의 시선을 사로잡는다. 이곳은 또한 예술의 도시이기도 하다. 네덜란드를 대표하는 스타일 가구 디자이너 헤릿 리트벨트Gerrit Rietveld와 우리에게는 '미피Miffy'로 알려진 토끼 캐릭터 '나인체Nijntje'를 탄생시킨 일러스트레이터이자 동화 작가 딕 부르나Dick Bruna가 위트레흐트를 기반으로 활동했다.

위트레흐트에는 암스테르담과는 또 다른 분위기의 박물관들도 많고, 네덜란드 디자인 제품 편집숍을 운영하는 친구도 있어 종종 찾아가곤 한다. 지난 2월에는 딕 부르나의 별세 소식을 듣고 추모의 의미로 그의 스튜디오가 있던 위트레흐트 중앙 박물관Centraal Museum Utrecht으로 향했다. 박물관에 가는 길에 '시르SYR'라는 이름의 독특한 레스토랑 하나가 눈에 들어 왔다. '참, 독특한 레스토랑 이름이네' 하면서 살짝 안을 들여다보니 시리아 음식을 파는 곳이었다.

시리아는 유럽에 있어 참 풀기 어려운 숙제와도 같다. 2011년부터 아직까지 진행 중인 시리아 내전으로 고국을 떠나 서유럽으로 망명한 시리아 난민의 수가 상당하다. 지금도 난민의 유입은 전 유럽 국가에 이어지고 있는데, 현재 네덜란드에는 약 64,000명의 난민이 정착했다. 이 레스토랑을 처음 봤을 때만 해도 네덜란드에 정착한 시리아 난민이 문을 열었나 보다 하고 그냥 지나쳤다. 그러던 어느 날 갑자기 이 레스토랑이 생각나서 시르 홈페이지를 들어가봤는데, 시르 레스토랑은 내가 생각했던 것처럼 네덜란드에 정착한 시리아 난민이 운영하는 단순한 레스토랑이 아니었다. 지속 가능한 사회적 기업을 운영하는 'Gys 재단'과 550명의 일반인 투자자, 자원봉사자, 시리아 난민이 함께하는 새로운 개념의 소셜 레스토랑이었다.

Gys 재단의 공동 창립자는 하이스 베쉬쿨Gijs Weschkull이라는 셰프이자 위트레흐트와 로테르담에 있는 오가닉 레스토랑 Gys의 대표였다. 자연친화적인 유기농 재료로 만든 음식에 관심이 있던 그가 시리아 난민 이슈에 눈을 뜨게 된 것은 이들을 직접 만나고 난 후부터였다. 우연히 네덜란드의 난민 캠프를 방문하게 된 그는 시리아 난민들이 목숨을 걸고 유럽에 건너왔지만 정작 할 수 있는 것이 많지 않아 서서히 새로운 삶에 대한 희망을 잃어가는 것을 목격하게 된다. 이들에게 새 삶을 살 수 있는 기회를 만들어줘야겠다고 생각한 그는 본인의 경험과 재능을 살려 소셜 레스토랑 사업을 구상한다. 하지만 본인이 가진 자본으로 새 사업을 시작하기에는 힘에 부쳐, 'CrowdAboutNow'라는 네덜란드 크라우드 펀딩Crowd funding[9] 사이트를 통해 시리아 난민들이 네덜란드 사회에서 소속감을 느끼며 사회의 일원으로 인정받을 수 있는 레스토랑을 선보이겠다는 프로젝트를 기획한다. 프로젝트를 진행한 지 3주 만에 약 500명의 투자자가 참여해 목표액 16만 유로(한화 약 2억 700만 원)를 모았고, 2016년 7월 위트레흐트에 드디어 레스토랑을 열었다. 현재 이곳에서는 시리아 난민 출신 요리사가 주방을 맡고, 약 70명의 자원봉사자가 교대로 일하고 있다. 난민을 위해 연 레스토랑인 만큼 첫해 수익은 난민의 자립을 위한 단체에 기부했고, 3년 안에 투자자들에게 수익을 되돌려줄 계획이다. 레스토랑의 좋은 취지를 알고 지자체에서도 지원하겠다는 의사를 밝혔지만 거절했다고 한다. 자신의 재단과 투자자들, 자원봉사자들, 이곳에서 일하는 난민들이

9 영어로 '대중'을 뜻하는 크라우드(Crowd)와 '자금 조달'을 뜻하는 펀딩(Funding)을 조합한 말로, 온라인의 플랫폼을 이용해 불특정 다수의 대중으로부터 프로젝트의 자금을 조달하는 방식이다.

스스로 할 수 있다는 것을 보여주기 위해서였다.

레스토랑의 감동적인 이야기에 반해 이곳을 직접 찾아가봤다. 일반인 투자자야 그렇다고 해도 실제 레스토랑에 방문하는 사람이 많을까 궁금하기도 했다. 평일 저녁에 갔는데 예약을 하지 않으면 자리가 없을 정도로 많은 사람들이 이곳을 찾아왔다. 고객층도 다양했다. 데이트를 즐기는 젊은 남녀, 노부부, 어린이가 있는 가족, 단체로 온 손님 등 특정 고객층에 국한되지 않았다. 여기 온 사람들이 이 레스토랑의 취지를 알고 온 것이라면, 네덜란드 사회에서 시리아 난민들이 얼마나 큰 관심을 받고 있는지를 보여주는 것이라는 생각이 들었다.

중동의 음식과 유사한 시리아 음식을 코스로 먹고 나니 시리아식 환대와 레스토랑에 대한 감동으로 배가 터질 듯했다. 우리처럼 시리아에서도 손님의 접시에 음식을 많이 담아야 제대로 대접했다고 생각해서인지, 1인분이 2인분처럼 느껴질 정도로 푸짐했다. 식사를 마친 후 레스토랑 매니저와 함께 주방으로 가보았다. 시리아에서 온 난민이 주방을 책임지고 있었다. 아수라장인 고향을 떠나 전 재산과 목숨을 걸고 지중해를 건너 유럽에 도착했을 때 그는 자신의 이런 미래를 상상이나 할 수 있었을까. 이국 땅에서 고국의 음식을 요리하고 접시에 담을 때마다 얼마나 고향 생각이 날까. 그가 처음에 이곳에 와서 눈물로 차렸을 밥상을 생각해보니 마음이 뭉클해졌다. 이곳에서 일하는 자원봉사자들도 많은데, 그 중 한 명은 시리아와 영국 혼혈 청년이었다. 그는 난민은 아니지만 아버지 나라의 일이라 모른 척 할 수 없었다고 한다. 그 외 다른 네덜란드 자원봉사자는 시리아와 아무런 관련도 없지만, 전쟁이 불러온 비극과 난민이 받는 고통 때문에 이곳에서 일하게 되었다고 한다. 하지만 시리아 난민에 관심을 갖는 사람은 이들뿐만이 아니다.

네덜란드의 디자이너인 플로르Floor 또한 어느 날 난민에 대한 뉴스를 보고 충격을 받았다. 디자이너로서 어떤 것을 할 수 있을지 고민하던 그녀는 난민들의 유럽 첫 도착지인 그리스로 향한다. 그리스 레스보스 섬Lesbos I.에서 그녀는 난민들이 시리아에서부터 타고 온 배를 보게 된다. 생지옥인 고국 시리아를 떠나 거센 파도와 살을 에는 듯한 바닷바람을 견디며 지중해를 건너온 그들과 함께한 배들이었다. 고무배들은 지중해를 건너면서 좌초되거나 공격을 받아 배에 오른 난민의 절반은 목숨을 잃는다고 한다. 공포와 싸우며 유럽행을 택한 난민들이 탄 고무배는 레스보스 섬 곳곳에 버려져 있었다. 플로르는 바로 이 고무배에 주목했다. 이 보트야말로 난민들의 자유에 대한 희망이자 의지였기 때문이다. 그녀는 친구 디디Didi와 함께 레스보스 섬에 버려진 고무배를 소재로 튼튼하고 독특한 배낭을 디자인한다. 이 배낭은 암스테르담의 'Makers United'라는 기관을 통해 제작하고, 이를 통해 시리아 난민들은 이제 더 이상 난민이 아니라 직업인으로 네덜란드에서 새로운 삶을 살게 된다는 취지의 캠페인을 전개한다. 하지만 킥 스타터Kick Starter [10]를 통해 진행된 크라우드 펀딩 캠페인은 안타깝게도 모금에 실패했다. 그래도 두 사람은 포기하지 않고 한정된 수량의 배낭을 제작해 판매했는데, 놀랍게도 500개가 모두 순식간에 매진됐다.

아직도 진행 중인 시리아 내전은 전쟁이 길어지면서 사람들의 관심도 점점 사라지고 있다. IS가 주도한 테러가 파리, 브뤼셀 등 유럽의 큰 도시를 위협하면서 시리아 난민에 대해 부정적인 목소리가 커지고 있기도 하다. 또한, 모로코와 같은 무슬림 이민자들이 사회 문제가 되면서 같은 무슬림권인 시리아 난민을 수용해서는 안 된다는 의견도 거세지고 있다.

하지만 앞서 말했듯 대다수의 네덜란드 사람들은 난민에 적대적인 자유당의 손을 들어주지 않았다. 네덜란드에는 오랜 난민 수용의 역사가 있다. 이베리아 반도에서 가톨릭 세력이 기세등등하면서 유태인을 추방하고 다른 기독교 세력과 전쟁을 치를 때, 이들을 유일하게 받아준 것도 바로 네덜란드였다. 네덜란드 사람들은 우리도 한때 난민이 될 수 있었다고 말한다. 2차 세계대전 중에 많은 네덜란드인들도 고국을 떠나 미국으로 이주

10 2009년 미국에 설립된 대표적인 크라우드 펀딩 서비스이다. 일반 개인이나 기업이 상품이나 프로젝트 아이디어, 모금 목표액, 개발 완료 시점 등의 정보를 사이트에 올려놓으면, 이 프로젝트를 지지하는 사람들이 후원자가 되어 프로젝트를 완료할 수 있도록 하는 시스템이다.

했던 것을 잊지 않고 있는 것이다.

위트레흐트에는 기차 박물관이 있다. 기차의 역사를 한눈에 볼 수 있는 박물관으로 네덜란드의 수준 높은 박물관 중 하나다. 이 박물관 앞에는 기념비가 세워져 있는데, 기념비에는 1940~1945년 2차 세계대전 중 위트레흐트 기차역에서 수용소로 강제 이송된 1,200명의 유태인의 이름이 빼곡히 적혀있다. 모두 위트레흐트에 살던 유태인들로, 네덜란드의 다른 도시에서 이곳으로 피신을 오거나 이곳에서 태어나 자란 사람들이었다. 모두 유태인이라는 이유만으로 기차에 태워져 강제로 수용소에 끌려가 처참하게 목숨을 잃었다.

'내가 너를 내 손바닥에 새겼고, 너의 성벽이 항상 내 앞에 있나니'라는 구약 성경 이사야 49장 16절의 내용을 이곳 기념비에 함께 새기며 한때는 그들의 이웃이었던 사람들을 기억한다. 네덜란드 사람들은 그들의 역사를 통해 알고 있다. 인간의 최고 가치인 존엄성을 말살하는 전쟁과 이를 방조하는 세력에 침묵해서는 안 된다는 것을 말이다. 이것이 이들이 아직도 끝이 보이지 않는 전쟁을 겪고 있는 시리아 난민을 모른 척하지 않는 이유다.

SECTION ③

10

네덜란드의 동물관

길에 살지 않는 길고양이들

전 세계 어느 곳을 가더라도 길고양이와 마주하게 된다. 길에서 태어나 길에서 목숨을 잃는 가련한 존재들인 길고양이. 그중에 몇몇은 키우던 주인에게 버려진 것일 수도, 실수로 집을 나와 길을 잃은 것일 수도, 또 원래 길에서 살던 어미에게 태어난 것일 수도 있다. 이런 고양이들을 보면 바로 근처 슈퍼마켓으로 향한다. 소시지 몇 개라도 사서 밥 대신 주기 위해서다. 사람이 먹는 음식이라 염분이 있어 고양이에게 안 좋긴 하지만, 배고파서 허기진 것보다 낫지 않을까 하는 생각에서다. 한때는 매일 비닐에 고양이 사료 한 움큼과 캔을 넣고 다니면서 길고양이와 마주칠 때마다 슬며시 먼 발치에 놓아주곤 했다. 행여나 자신을 해치지 않을까 경계하면서도 허겁지겁 밥을 먹는 고양이들을 보면 마음이 시리면서도 행복했다. 다음에도 또 만나서 밥을 줄 수 있기를 얼마나 바랐는지 모른다.

네덜란드에 왔을 때도 길에서 이들을 볼 수 있지 않을까 싶었다. 그동안 어느 곳을 가건 길고양이들을 한 번씩은 보았기 때문이다. 그런데 하루가 지나도, 한 달이 되어도, 어느새 시간이 훌쩍 지나 몇 년이 되었는데도, 신기하게 이곳에서는 길고양이를 본 적이 없다. 몇 번은 길에서 오가는 고양이들을 본 적이 있다. 길고양이인가 싶어서 가까이 가서 보니 목줄을 하고 있었고, 목줄이 없는 아이들도 포동포동 살이 올라 벤치에 앉아 햇빛을 쬐고 있거나 졸고 있었다. 예뻐서 쓰다듬어주려고 하면 사람 손맛을 아는지 몸을 앞으로 쭉 가까이 대면서 발라당 누워 애교를 부린다. 모두 주인이 있는 고양이들이다. 사람에 대한 경계심이 이렇게 없는 걸 보니 주인에게 평소에 사랑을 많이 받는 모양이다.

우리 옆집 고양이 니키도 마찬가지다. 창문에 캣 도어가 있어 그 문을 통해 집안을 왔다 갔다 하며 동네 구경에 한창이다. 니키는 한때 다른 건물에 사는 갈색 고양이와 영역 다툼을 하다가 지붕에서 떨어지는 참사를 겪기도 했다. 다행히 니키가 지붕에서 떨어지는 것을 이웃집 총각과 친구들이 보고 사다리를 가져가 구조했는데 그게 벌써 일 년 전 일이다. 그런데 요즘에는 갈색 고양이와 자연스럽게 영역 정리가 되었는지, 우리 이웃 동네는 모두 니키의 영역이 되었다.

니키가 가장 좋아하는 이웃집은 단연 우리 집이다. 앞집의 지붕과 테라스가 연결되어 있어 폴짝 뛰어 오르면 금방 우리 집으로 올 수 있다. 문을 열어 주면 '야옹'하고 인사하며 들어온다. 얼른 간식을 내놓으라는 소리다. 한국에서도 키우던 고양이 '메이May'의 온갖 시중을 다 들었는데, 여기서도 집사 노릇을 하게 될 줄은 몰랐다. 그것도 옆집 고양이의 집사 노릇은 더더욱 말이다.

한번은 니키가 한밤 중에 마실을 나와 우리 집 지붕에 올라가서 옆집 지붕으로 가다가 바닥으로 떨어진 적이 있었다. 다들 잠자는 시간이라 아무도 모르고 있었는데, 지나가던 행인이 떨어져서 의자 뒤에 숨어있는 니키를 발견하고 우리 집 대문을 두드려 알려준 덕분에 니키를 구할 수 있었다. 만약 그날 밤 아무도 니키에게 관심을 두지 않았다면 그날 니키가 어떻게 되었을지 지금 생각해도 아찔하다.

네덜란드의 다른 도시보다 평균 집값이 높은 암스테르담, 그중에서도 암스테르담의 하우스보트Houseboat의 가격은 상당하다. 원래 하우스보트는 2차 세계대전이 끝난 후 집을 살 만한 여건이 안 되는 사람들이 거주하는 곳이었는데, 아름답고 운치 있는 암스테르담의 운하를 눈앞에서 즐길 수 있는 장점 때문인지, 오늘날에는 고급 주거 공간으로 변신했다. 암스테르담의 가장 오래된 운하인 싱헬Singel에는 고양이들만 살고 있는 하우스보트가 있다. 암스테르담에서 발견된 유기묘들과 길고양이들이 사는 보호 센터 '푸젠보트De Poezenboot'이다. 푸젠Poezen은 네덜란드어로 암컷 고양이를 뜻하는데, 이 하우스보트에는 총 18마리의 고양이들이 산다. 모두 주인이 버린 유기묘나 길에서 구조한 고양이들이다. 푸젠보트에 있는 고양이들은 보통은 이곳에 상주하는데, 여기에서 살다가 다른 곳으로 입양되는 고양이들도 종종 있다. 하지만 심각한 질환이 있거나 사회성이 떨어지거나 사람을 기피하는 고양이들이 대부분이다. 이곳의 고양이들을 돌보는 사람들은 모두 자원봉사자들이고, 보트 운영도 정부의 보조금 없이 100% 후원으로 이루어진다.

고양이를 위한 하우스보트 아이디어는 네덜란드 유기묘의 어머니라 불리는 헨리에트 판 빌데Henriette van Weelde의 머리에서 나왔다. 1966년 암스테르담의 부자 거리 중 하나인 헤렌흐라흐트 부근에 살았던 그녀는 어느 날 자신의 집 정원으로 온 길고양이 가족을 보살피게 된다. 낯선 고양이도 살뜰하게 보살피는 그녀의 선행이 다른 고양이들에게도 퍼졌는지, 갈 곳 없는 길고양이들이 하나둘 모여들기 시작했다. 이를 본 다른 사람들도 자신들이 사정이 생겨 키울 수 없는 고양이들을 헨리에트에게 보내 그녀의 집 전체가 고양이로 가득해졌다고 한다. 2년 후 고양이를 수용할 수 있는 공간이 부족해진 그녀는 고양이들이 살 수 있는 하우스보트를 하나 구입하기로 한다. '고양이를 위한 하우스보트 프로젝트' 소식에 많은 사람들이 관심을 보였다. 그녀의 취지에 공감한 사람들이 십시일반으로 자발적인 후원을 하면서 푸젠보트가 마침내 문을 열게 된다. 고양이들이 살고 있는 보트가 유명해지면서 유기묘를 입양하려는 사람들도 가장 먼저 이 보트를 찾는다. 이곳을 거쳐 새로운 가족을 만난 고양이들만 약 1,000마리에 이를 정도다. 1987년에는 'The Cat Boat Foundation'을 발족해 공식 자선 기관이 되었다.

지금도 이곳은 설립 취지에 맞게 100% 후원과 자원봉사자들의 활동으로 운영되고 있다. 자원봉사자들은 본인의 스케줄에 맞게 주 4회, 혹은 주 1회 선택해 자원봉사를 할 수 있다. 가정으로 입양할 상황이 안 되면, 이곳에 있는 고양이에게 금전적인 후

원을 할 수 있는 방법도 있다. 고양이가 사는 하우스보트라는 이색적인 콘셉트 때문인지, 이곳을 찾는 관광객들도 많다. 유기묘 보호 센터가 현지뿐만 아니라 다른 나라의 고양이 애호가들도 불러 모으는 것이다.

유기 동물을 보호하는 센터는 푸젠보트만 있는 것이 아니다. 현재 네덜란드에는 300여 개의 유기 동물 보호 센터가 있다. 유기 동물들을 보호하면서 원래 주인을 찾아주거나 주인이 나타나지 않은 경우에는 다른 곳으로 입양을 주선한다. 안락사는 특별한 상황을 제외하고는 거의 이루어지지 않는다. 하지만 이곳을 통해 강아지나 고양이를 입양하는 방법은 그리 만만치 않다. 일정 정도의 수입이 있는지, 반려동물을 길러본 경험이 있는지, 가족들이 모두 동의하는지, 집의 크기는 적당한지 등 여러 까다로운 기준을 통과해야만 한다. 입양에 드는 책임비 또한 강아지는 150유로(한화 약 20만 원), 고양이는 100유로(한화 약 13만 원)로 결코 저렴하지 않다. 물론 이 안에는 기본적인 예방 접종 비용 등이 포함되어 있지만, 한 번 버려진 동물들이 또 다시 같은 비극을 겪지 않도록 입양자의 적절한 책임감을 필수적으로 보는 것이다.

동물에 대한 네덜란드의 선진 의식은 사회의 여러 부분에서 볼 수 있다. 한번은 길을 걷다가 구급차 한 대를 본 적이 있다. 구급차 외부에 강아지와 고양이 사진이 있어 동물병원 자동차인가 싶어 다시 보니, 동물을 구조하는 구급차였다. 사람들이 위험에 처한 동물을 발견하면 이 구급차에 연락해 구조를 요청할 수 있다. 또한 동물 학대 범죄를 전문적으로 담당하는 동물 경찰도 있다. 주변에서 동물을 학대하거나 방치하는 것을 목격한 경우 144라는 번호로 신고하면, 경찰들이 현장으로 달려와 바로 조치를 취한다. 이들 경찰들은 대부분 일반 경찰들이지만, 동물 훈련과 같은 특별한 교육을 별도로 받은 전문가들이다. 현재 이러한 동물 전담 경찰은 네덜란드에 500명 정도 있다. 네덜란드는 동물 학대를 강력하게 처벌하는 나라 중 하나로, 동물 학대가 적발되면 최대 19,600유로(한화 약 2,600만 원)의 벌금과 3년형에 처해진다. '동물을 위한 정당Party for the Animals'도 세계 최초로 네덜란드에서 시작됐다. 이 정당의 당수는 사회의 시스템이 경제적 이윤을 위해 지구와 동물을 착취하고 있다는 문제 의식으로 2002년 이 당을 창당했다. 물론, 동물 복지에 국한된 사안에 집중하는 만큼 아직까지 당의 지지 기반은 일반 정당에 비해 넓지 않지만, 동물에 대한 네덜란드 사회의 높은 관심도를 보여주고 있다.

네덜란드 사회 전반에는 생명 존중 철학이 녹아있다. 암스테르담과 같은 대도시에서도 흔히 볼 수 있는 공원과 그곳에 서식하고 있는 다양한 동물들, 운하 위를 미끄러지듯 오가는 오리, 그리고 거리의 새들을 보면서 우리가 살고 있는 공간이 오

직 사람만을 위한 것이 아니라, 지구 위의 모든 생명체를 위한 곳임을 자연스럽게 깨우치게 된다. 또한 네덜란드의 아이들은 도심 외곽에 있는 동물 농장에서 말과 양, 토끼, 닭과 같은 동물들을 직접 만져보고 먹이를 주며 때로는 후원을 하면서 생명을 존중하는 마음을 갖게 된다. 어렸을 때부터 이러한 환경에서 성장하다 보니 동물을 대상으로 한 잔인한 범죄가 발생할 확률도 낮다. 또한 살아 숨 쉬는 생명에 대한 존중은 동물을 넘어 인간에 대한 존중으로 자연스럽게 이어진다.

네덜란드에서 길을 걷다 보면 종종 인상적인 광경을 본다. 도로에 있는 새들이 다 지나갈 때까지 운전대를 잡고 기다려주는 운전자, 집으로 찾아오는 황새에게 창문으로 매일 먹이를 챙겨주는 할아버지 등 동물에 대한 소소하고 따뜻한 배려를 일상에서 보게 된다. 생각해보면 우리 모두는 이 지구에서 한순간을 사는, 같은 공기를 들이마시고 살아가는 자연의 일부이자 생명체다. 이 때문에 동물에게 친절한 사회가 사람들에게도 친절할 수밖에 없다. 동물이 행복한 나라에서 사람도 행복할 수 있다는 것을 네덜란드는 우리에게 말해주고 있다.

물론이죠,
여기는
네덜란드입니다

네덜란드는 이미 1886년에 동물 학대를 범죄로 규정하는 법을 제정할 정도로 높은 수준의 동물 복지를 실현하고 있는 나라다. 네덜란드에서 동물을 소유한 사람은 누구나 동물을 제대로 잘 관리하고 보살필 의무가 있으며, 네덜란드 정부는 이런 동물 복지 관련 법이 제대로 잘 지켜지고 있는지 수시로 모니터링한다. 반려동물을 분양할 때도 16세 이하 청소년에게는 절대 분양할 수 없으며, 동물을 가게 진열창에 놓는 행위도 엄격히 금지되어 있다.

NIKKIE

THANKS TO

첫 책을 내기 전까지만 해도 책은 오롯이 내 것인 줄로만 알았다. 그런데 이 책의 마지막 장을 쓰면서 깨닫게 되었다. 결국 책은 나 혼자가 아니라 여러 사람들의 이야기가, 그리고 더 많은 사람들의 노력이 씨줄과 날줄처럼 엮여 만들어진다는 것을 말이다.

부족한 작가에게 생각을 담은 글을 쓸 수 있도록 선뜻 허락해주신 amStory 김희연 대표님, 잘 알지도 못하면서 고집부리는 작가를 다독이며 넓은 마음으로 이끌어주신 김승윤 과장님, 정지혜 대리님, 허윤선 과장님 그리고 디자이너분들께 정말 말과 글로 표현할 수 없는 많은 도움을 받았다.

마흔이 넘는 나이에 그동안 살던 곳을 훌쩍 떠난다는 딸의 결심을 믿고 응원해주신 부모님, 그리고 이 세상에 하나밖에 없는 동생네 가족, 내가 내린 결정에 마음이 약해질 때마다 더 많은 격려와 위로를 보태준 옛 동료들 그리고 지인들, 이 책에 담긴 이야기의 주인공들인 네덜란드의 친구들과 지인들, 그리고 나의 더치 보이에게 특별한 감사와 사랑의 마음을 전하고 싶다.

이 책을 통해 독자분들이 아직까지도 히딩크와 튤립의 나라로만 알려진 네덜란드라는 나라에 좀 더 가까워지고 더 알아가고 싶은 마음이 든다면 더 바랄 나위가 없을 것이다.

Dank je wel!

물론이죠,
여기는
네덜란드입니다

초판 1쇄 발행 2017년 12월 11일
초판 2쇄 발행 2018년 12월 1일
초판 3쇄 발행 2019년 3월 15일

지은이 김선영
펴낸이 김희연
펴낸곳 에이엠스토리(amStory)

책임편집 김승윤
편집 정지혜, 허윤선
홍보·마케팅 ㈜에이엠피알(amPR)
디자인 studio 213ho
인쇄 ㈜상지사P&B

출판 신고 2010년 1월 29일 제2011-000018호
주소 (04629) 서울특별시 중구 소파로 129(남산동 2가, 명지빌딩 신관 701호)
전화 (02) 779-6319
팩스 (02) 779-6317
전자우편 amstory11@naver.com
홈페이지 www.amstory.co.kr
ISBN 979-11-85469-10-2 (03810)